異界の魔術士 Special +《プラス》

都築朔耶《つづきさくや》
異世界と地球とを
自由に行き来できる
転移系女子。
機械弄《いじ》りと武道が
好きな20歳。
別名『戦女神《いくさめがみ》』
『異界の魔術士』etc.
複合体ゴーレム
コウが憑依して動かす
生きた甲冑。とても丈夫。
Main Characters
登場人物紹介
コウ
精神のみとなって
異世界にやってきた存在。
動物などに憑依《ひょうい》して行動を
共にする能力を持つ。
田神悠介《たがみゆうすけ》
『災厄の邪神《じゃしん》』として異世界に
召喚された青年。ゲームシステム
が元になった能力『カスタマイズ・
クリエート』を操る。

重雄《しげお》
朔耶の兄。
元格闘オタの
現萌えオタ。
孝文《たかふみ》
朔耶の弟。
機械好きの
理屈屋。
ブラハミルト
『知の都』と呼ばれる
大国ティルファの
最高指導者。
魔術士でもある。
レティレスティア
『精霊の国』と名高い
フレグンス王国の王女。
優れた精霊術士。18歳。
アルシア
狭間世界《はざませかい》の大陸、ポルヴァーティアに
『勇者』として召喚された少女。
超人的な身体能力を宿す。

序章

静かな昼下がり。穏やかな日差しに照らされる住宅地。そこに立つごく普通の一軒家。その塀と垣根に囲まれた何の変哲もない庭先に、突如現れる女性の姿。

「ただいまーっと」

高校三年生の春、キャンプに向かう途中で異世界はオルドリア大陸に召喚され、精霊の力を得る事になった転移系女子、都築朔耶《つづきさくや》。以来、国家間の陰謀に巻き込まれたり、皇帝に求愛されたり、果ては世界制覇を企む魔族組織との戦いに身を投じたりと、波乱に満ちた日々を送ってきた。

その間、持ち前のバイタリティと、地球の知識を活用した発明品などで様々な問題に挑み、解決し、困難を乗り越えた朔耶は、かの地に平和な時代を築く上で大きな役割を果たした。

それから二年経つ現在も、縁あって異世界と地球世界を行き来する生活を送っている。

高校を卒業してから伸ばし始めた、腰の辺りまである長い黒髪。それを靡《なび》かせ、縁側から居間に上がろうとした朔耶の耳に、飛び込んできた懐かしい旋律。

い〜しや〜〜きいも〜〜

「おお〜、おいも買ってこよう！」

脱ぎかけていた靴を履き直して玄関の方へ駆け出した。
今年二十歳になる転移系女子は、今日もマイペースで元気に過ごす。
そんな平穏な日常に、大きな事件の影が近付いていた。

第一章　幻影の大地

雲も高くなり始めた秋の空。都築家の居間では、少し早めに用意されたコタツから上半身を生やした朔耶が転がり、テレビから流れる超常現象特集をＢＧＭに焼き芋など頬張っていた。そこへ、学校から帰った弟孝文《たかふみ》が入ってくる。

「あれ、朔姉《さくねえ》戻ってたのか」

「タカ君おかえり～、おいも食べる？」

差し出されたホカホカの焼き芋を受け取りつつ、孝文は「ああこれか」と、画面の向こうで取り上げられている〝幻の星〟について話を振ってきた。どうやら彼の学校でも話題になっていたらしい。

「これって、朔姉には島に見えるんだよな？」

「うん、向《オルドリア》こうに行くと、もっとハッキリ見えるよ？」

ある日、突然空に現れた二つの星。今、世間はこの〝幻の星〟についての噂で持ちきりだ。

当初それは、単なる珍しい形の雲だとか、光の屈折による現象、あるいは単なる都市伝説などと言われていた。だが、同じ場所から同じタイミングで見上げても、人によって違う姿に見えるという事で、インターネットなどでも話題になっていった。

何よりも特徴的な事として、〝機械による観測ができない〟点が挙げられる。これが最初に都市伝説扱いされた理由だ。何故かカメラにはちゃんと映らないのだ。そして霊感の強い人ほど、よりはっきりとその姿が視《み》えるという。

普通の人にはぼんやり霞《かす》んだ光のように見えたり、薄《うっす》らとした昼の月のように見えたりするので、肉眼ではなく精神的な視点で捉《とら》えているのではないか、との説が一般メディアなどでも紹介されていた。

テレビの中では緊急討論が行《おこな》われており、タレント霊能力者達が〝心の眼〟説を唱えている。それに対して、どこかの大学准教授《じゅんきょうじゅ》がオカルト的だと批判を向ける。すると今度はじゃあカメラにはほとんど映らない上に人の目でもハッキリ見えたり見えなかったりするのはどう説明するんだと突っ込んだり、光の屈折による自然現象で説明できると反論したりといった応酬《おうしゅう》が繰り広げられた。

「この霊能タレントって本物？」

「多分、この人は本当に霊能力があるみたい。もう一人の方は、偽者っぽい」

〝幻の星〟がどのように見えるかという各々《おのおの》の主張から、本当に視えているのか、はたまたデタラメを言っているのかの見分けが付くと話す朔耶。

精霊と重なって世界の間を渡った経験のある都築家の兄弟は、その影響か〝幻の星〟の姿を比較的ハッキリと視る事ができていた。とりわけ、精霊と契約しているが故に精霊の視点を持つ朔耶は、幻の星の本来の姿を正確に視通《みとお》している状態だ。

「なんか『人がゴミのようだー』って笑ってる人がいた島が、二つ並んでる感じに視えるのよね」

「……何気に嫌だな、それ」

形的《かたちてき》にはＵＦＯっぽいが、一般的にイメージされるノッペリした空飛ぶ円盤とは違う。それよりは、お皿の形の大地が宙に浮いているような雰囲気だと某アニメのセリフを出して朔耶は説明する。つまりは空飛ぶ島だ。

オルドリアでも、実力のある魔術士や交感能力の強い精霊術士達は、朔耶と同じく空に浮かぶ島の姿を捉えていた。なおこの現象については、各地の精霊神官も〝精霊の知らせ〟による悪い兆候などは受け取っておらず、実際これといって何が起きている訳でもない。そのため今のところは様子見をしているという状況であった。

「今からまた向こうに行くけど、何かいるモノある？」

「俺は特にないけど、そろそろ工場の魔力石がなくなるって父ちゃんが言ってたかな」

「そっか。魔力が空《から》になった石も持っていかないとね」

また兄に運んでおいてもらおうと脳内メモに書き込んだ朔耶は、コタツから這《は》い出て縁側に向かった。前に着ていたジャケットによく似た赤いコートを羽織りながら、夕闇に染まり始めた庭に出ていつもの円の中に入る。

以前は、地面に棒で線を引いていたダケだった転移用サークル。今は小石が並べられてプチストーンサークルのような雰囲気になっており、庭の一角ながらも〝特別な場所〟である事を主張している。そのうち鳥居とか注連縄《しめなわ》とか灯篭《とうろう》みたいなモノが建つかもしれない。

「じゃあ、行って来るねー」

「いってらー」
制服の上着を脱いでコタツに収まる弟に見送られつつ、朔耶はオルドリア大陸へと転移した。
いつもと同じくフレグンス城の庭園に出現した朔耶は、オルドリアの空にも浮かんだ二つの星――というか島みたいなそれらを見上げる。お猪口《ちょこ》の形にも似たそれらの島は、片方は水平で、もう片方は縦に傾いているようにも見えた。
『……ん～？　なんかアレ、近付いてない？』
タシカニ　フタツノキョリガ　イゼンヨリ　チヂンデイルヨウダ
現れた頃に比べて二つの島が近付いているように見えるという朔耶に、神社の精霊も同意する。なんだろうね？　と、しばし対話を続けていた朔耶達の近くに、よく知る精霊の気配が近付いて来た。
サクヤヨ　コノチノ　セイレイガ　キテオルゾ
ヤホー　サクヤ　ジンジャ　クロ
『やほー、久しぶりだね』
フレグンスの精霊に『ジンジャ』呼ばわりされた神社の精霊が何か言いたそうな気配を纏《まと》う。が、わざわざ接触して来たのならば重要な用件があるのだろうと、訂正要求を後回しにする大人な神社の精霊。黒の精霊は普段通りのマイペースだ。庭園の花に宿る、〝個〟が未確立な精霊達と遊んでいる。

同じ自律性の高い〝個〟の精霊ながら、神社の精霊が常に朔耶に世話焼き気味なのに対して、黒の精霊は割と自由奔放だ。緊急の用事がない時はボーッと漂っているか、こうしてそこら辺をうろついている。

それはさておき、朔耶はやって来たフレグンスの精霊から何やらお告げを示された。

コレカラ　シバラク　サワガシクナル　サクヤモ　キヲツケルトイイ

『え？　どういう事？』

もしや災害などを知らせる〝精霊の知らせ〟なのかと問い質《ただ》す朔耶。一方フレグンスの精霊は、〝狭間世界《はざませかい》〟で大きな力の変動が起きるため、その近くの世界に影響が出るのだと答えた。

『狭間世界？』

セカイト　セカイヲ　ツナグミチ　アラユルセカイト　ツナガルセカイ

無数に存在する異次元世界の間を繋ぐ、さらなる異次元の世界という、言葉で説明しようとするとこんがらがってしまうような世界が存在する。そこには無数の大地が漂っていて、その一つ一つに個別の精霊が宿っているのだそうだ。今回、それらの大地のうち二つが融合して、一つの大地になろうとしているらしい。そしてその大地こそがあの二つの島だというのだ。

融合の際、その大地を司《つかさど》る精霊同士も融合する。巨大な魔力の塊《かたまり》でもある大地の精霊同士の融合は、大きな魔力の奔流《ほんりゅう》を生み出す。そういった狭間世界で発生する力の変動は世界の壁を越え、近くの異世界に魔力の乱れを引き起こすのだそうな。

『なにそれ、やっぱり災害が起きたりするの？』

マリョクノ　ヤドル　ブッタイハ　セイジョウナ　ミチヲ　ミウシナウ　ホンライノ　ケッカニ　タドリツケナイ

具体的にどういう事なのよ、と訊《たず》ねようとしていた朔耶に、交感を繋いでくる者がいた。少し慌てている様子だったので、ひょいと意識の糸を繋いで応答する朔耶。相手は考えるまでもなく、フレグンスの第一王女レティレスティアだった。

──サクヤっ、やはり来てくれたのですね！──

『うん？　今さっき来たところだけど』

──今お城で……！　いいえ、国中で、あっ、いいえ、世界中で大変な事がっ──

『まあまあ、ちょっと落ち着いて落ち着いて』

朔耶がレティレスティアと交感で話している間、フレグンスの精霊は神社の精霊に残りの概要を伝えると、城の地下方向へと去っていった。フレグンスの精霊はやはり相当に高位かつ古い精霊らしく、神社の精霊も知らなかった知識を与えてくれたようだ。

とりあえず朔耶は、レティレスティアの様子から緊急と判断して彼女に向き合う。

──すみません、取り乱してしまって……──

『ううん。んで、そんなに慌ててどうしたの？』

レティレスティアの話によると、今朝早く、例の双星が互いに距離を縮め始めた。その時から、魔術式の道具や発掘品などの動作に異常が見られるようになり、オルドリアの各地で混乱が起きているのだとか。

魔術式ランプは光度の調整が利《き》かなくなって激しく明滅を繰り返し、触媒《しょくばい》に蓄《たくわ》えていた魔力が早々になくなる。厨房《ちゅうぼう》の魔術式調理器は盛大に炎を噴き上げて小火《ぼや》を起こす。大学院では地下倉庫の封鎖していた隠し扉が作動しっぱなしになり、精霊神殿の『水鏡《みずかがみ》』に至っては精霊神官の祈りも通さず作動し、何故かグラントゥルモス帝国の精霊神殿と交信が繋がったままになるなどの異常事態。

――ただ、サクヤの作った道具だけは正常に動いているようでして――

『ああー、それでさっき〝待ってましたー！〟みたいになってたのね』

あうっ、というレティレスティアの恥ずかしそうな感情が、交感を通して伝わってくる。

この二年の間に色々な経験を通じ、精霊術士としても成長したレティレスティアだったが、あまりに朔耶を頼りすぎている自分を恥じたらしい。

朔耶はそんな王女に、『もちろん、力になるよ』と胸を張るイメージを送って安心させると、サクヤ式の道具が影響を受けなかった理由を推察する。そして『サクヤ式は魔術を使っていないからだろう』と当たりをつけた。

魔術式の道具は、魔力の方向性を定めた呪文を触媒などに刻む事によって魔力の流れを制御し、目的の効果を発現させる。対してサクヤ式は、本来魔術とは相性の悪い魔力石を使って魔力の流れ道を作り、それを電気回路のように物理的に組み合わせる事で、魔術的な効果を生み出している。

魔力石と魔術との相性が悪いのは、火に晒《さら》せば火属性になり、水に漬《つ》ければ水属性になるという魔力石の変質しやすい性質が原因だ。呪文を刻んでも、定めてあった魔力の方向性が魔力石の変質によって乱れてしまうので、正しい流れが維持できず制御不能になる。

一方、魔力石を特定の形に削り出す事で、魔力の流れそのものを固定しているサクヤ式は、魔力の乱れには強い。

――他にもアーサリムの地からは、これまで大人しかった魔物が凶暴化しているなどの報告が上がっているようです――

『ふーむ、さっきフレグンスの精霊が言ってた〝狭間世界〟の影響なのかな』

――狭間世界……？　フレグンスの精霊がサクヤに何か〝知らせ〟を？――

『んー、〝精霊の知らせ〟って訳じゃないみたいなんだけど、しばらく騒がしくなるから気をつけるようにってね』

朔耶は、フレグンスの精霊から託された〝狭間世界〟に関する知識を、神社の精霊を通して受け取りながら説明する。

空に浮かんで見える二つの島は、異世界と異世界の合間にある世界に漂う大地である事。それぞれの大地には、神的な存在として大地を見守る精霊がいる事。そして現在、その大地の二つが融合しようとしているのだという事。

それに伴《ともな》い精霊同士も融合して、一つの大地、一つの精霊になろうとしているのだが、同時に大きな魔力の変動が発生し、その余波が近くの世界にも影響を与えている事。

『――ってな訳みたいだから、あんまり心配ないと思うよ』

精霊からの知らせがない以上、天変地異規模の災害には至らないはず。

そう推測する朔耶は、しばらくは魔力の変動の影響を受けやすい魔術式製品や発掘品を使わなければ問題ないだろうと答えた。

――そのような事が……でも、さすがはサクヤですね！　こんなに簡単に異変の原因をつき止めてしまうなんて――

『いやいや、あたしも精霊から聞いたダケだからね？』

尊敬の念と共にズズイと身を寄せてくるようなレティレスティアのイメージを感じ取り、とりあえず席一つ分の間合いを取るイメージだけ返すという器用な交感能力を発揮する朔耶なのであった。

レティレスティアとの交感を終えた朔耶は、魔力石を買い付けるついでに街の様子を適当に見て回る事にした。漆黒《しっこく》の翼を広げて王都の夜空へと舞い上がる。そこでふと、自分の指に填《は》まっている精霊石の指輪を見て、これの翻訳機能には異常は出ていないのかと気になった。

『レティとは交感で話してたから意識しなかったけど、大丈夫なのかな？』

セイレイノ　ハタラキニハ　エイキョウハ　オヨバナイヨウダ

こちらの世界のサクヤ邸で使われている照明や調理器具などもほとんどがサクヤ式なので、特に問題は起きていないと思われる。とはいえ一応、様子を見てから買い物に行こうと、朔耶は王都の自宅へと翼を向けた。

「うん、異常なし」

予測していた通り、特に大きな混乱など起きていない事を確認した朔耶は、予定通り市場へと向かう。帰って来るなりすぐに出かける忙《せわ》しない女主人を、使用人達はしっかりお見送りしてみせたのだった。

普段よりも雑然とした雰囲気の市場で魔力石を購入し、自分の工房なども一通り見て回った朔耶は、遅くなる前に実家の庭へと帰還した。

「ただいま～。タカ君、石ここに置いとくからね」

「ん、言っとく」

パタパタと荷物を置いて、着替えをすべく二階自室へ行こうとする朔耶。居間のコタツに転がった孝文が見ているテレビ画面には、ニュース番組と〝異常なオーロラが出現！〟といったテロップ。そしてどこか外国で撮影された多重の波を描《えが》くオーロラの映像などが流れていた。

――謎の発行物体。ＵＦＯ出現。霊的な存在である双星が一つになる、その意味は⁉

――霊能タレントが語る双星からのメッセージ！　今夜あなたは、歴史の目撃者となる‼

兄と父が帰宅する頃。お風呂から上がった朔耶は、居間で寛《くつろ》いでいる弟とまたもや超常現象特集を流し見しながら、例の双星について分かった事などを話し合う。

「狭間の世界かー、それこっちにも影響出てるって事だよな？」

「だと思うけど、こっちには魔術とかないんだし、そんなにおっきな影響は出ないっしょ」

楽観的な朔耶だったが、孝文は一概にそうとも言い切れないのではと唸《うな》る。オルドリアで見るような、明確な〝魔術〟というモノは確かに存在しないかもしれないが、〝魔術っぽいなにか〟ならそれこそ掃《は》いて捨てるほどある。

「全部が全部、迷信とか気のせいの類《たぐい》じゃないだろうしなぁ」

「んー、でも影響受けるのって魔術式の道具とかだよ？」

地球にもそういったものがあれば、何らかの異変が起こる可能性がある。

実は日本の首都は結界装置に護《まも》られている！　とか、ピラミッドは古代の魔術装置！　ストーンサークルは霊的エネルギーの云々《うんぬん》！　といったオカルトミステリーで挙げられるモノが本当だったらの話だ。

「ないな」

「はやっ」

そんなやり取りをしていたところへ、テレビからやたらセンセーショナルなＢＧＭと、外国人へのインタビューに被せられた翻訳ナレーションが流れ出す。

画面には有名なイギリスのストーンヘンジが映し出されていた。

一緒に表示されるテロップには、この場所で甲冑《かっちゅう》を着けた騎士の亡霊が目撃されたとの内容が示されていた。それも集団で現れ、しばらくすると消えてしまったそうな。

そして画面は世界地図に切り替わり、世界各地で同じような目撃例が報告されているのだ！　という聞き慣れた声でのナレーション。

「朔姉、向こうで行方不明になった騎士とかはいなかったか？」

「えっ　どうだろう？　そういう話は聞かなかったけど……」

偶然に偶然が重なった奇跡のごとき経緯からとはいえ、今現在も気軽に世界を渡る存在がここにいるのだ。世界そのものに影響を与えるような大きな現象が起きているこの現状であれば、何かの拍子で魔術が盛んな異界からこちら側へ渡ってきてしまう者がいたとしてもおかしくはない。

「一回調べてみた方がいいかもな」

「そうだね、うっかり世界を移動して困ってる人がいるかもしれないし……」

魔獣《まじゅう》みたいなのが渡って来たら大変だしと、朔耶はふとテレビ画面を見た。そこには、どこかの宗教団体が世紀末を謳《うた》って祈りを呼びかけたりする様子が映し出されていた。

第二章　狭間世界

一夜明けて混乱も治まり、落ち着きを見せる王都フレグンスの街並み。

王都大学院では、普段の学び舎《や》ならではの喧騒《けんそう》ではなく、大工作業のような音が響いていた。

何しろ、各教室や施設、廊下などに設置されていた魔術式ランプは全て破損。そこから小火《ぼや》も発生しており、幸い延焼はなかったが、無傷な廊下や教室施設はほとんど見られないという状態だった。そのため大掃除と修繕に駆り出された学院生達が、壊れたランプを交換したり、暴走する恐れのある魔術式の道具を安全な保管場所に移したりと、慌《あわ》ただしい一日の始まりを迎えている。

古代遺跡の仕掛けがある地下倉庫でも、秘密の通路に通じる壁は開閉を繰り返すわ、床はその通路に向けてスライドし続けるわで危ないので、そこだけロープを張って立ち入り禁止の札をぶら下げてある。

どうせあちこち修繕するなら古いカーテンなども換えてしまおうと、各教室の改装なども行《おこな》われ、結果大学院の校舎内は少しばかり模様替えされたのだった。

「ふう、やっと一息ついたねー」

朝から手伝いに来ていた朔耶が一声かけると、すまし顔のエルディネイアが疲れた様子も見せず答える。

「たまにはこういうのも悪くありませんわね」

「お、ルディがデレた」

朔耶の突っ込みに「ち、違いますわっ」とツンデレで返すエルディネイア。そんな彼女も含め大学院の一階サロンに集まり、雑談を交わすいつものエルディネイアチームの面々。慣れない清掃作業に四苦八苦したおっとり系お嬢様なルーネルシアがぐんにゃりしている。

空気も入れ換えられて小ざっぱりとした雰囲気のサロンには、昨日からの異変を話題にしている院生達も多い。「家のランプを新しくした」とか、「新しい調理器の購入を検討している」などの会話が聞こえてくる。

狭間世界の影響により魔術式の製品が動作異常を起こしているため、今市場では代替製品が売れていた。特に魔力石を触媒《しょくばい》とした商品は異変の影響が見られず、また竈《かまど》や暖房も〝石寄せ〟で問題なく使えるとの事で売り上げが伸びているのだ。

同じく魔力石を使うサクヤ式製品の売り上げもまた、貴族達を中心に伸びている。身分はあっても資産は庶民派という中流以下の貴族は魔力石を使った従来の竈や調理器などを新調し、上流貴族などのお金持ちはサクヤ式を購入するといった具合に。

「いやぁ今回は本当に大儲け……大事《おおごと》になったよね～」

「今、本音を口にしましたわね？」

エルディネイアの突っ込みに、数字の3を裏返したような口でそっぽを向いてみたりする朔耶。

ついでに、普段は空気を読まないドーソンが『帝国の機械車競技場の大会が中止になったらしい』

という話題を振ってきたので、そちらに食いついてみる。

ティルファ式機械車は、サクヤ式の動力の一部に魔術を使っている。そのため、動力部分に異常が起きて暴走するなどのトラブルが出ており、グラントゥルモス帝国やフレグンス王国の出資で建設された機械車競技場はしばらく閉鎖される事になったらしい。

「そういえば、ティルファとか街中《まちじゅう》魔術式だらけだからあちこち壊れて大変だったみたいね」

「ティルファの機械車を試験導入してたサムズの工事現場もだよ」

サムズの首都エバンスでは、暴走する人員輸送車両を竜籠《りゅうかご》の竜が体当たりで止めてくれたらしい。多少の怪我人は出たが、スラム跡地にいる間に食い止められたので、街の住人が撥《は》ねられるような事態には至らなかったようだ。

エバンスでは、朔耶の意図せぬ暗躍によって最大規模のスラムを支配していた犯罪組織が一掃され、神殿からの出資でスラム街の解体と再開発事業が進められている。特に件《くだん》の工事現場では、ティルファで発明された機械類が性能実験を兼ねて多く導入されており、暴走したティルファ製機械車もその一環で配備されたものだ。

ちなみに暴走機械車を止めたのは、口元の鱗《うろこ》が少し欠けた竜だったそうな。

「ナイスだわピーちゃん。でも、うーん……一時的な事だから、しばらく使わなきゃ大丈夫だろうって思ってたけど、そうでもないのかなぁ」

以前、寝ぼけて朔耶に噛み付いた際、フレグンスの第二王女ルティレイフィアから剣とEB《エレメントブレード》による攻撃を受けてできた痕跡がすっかりトレードマークになっているピーちゃん。その働きを称《たた》えつつ、朔耶は魔力の乱れによる影響拡大を気にかける。

ティルファ製サクヤ式の台頭により、今まで高級品の代名詞だった魔術式の価値が下がり始めた。その結果、以前に比べて一般人の生活空間にも魔術式が浸透してきている。狭間世界の異変による影響は、少し不便になるという程度の話では済まないかもしれないと思い始める朔耶。地球で言うなれば、電子機器が一斉に誤作動を起こすようなものである。

(前に太陽フレアの影響で電磁波が云々《うんぬん》ってタカ君が言ってた気が)

もう少し注意を深めてみようかなと、警戒レベルの引き上げを検討する朔耶なのであった。


昼過ぎ。ティルファの中央研究塔にて、朔耶は双星の影響に関する調査結果に目を通していた。中でも目についたのは、アーサリム地方のアーレクラワ周辺に出没する魔獣《まじゅう》についての資料。

比較的大人しかったモノに、少し気性が荒くなるといった傾向が確認されている。これは、かつて魔族《ヨールテス》の実験で人工的に作られた生物であるが故に、魔術式製品が誤作動を起こすのと似た状態になっているのではないかと推測される。

竜籠《りゅうかご》を引く竜達には、特に問題は出ていない。ただ、魔力を乱す何らかの力の流れを感じているらしく、時折双星を見上げては目を細めて喉をごろごろ鳴らしている様子が見られる。

「アーサリム地方にある古い部族の言い伝えや、帝国が発掘品と共に発見している古代の文献の中にも、今回のような現象を記したモノが見つかっているそうです」

「それって、昔にも今回と同じような事があったって事ですよね」

ティルファの〝禁断の書庫〟に収められている古い文献にも、それらしい記述があったという。

本日、最も被害が大きかったと聞くティルファの様子を見に訪れた朔耶は、挨拶ついでに今回の騒動についてブラハミルト所長にも意見を求めてみた。するとブラハミルト所長が先述の調査資料を見せてくれたのだ。

そしてその際、彼が示した一つのユニークな見解が印象に残った。地球世界で魔法という存在が御伽噺《おとぎばなし》の産物と化し、代わって科学技術が発展していった理由。

もしかしたら、かつては地球にも幾度となく魔法文明が起こったが、ことごとく今回のような異変によって崩れ去ったのではないか。今の科学文明は、その破壊と創造の歴史が教訓となって、子孫達に託されていった結果なのかもしれないと。

「いずれ必ず崩壊するから、別の道を選べって教訓かぁ」

マジュツニ　タイスル　ヒトノイフハ　イニシエヨリ　タクサレシ　キョウクンナノカモ　シレヌ
魔法――すなわち神秘への畏怖《いふ》は、自然への畏怖に通じるものがあると語る神社の精霊。人々が自然を畏《おそ》れぬ振る舞いを始めた時、思いもよらぬ災害でしっぺ返しを食らうように。

魔術という便利な力も、使い方を誤れば破滅を招く。もっともそれは科学にも言える事だが、と神社の精霊は付け加えた。

「確かにね……」

魔術式が一斉に誤作動を起こして、大惨事となった〝知の都〟ティルファ。その復興のため、まるで建設ラッシュのようにたくさんのクレーンアームや作業用足場の塔が伸びる雑然とした街並みを眺めながら、朔耶はぽつりと呟《つぶや》いた。

ティルファの復興作業を見学したこの日、朔耶は一日中オルドリアの空を飛び回って情報収集などに動いたのだった。


「ただいまー、あ～疲れた……」

「随分バテているなマイシスター。これを飲むが良い」

と、滋養強壮ドリンクを差し出すのは兄の重雄《しげお》。近くで行《おこな》われたコミケに参戦した時の余りらしい。

「なんか色んな情念が混じってそうだけど……一応、ありがと」

「飯はどうする？」

「向こうで食べてきた」

異世界での移動の際、一旦地球に戻ってから目的地に転移し直すという〝裏技〟も、体調を崩すぎりぎりまで使ったので精神力も限界だ。お風呂に入ったら今日はもう休もうと、朔耶は着替えを取りに部屋へと戻る。すかさずお風呂の温度をチェックに行く重雄。甲斐甲斐《かいがい》しく世話を焼く事でポイント稼ぎに余念がない兄殿であった。


月と星明かりに浮かび上がる薄暗い街道。両脇には、どこまでも続く草原の海が闇のごとく広がっている。

『――風の街道かぁ。ここが起点になるのも、お馴染《なじ》みになってきたよね』

精霊の視点でオルドリアの大地に立つ朔耶。何か気に掛かる事を残して眠りについた時などに発動する、夢内異世界旅行だ。空を見上げると、例の双星がさらに距離を縮めて浮かんでいる。

『あれって、こことはまた別の世界の影なのよね』

狭間の世界で大地を司《つかさど》るという大きな精霊同士の融合。その余波によって引き起こされた今回の事態の影響。二つの星はまだ融合していないので、あれが一つになるまでは魔術式製品への障害は続くという事だ。

『あそこには視点を寄せられないのかな？』

朔耶は精霊の視点から双星に意識を向けて探ってみる。すると一瞬、霞《かす》みがかった視界が晴れ、気が付けば見た事もないような逆さまの巨大都市を頭上に見上げていた。

空を覆わんばかりの街並みがはるか地平線まで続いている――

ふと見れば、足元の方にも森林や平原が地平線まで続く緑の大地。真下には森に囲まれた湖らしき青。そしてもう一度見上げれば、蜘蛛《くも》の巣のごとく放射状に広がる近代的な灰色の建物群。

上下逆さまになっていたのかと思いきや、上を見ても下を見ても高い所から見下ろすような光景だ。途端に平衡感覚を失い、平常心が乱れて夢から覚める。

朔耶は、直前まで視《み》ていた上の巨大都市と下の自然溢れる大地の双方に、人の営《いとな》みを感じ取っていた。

「っ！　――今のって……」

イマ　サクヤガミタモノハ　ハザマノセカイニ　ソンザイスル　セイレイノダイチ　ダソウダ
神社の精霊が、あれこそがフレグンスの精霊から教わった、狭間の世界を漂う大陸である事を教えてくれた。

「……そっか、別世界の大地って、そこに人が住んでても別におかしくないわよね」

世界と世界を繋ぐ通り道の世界と聞いていたので、そこには精霊しか存在しないモノと思っていた。朔耶は、そんな自分の思い込みを省《かえり》みる。

聞けば答えてくれていたであろう神社の精霊も、わざわざ朔耶の思考を読んでまで間違った認識を正したりはしない。自身を正すのは、基本的に自分自身の判断と選択に委《ゆだ》ねられているのだ。

ともかく夜中に目を覚ましてしまった朔耶は、再度寝つくまでの間、狭間世界の事を改めて神社の精霊に色々聞いてみる事にした。

狭間の世界に浮かぶ精霊に見守られし大地。それらの大地が融合するという現象は、その大地を見守るとても大きな精霊同士が融合して一つの存在になるという事でもある。

かの世界に存在する大地から夜空を見上げた時、星のように見える一つ一つの光点。それは近くにある別の世界であり、狭間の世界での出来事はそれらの世界にも影響を及ぼす。

その影響は曖昧《あいまい》かつ包括的《ほうかつてき》であり、例えば一つの国で起きた事件と同じような事件が何故か世界中でも起こるだとか、月の満ち欠けが人間の心身に変化をもたらすといった現象に似ている。

時に人々の価値観など大衆の意識にも触れることのあるその現象は、別世界にとって良いものになるか悪いものになるか、現時点では分からない。

『えっ、あたしレティに大した事にはならないから大丈夫って言っちゃったんだけど』

イマノ　ジテンデハ　ソレデ　マチガイナイ
つまり、これから良いものにも悪いものにもなる可能性がある、という事らしい。もちろん、良いものにも悪いものにも、どちらにもならない可能性もある。

『そういう事は早く教えてよ……』

マッタク　カクショウノ　ナイコトダ
徒《いたずら》に不安を煽《あお》るような内容をあえて伝えたりはしない、との神社の精霊の答え。それは、人が日頃有象無象《うぞうむぞう》から向けられている些細《ささい》な悪意を無視するのと同じ事。

「うーん。もし調べられるんなら、詳しく調べてみようか……あそこに飛べたりはできないの？」

フカノウデハ　ナイガ　モクヒョウガ　サダマラヌユエ　ドコニアラワレルカ　ヨソクガツカヌ
『ああ、最初の頃に傭兵団のテントに落ちたり、春売り通りに出たり、アンバッスさんの上に落ちたりしたようなモノね』

ならば夢内異世界旅行みたいな状態になるように、空中に出てすぐに飛べば問題ないのでは？

と朔耶は提案する。

以前、アーサリム方面へ向かおうとして、銀月《ぎんつき》の牙《きば》傭兵団の団長、ブラッド・パーシバルの持つお守りを目標に飛んだところ、相手が竜籠《りゅうかご》で移動中だったために空中に出てしまった事がある。が、すぐに飛んで事なきを得た。つまり、初めから空の上に出れば、下が変な場所でも大丈夫だろうという発想。

『あそこに飛べるって事は、精霊の力ってあそこでも使えるんでしょ？』

ソレハ　モンダイナイ　ダガ　テンイスルニハ　ヒトツ　モンダイガアル
いつものように自宅の庭からいきなり、という訳にはいかないらしい。一度あの世界へ渡る事ができれば、次からは庭を出発点にして行く事もできる。だがまずは、あの世界に渡るための通り道となる〝道しるべ〟が必要とのこと。

『道しるべ？』

これは狭間世界が他の異世界と比べて、少し特殊な在り方をしているのが理由らしい。単に向こうの世界に目印が必要という話ではない。

一つの世界として確立されている通常の異世界と違い、狭間世界は無数の異世界と繋がっている不定形な世界であり、別世界への通り道のような世界なのだ。

例えば、オルドリアのある世界に飛ぶ場合は、精霊の力を借りてオルドリアに遍在《へんざい》するその精霊の分身を目標に飛ぶ。同様に狭間世界に飛ぶ場合は、狭間世界にいる分身を目標に飛ぶことになるのだが、先述の通り狭間世界は通り道のような世界であり、それぞれ別世界に遍在する精霊が行き来できる場所でもある。なのでしっかりした〝道しるべ〟がないと、別世界の分身の方に照準を合わせてしまい、狭間世界を通り抜けてまた別の世界へ渡ってしまう可能性がある。

『照準を合わせるのが難しいって事ね』

実際地球からオルドリアを狙って飛んだ場合も、オルドリアのどの地点に出るか、何度も往復して慣れるまでは定まらなかった。謂《い》わばこれの世界版が起きる訳だ。

その上、狭間世界に行けても、狙った大地とは全然違う場所に出る可能性もある。正確にあの大地に行くには、そこに繋がる正しい〝道しるべ〟から飛ぶ必要があるのだ。

『その〝道しるべ〟って、魔術とか精霊術が盛んなオルドリアにならあるのかな？』

コチラノ　セカイニモ　アル

『え、あるの？』

双星の影響で魔力の流れが活発になっているせいか、西南方向に狭間世界の精霊の気配がよりハッキリ感じられる場所があるのだと神社の精霊は語る。ただし、ここからでは少し距離があるそうな。

『そっか、じゃあ明日辺りお兄ちゃんに乗って行ってみよう』

アニドノニ　ノルノカ？

『お兄ちゃんの車に乗って行ってみよー』

ウム

精霊の突っ込みを軽く流すと、朔耶は明日に備えて再び眠りにつくのだった。

翌朝早く。

中古ランドクルーザーの助手席に乗り込んだ朔耶は、早速〝精霊ナビ〟で兄を案内して車を走らせた。

「隣町の隣町くらいか」

「だと思う、車ならそんなに遠くない距離みたい」

あの世界の精霊の力が働いた痕跡を求めて、車を走らせる事およそ一時間。続く坂道を辿り、雑然とした下町風の住宅街を抜け、閑静な高級住宅街をさらに上へと抜けていくと、やがて山の上に立つ古い神社の境内《けいだい》に辿り着いた。

『ここ？』

ウム　チカクニ　コンセキガ　ノコッテオル
境内には先客が一人。朔耶より少し年上くらいの若者がベンチに腰掛け、ポータブルゲーム機で遊んでいる。

『転移する所を見られるのはまずいなぁ』

どうしたものかと迷う朔耶に、重雄が機転を利かせた。

快適なプレイ環境である人気《ひとけ》のない神社の境内に、珍しくやって来た二人連れ。大学生くらいに見える男女が腕など組んで敷地内をうろうろしている。女性の方は長い黒髪が映《は》えるなかなかの美人さんだ。

「ここって縁結びのご利益《りやく》あるの？」

「どうだろうなぁ」

イチャついている当人達には楽しかろうやり取りも、他人にとっては実にどーでも良い代物。

デートの邪魔をしては悪いと空気を読んだゲーム機青年は、ゲーム機を鞄《かばん》に仕舞ってそそくさと立ち去った。


「ミッションコンプリート」

「本当に効果あるとは」

何だか追い出したみたいで悪い事をした気分になる朔耶。

「良い人でよかったな、性格悪い奴だと梃子《てこ》でも動かなかったと思うぞ」

「男の人って……」

とりあえず、向こうの精霊の力の気配を辿って転移できる場所を探すと、ほどなく〝道しるべ〟が見つかった。何の変哲もない地面に目印の円を描く。

「どのくらいで戻ってくる予定だ？」

「んー、とりあえず一回向こうに行って、適当に様子見て戻ってきて、それから家に帰って庭から行くって方法を考えてるんだけど」

何か不測の事態が起きて急遽《きゅうきょ》迎えに来てもらう事も考えて、携帯電話を持っていく。兄はこれから仕事場に向かう予定なので、長時間ここで待っている訳にもいかない。仕事帰りにここへ立ち寄り、朔耶を拾って帰宅するという段取り。

「早めに戻ってきたら電車で帰るから、その時は電話入れるね」

「おっけい、気ぃつけてな」

周囲に人影がない事を確認すると、地面の円の中に立って世界を渡る準備に入った。

『じゃあ、よろしく』

ウム
〝道しるべ〟を頼りに世界移動の座標を合わせ、転移先に移動した黒の精霊とコンタクトを取る。

すると狭間世界の大地に、転移目標にできるほどの魔力が集まった強い目印が見つかったので、神社の精霊はその周辺の上空を狙って朔耶を転移させた。

朔耶の姿が唐突に消えた事で〝世界渡り〟を見届けた重雄は、神社の境内《けいだい》を後にした。


転移と同時に魔法障壁で包み込まれた朔耶の身体は、その世界の空中に浮かぶ。眼下に広がるのは白い砂浜と青い海。海の先は途中から上へと伸び、もう一つの大陸へと繋がっている。

「なにこれ、すごい！」

双星の片方と思《おぼ》しき大地の上空で、朔耶は垂直に繋がった二つの大陸を目の当たりにして驚愕《きょうがく》の声を上げた。この世界の精霊から情報を得た神社の精霊により、ここは〝カルツィオ〟と呼ばれる大地上空である事が告げられる。夢内異世界旅行で見た、森林や平原の広がる自然豊かな大地の方だ。

一方、垂直に繋がっている方の大地には、近代的な雰囲気の建物が並ぶ巨大都市が見える。どうやら朔耶達が〝道しるべ〟を追って移動している間に、二つの大地は一つに繋がっていたらしい。

双方の大地を司《つかさど》る精霊同士が融合する——そんな話から、もっと静かにゆっくりと溶け合うような繋がり方をイメージしていたのだが、『どうするんだろうこれ』とでも言いたくなる、なんとも豪快な繋がり方をしている。

「とりあえず写真！　激写っ、激写っ」

サクヤヨ……

ピンポロポンッ　ピンポロポンッ

と携帯で写真を撮りまくる朔耶に、神社の精霊は『やはり血は争えぬか……』とでも言いたげな念をこぼすのだった。

第三章　カルツィオの空にて

垂直に繋がった海という壮大な景色を存分に激写していた朔耶は、ふと眼下のやたら広い砂浜にカラフルな人影らしきものが集まっているのに気付いた。その上空には箱型の何かが飛んでいる。どうやら飛行機らしい。

『わ、あれなんだろう？』

チュウイセヨ　タタカイノ　ケハイガ　ウズマイテオル

神社の精霊は警告を発すると、強力な魔法障壁の表面を周囲の波動に溶け込ませ、そこに何もないかのように偽装する。こうすれば、周辺を飛び交う意識の糸にも似た力の波動や、何らかの探知効果を持つと思われる波動から朔耶の存在を隠せる。一応、肉眼による視覚的な情報も光の屈折などである程度は誤魔化した。所謂《いわゆる》精霊術的な〝ステルスモード〟であった。

直後、四機の箱型飛行機から騎士っぽい甲冑《かっちゅう》を纏《まと》った人影が二人ずつ飛び降りてきた。五、六メートルはありそうな高さから着地した八人は、一見重そうな姿にもかかわらず足がしびれたような様子もなく、一緒に飛び降りた仲間と合図し合って横並びになる。

『なになに？　あの人たち戦ってるの？』

その時、辺り一帯に声が響く。最初に見つけたカラフルな集団から一人だけ前に出ている、赤い服に赤い髪をした若い男性が発したようだ。特に張り上げている風でもないのによく通るその声は、精霊に音量を上げてもらっている時のそれに似ていた。

「――メイル　オン　エスインダジャド　リッキダ　イスヒカルトスウィオ　ヴァリタセダ　マアド　クタスティマ――」

初めは何を喋《しゃべ》っているのか分からなかったが、朔耶にはもうずっと以前、初めて異世界に迷い込んだ夜から、レティレスティアより受けた疎通《そつう》の加護が働いている。それによって彼の言葉も翻訳され、次第に内容が理解できるようになった。この世界の人達とも問題なく言葉を交わせそうだ。

「――……者よ、我々は対話の席に着く事を望んでいる――」

どうやらカラフルな集団の方は対話を望んでいるらしい。対して甲冑《かっちゅう》姿の彼等は一度顔を見合わせるような素振りを見せた後、相手の代表らしき赤尽《ず》くめの青年に向かってレーザーにも似た光線を放った。

瞬間、赤い青年を護《まも》るように砂が隆起して壁となる。光線の着弾で削り崩される砂の壁。舞い上がる砂塵《さじん》の中、青年の姿は飛来した光線とは別の光に包まれて消えた。

『問答無用で撃った？　っていうか、今のってどうなったの？』

キョウリョクナ　セイレイノチカラガ　ハタライタヨウダ
狙われた赤尽くめの青年は、後方に陣取る黒尽くめのグループの近くに移動したと説明される。

確かに目を凝《こ》らして見れば、黒い衣装で統一されたグループの中に先程の青年の姿が見えた。

ふと朔耶は、その黒グループの中に一人だけ異彩を放つ黒尽くめの青年を見つけた。正面に翳《かざ》した腕の先に、何か薄《うっす》らとした光の枠《わく》が浮いており、その枠内をなぞるように指先を滑らせてタップすると、先程隆起した砂壁が光の粒を残して掻き消えた。彼は、どこか他の人達と雰囲気が違う。遠目にだが、顔の輪郭などにも人種的な違いが感じられた。

『あの人って……』

サキホドノ　キョウリョクナ　チカラ　アノモノニヨッテ　コウシサレタヨウダ

どうやらこちらの自然溢れる大陸と、垂直に繋がっている大きな街のある大陸の兵士が戦闘を始めたらしい。一応、大陸間戦争になるのだろうか？　などと考えた朔耶は、両大陸の戦いが地球やオルドリアの世界に及ぼす影響を危惧《きぐ》する。

『ここの人達がやり合う事で、近くの世界に戦争が起きたりしないでしょうね』

ソノカノウセイハ　マッタクノ　ミチスウダ

地上では大柄な甲冑兵士と、白がシンボルカラーらしい戦士達が、八対多数の戦いを繰り広げている。朔耶は眼下での戦闘を観察しながら、双方に意識の糸を伸ばして探ってみた。

「カラフル集団の方がカルツィオ人で、先制攻撃の方がポルヴァーティア人ね」

ジッニ　キミョウナ　アリカタヲ　シテイル

カラフル集団が使う魔法のごとき力――〝神技《しんぎ》〟と呼ばれるそれは、精霊術に近いらしい。その上カルツィオの人間は体内に直接精霊を宿しており、生まれた時から精霊と重なっているような在り方をしている。それは、朔耶の〝精霊との重なり方〟とはずいぶん違う。魂《たましい》と繋がるといった重なり方ではなく、精霊が身体の一部、すなわち一つの〝器官〟として存在している形だ。

彼らはその身に宿す精霊の波動を互いにその〝器官〟で感じ取り、〝神技〟の属性として認識し合う。それによって相手を格付けし、身分を定めるといった共同体を築いているようだ。ここで読み取る限り、その格付けはかなり形骸化《けいがいか》が進んでいるようではあるが。

そして今、甲冑兵士《かっちゅうへいし》とやり合っている白髪《はくはつ》の戦士達は、他の赤や青、黄、緑色の人達と少し違っており、宿す精霊は肉体とほとんど同化しているらしい。そのため、精霊の波動も微弱にしか感じられないのだが、これは〝器官〟が身体を強化状態で維持する事に特化しているからだ。

オルドリアならば、アーサリムの部族戦士が使う精霊術モドキの身体強化の術が常時掛かっているような状態、地球で言えば常時エコノミーモードといったところか。対して赤や青、黄、緑色の人達は、普通に魔術を扱う魔術士といっていい。

「あ！　すごいジャンプしたっ」

甲冑兵士が信じられないような跳躍を見せた。白い戦士達を飛び越えて前方へ滑空降下しながら、腕の先に付いている弓よりカラフル集団に向けて光線を撃ち放つ。

光線はカラフル集団の正面に現れた巨大な砂の壁によって防がれるが、甲冑兵士達は踏み潰《つぶ》すようにしてその壁の上へと着地した。ほぼ同時にカラフル集団は光に包まれ、その場から目測で十メートルほど後方に瞬間移動してみせる。どうやらこれも、黒尽くめの青年の仕業らしい。

『あれって、転移術？』

イヤ　ニテイルガ　チガウ
先程からあの黒尽くめの青年が力を振るう度に、強力な精霊の力らしき魔力の奔流《ほんりゅう》が巻き起こる。

やはり他のカルツィオ人と比べて雰囲気というか、在り方が違うように感じられた。もしかしたらカラフル集団の指揮官なのかもしれない。

『ちょっとあの人の考えてる事とか覗いてみようかな……参考までに』

現地人と接触するに当たって、まずはどちらの陣営の人間と話すべきか、参考にさせてもらおうと意識の糸を伸ばし始める朔耶。

イカイノ　イクサニ　カンショウ　スルキカ？

神社の精霊は、別世界の人間との接触が、戦《いくさ》への介入にならないかと危惧《きぐ》する。

『あたしも積極的に関わろうとは思わないけど、やっぱり別世界の影響とか気になるし——』

朔耶としては、もし自分の介入で少しでも早く争い事が解決できるなら協力しておきたいところだ。

『……あたし、傲慢《ごうまん》かな？』

イヤ　ソレガ　サクヤノ　アリカタデアッタ

それは肯定してるのかーっ、と微妙に疑問を懐《いだ》きつつ、意識の糸を黒尽くめの青年に絡め、表面意識から相手の思考に触れてみた。

——だーーっ　やべえ！　しゃれならんわっ！　現代兵器TUEEE《つえええ》じゃなくて超技術TUEEじゃねーか！　どう対抗するよコレ——

正面に浮かぶ光の枠《わく》に指を翳《かざ》しながら九字《くじ》を切るような動作をしている青年からは、物静かな見た目とは裏腹に、随分と賑やかな思考が読み取れた。その中でいくつかのフレーズが頭に引っ掛かり、『ん?』と小首を傾げる朔耶。さらに――

――グループアイテム化……っ、いけるか……? よっしゃ! 無力化成功! って乗り物かよこれ、むせるな――

なんだか兄のそっち系《オタク》な友人にテンションが似ているなぁなどと思いつつ、今度は甲冑兵士《かっちゅうへいし》達の方に意識の糸を向けてみる。彼等から伝わってくる意識には、あまり好戦的な荒々しい雰囲気はない。どちらかといえば理性的でシャープな印象を受けた。

――機体に異常発生? 魔導装置および機体各部に内部の損傷は見られない。原住民の特殊能力が原因か?――

――不自然な動作異常、これが故障じゃないとしたら……まさか執聖機関《しっせいきかん》の奴等、俺達を戦意高揚の宣伝《ダシ》に使う気じゃないだろうな――

――動け動け動けっ、動いてくれよー!――

――この任務が終わったら、アイツに結婚を申し込むんだ……こんなところで死ねないぞっ――

一部何か危険な旗《フラグ》を立てている者や男っぽく戦いそうな者もいるが、その思考からは概《おおむ》ね訓練された人間らしい傾向が窺《うかが》えた。そのうち、甲冑兵士達から援護要請が出されたようで、上空を旋回していた箱型飛行機が降下を始める。

箱型飛行機は地上の白い戦士達やカラフル集団に向かって機銃掃射《きじゅうそうしゃ》のごとく短い光線の雨を降らせながら、低空飛行で突っ込んでいった。

対する地上の部隊は、例の内面テンション高めな黒尽くめの青年が何やら力を振るってドーム状の砂屋根を作り、仲間を護《まも》っている。他の赤服や青服、緑服や黄色服の人達も攻撃魔術っぽい火の玉やら氷塊《ひょうかい》やらを放って応戦していたが、あまり効果が出ているようには見えない。

対空迎撃手段がないかに見える地上部隊への空襲は、一方的な攻撃に終わると思われたが、地上部隊の頭上を通過中だった箱型飛行機の進行方向に、いきなり十数メートル近い砂の塔が生えた。避け切れずに激突する箱型飛行機。

『うわー、砂柱で撃墜したよ。あの黒い人って砂使い？』

スナニ　カギラズ　アラユル　ブッタイニ　カンショウスル　チカラノヨウダ

砂の塔にめり込んだ箱型飛行機は、キラキラとした光の粒が舞う度にひっくり返ったり塔の根元まで下りたりと不思議な動きを見せる。そして砂塔の中程で固定されて砲台と化した。

いつの間にか箱型飛行機の乗組員は砂塔の下で拘束されており、代わりに乗り込んだ黒尽くめの彼が機内の武器を使って他の箱型飛行機に迎撃を試みている。時々光の粒が舞って、砂塔に埋め込まれた機体の方位角や仰角《ぎょうかく》が変わる。

そのうち砂塔砲台からの光線攻撃を受けた一機が、当たりどころが悪かったのか、ふらつきながら上昇して来た。そして朔耶の近くを通り過ぎると、垂直に繋がった大陸――ポルヴァーティアの方へと飛び去って行った。〝精霊術的ステルスモード〟で高みの見物をしていた朔耶の存在には、気付かなかったようだ。

『ん？　あれは治癒術《ちゆじゅつ》？』

ソノヨウダ

下を見れば、拘束されている箱型飛行機の乗組員達が、青服の女性達から治癒術《ちゆじゅつ》らしき手当てを受けていた。問答無用で攻撃を仕掛けてきた相手に対する処置としては、随分と人道的であると思える。

朔耶はそれを見て、先に話をする陣営はカラフル集団側――カルツィオ人にしようと決めた。

『そうと決まれば、ちょっと手伝っちゃおう』

アマリ　ハデナコトハ　ヒカエルヨウニナ

今は飛行用の翼も出しておらず、宙に浮くための魔法障壁と姿を隠すためのステルスモードで護《まも》られている。それに、わざわざ目立つ行動を取らずとも、便利な〝意識の糸〟と〝お願い〟を駆使《くし》する事でカラフル集団への援護は可能だ。

地上付近では二機の箱型飛行機が連携しながら砂塔砲台に攻撃を仕掛けている。朔耶はその片方に意識の糸を伸ばしていき、魔力の集まっている箇所に絡めて〝お願い〟する。『ちょっと休んで？』と。

お願いされて調子を崩した一機が、戦線から離脱する。やがて砂塔砲台からの光線を浴びすぎたのか、彼方此方《あちこち》壊れてボロボロになっていたもう一機も、これ以上の攻撃を避けるように急上昇して来て大きく旋回を始めた。

『帰る相談でもしてるのかな？』と様子を見守る朔耶。すると、砂塔砲台から追い討ちのごとく光線が飛んで来て、ボロボロな方の箱型飛行機にバシバシ当たる。なかなかに容赦ない攻撃。

それが決定打になったらしく、二機の飛行機はそのままポルヴァーティア大陸の方へと飛び去って行った。
『帰って行ったね』
ウム　タタカイノ　ケハイハ　イマダ　クスブッテハ　イルガ
箱型飛行機を見送り、地上を見下ろすと、砂塔砲台の下で黒尽くめの青年を囲むようにカラフル集団の人達が集まっていた。互いに敵の撃退を労《ねぎら》っているように見える。
「よっし、それじゃあ……カルツィオの人達に挨拶に行こうか」
サクヤノ　オモウママニ
ステルスモードを解除した朔耶は、漆黒《しっこく》の翼を広げながらゆっくり地上へと下りて行った。

第四章　勇者と邪神《じゃしん》

やがてカルツィオ人らしきカラフル集団の前に下り立つ朔耶。相手方もステルスモードを解除した時からこちらには気付いていたようだが、攻撃してくる事はなかった。とはいえ皆戸惑っている様子で、しきりに黒尽くめの青年へと視線を向けている。

そうして皆の視線に押されるような形で、黒尽くめの青年が代表として前に出た。朔耶はとりあえず無難な挨拶からと口を開く。

「えーと初めまして、あたし都築朔耶といいます」

「あ、これはご丁寧にどうも、自分は田神悠介《たがみゆうすけ》といいます」

互いに頭を下げ合い、そして驚く。

「どうして日本人がっ！」

「なんで日本人がっ！」

思わず声を揃えて同じ思いを露《あらわ》にする二人。だが黒尽くめの青年の顔を間近で見た朔耶は、ふと、その顔に見覚えがある事に気が付いた。

「あれ？　さっきの人」

「はい？」

「神社でゲームしてた人」

「えっ？」

田神悠介と名乗った青年は、朔耶には見覚えがないようだが、神社でゲームをしていた事には覚えがあるらしい。今度は戸惑い混じりに驚くと、小首を傾げて頭をかいた。

『この人、さっきの人よね？』

タシカニ　ドウイツノ　ソンザイダガ　スコシ　チガウヨウダ
神社の精霊は田神悠介を構成する精霊から彼の事情や状態について情報を得て、それを朔耶に告げる。

多くの者の中から素《そ》となる人格を選別して複製し、そこに新たに精霊の因子を組み込んで再構築された身体。彼はカルツィオの精霊により〝邪神〟としてこの世界に喚《よ》ばれて来たらしい。精霊と重なっているという訳でもなく、精霊を宿しているという訳でもなく、半分精霊そのモノと化した生命体として存在しているそうな。

『へ～、じゃあ本体は今も元の世界にいる訳ね』

彼は部下らしき黒服の人や弓を持った白尽くめの少女達と何やら話しているが、内心では『俺の知ってる日本人と違うっ』と焦っているようだ。

中身は結構テンションが高めなのに、受け答えは普通で大人しい。そのギャップにちょっと笑ってしまう。

「くすっ」

「ははは……」

思わず笑みをこぼすと、悠介も照れるように笑った。

「えーと、都築さんは――」

仲間との話がつき、気持ちの整理もできたといった様子の悠介が改めて何かを言いかけたところで、他の人達とは少し雰囲気の違う緑髪の男性が警告を発した。

「せっかく興味深いお客様と邂逅《かいこう》したところだけど、最初のお客さんが戻って来たようだよ」

そう言って指し示した方向から現れたのは、先程の箱型飛行機に似た細長い機体の姿。かなりの速度で低空飛行をしながら真っすぐこちらに向かって飛んで来る。砂塔砲台から光線が放たれるが、細長飛行機はわずかに軌道を変えただけでそれらを回避した。

「迎撃準備！　とりあえず都築さん、危ないですから下がっててください」

部隊に指示を出した悠介はそう言って手元に光の枠《わく》を浮かび上がらせると、何やら指でなぞって操作し始める。すると後方の砂が盛り上がって避難できそうな建物が出現した。半分地下に掘り下げて造られた防空壕《ぼうくうごう》のようだ。青服の人達が、それらの建物に怪我人を移動させている。

「ツヅキさん、こちらへどうぞ」

「あ、はい」

白髪《はくはつ》に白装束で弓を背負った少女に促《うなが》され、防空壕の近くに移動する朔耶。近くには捕虜らしき数人の姿も見える。例の箱型飛行機に乗っていた人達らしい。甲冑兵士《かっちゅうへいし》達はまだそのまま放置されているようだ。

『今は様子見しながら情報収集に徹しましょうか』

ヨイハンダンダ

しばし捕虜の人達の思考を読もうと意識の糸を伸ばす朔耶だったが、ふと先程黒尽くめのグループの中に一人だけ交じっていた白装束の少女の事が気になって、そちらにも糸を絡めてみる。

そしてそこから読み取れた想いや出来事に興味を覚えた。仲間に対する信頼と、神技を使う人々へのトラウマ的な恐怖が胸の中で併存《へいぞん》している。が、それらをはるかに上回る『ユウスケ』への深い尊敬と信頼。

「ねえねえ、あなたスンちゃんっていうのよね」

「え？　はい……そうですけど」

「悠介君とは親しい？」

「えっと……その、一緒に住まわせてもらって、ます、ケド」

あら可愛い、と朔耶はその初々《ういうい》しい反応を好ましく感じる。最近はフレイもレティレスティアも照れはするものの、惚気《のろけ》と共に『サクヤのお相手は？』とカウンターを入れてくるので、迂闊《うかつ》にからかえなくなった。朔耶としては、やはりこういう反応こそ弄《いじ》りがいがあるというモノだ。近所のおばちゃんかなどと言ってはいけない。

「そういえば、あたしの事〝ツヅキ〟って呼ぶのね？」

「えと、それは、ユウスケさんがそう呼んでいるので……サクヤさんとお呼びした方が？」

「ううん、呼びやすいほうでいいよ。今まで名前の方で呼ばれてたからね、なんか新鮮だったダケ」

異世界で自分の事を苗字で呼んでいたのは、色々勘違いをかましていた某傭兵団長しかいない。

一方、現在進行形の戦闘現場にいるにもかかわらず、なんとも緊張感のない会話を持ちかける朔耶に、スンは悠介の在り方にも似た雰囲気を感じていた。

しかし、そんなノンビリした空気も束の間、ドーンという大きな音に振り返ると、対空射撃を行《おこな》っていた砂塔砲台が中程から折れて崩れているところだった。もしや細長飛行機が突っ込んだのだろうかと目を凝《こ》らせば、細長飛行機は塔よりかなり手前の地点で急上昇していく。

『爆撃？』

ユウスケドノト　オナジ　ヨウソヲモツ　ソンザイガ　アラワレタヨウダ
先程まで塔があった場所、立ち込める砂煙の中から現れたのは、甲冑《かっちゅう》を身に纏《まと》った長い金髪の少女だった。手には金棒《かなぼう》のようなでっかい鈍器《どんき》を持っている。神社の精霊によると、どうやら彼女も悠介と同じ半精霊化した生命体であるらしい。

「私はポルヴァーティアの勇者アルシア！　神の意に従い、不浄の大地を浄伏《じょうぶく》しに参上した！」

「ガゼッタの戦士、シンハだ。ふっ、対話の呼びかけに射掛《いか》けで応じておいて、今さら口上を述べるか」

崩れる砂塔から飛び降りた白髪《はくはつ》の戦士が、白金《しろがね》の大きな剣で応戦に出た。先程の甲冑兵士と互角にやり合っていた戦士だ。

ガゼッタというのは、このカルツィオの大地に存在する国の一つで、あの白髪の種族が中枢を担《にな》う大国らしい。カルツィオには他にもいくつかの大国が繁栄しており、今ここに集まっているのは、そのうちの二大国。ガゼッタと、もう一国はフォンクランクという、神技を使うカラフルな人達が中心に住んでいる国のようだ。彼らはポルヴァーティアからの侵攻に備えて、カルツィオの国同士共闘する事を目的に、ここへ馳《は》せ参じているという。

派手に登場した〝勇者〟を名乗るポルヴァーティアの戦士と、甲冑兵士との戦いで十分な実力を見せつけたガゼッタ戦士が、名乗り合いからの一騎打ちを始めた。

『だけど〝勇者〟を自称する者が、一方的な侵攻に加担するのはどうなんだろう？』と朔耶が疑問に思っていると、神社の精霊から『勇者と呼ばれる者も英雄と称《たた》えられる者も、別に正義の味方であった訳ではないぞ』という具合に諭《さと》されて何だか納得してしまった。

『それにしても、すごいね』

スサマジキ　チカラノ　オウシュウヨノ

自身の身長ほどもある大きなメイスを振り回す勇者アルシアと、大剣を扱いながらも、その体格の大きさから普通サイズの長剣を振るっているようにしか見えない戦士シンハによる激しい打ち合い。繰り広げられる剣戟《けんげき》によって響き渡る音は、まるで爆音だ。剣とメイスの打ち合いなのに、ライフルやショットガンの撃ち合いかと錯覚するような凄《すさ》まじさ。

「ツヅキさん、ここは危ないですから、向こうに避難しましょう」

「うーん、ごめん。あたしはここでいいよ」

「え、でも……」

戦いの余波である衝撃波と砂塵《さじん》を含んだ風が、ここまで届いているのだからと、スンは心配げな表情を見せる。

「大丈夫、あたし不思議パワーで無敵だから」

「あ、そうなんですか」

「あっさり信じた⁉」

大丈夫な理由に無理があるかなーなどと思いながら言ってみたのだが、素直に受け入れられてしまったので朔耶の方が戸惑った。何故かと問えば――

「え？　だってユウスケさんの住んでいた世界の方だって聞きましたし」

という答えが返ってくる。どうやら〝田神悠介〟も、只者《ただもの》ではない存在と化しているらしい。半分精霊化しているという時点で確かに普通の存在ではないけれど。

先程顔を合わせた時は、朔耶に対し『俺の知ってる日本人と違うっ』などと内心焦っていたようだが、朔耶から見ても悠介は『あたしの知ってる日本人と違う』であった。

そんな事をつらつらと考えていると、一際大きい衝突音が響き渡った。見ればシンハとアルシアが、爆心地の中心で鍔迫《つばぜ》り合いに入っている。

大人と子供のような体格差がある上に、小さいアルシアの方が大きい武器を持っているというその構図には、とても奇妙なアンバランス感があった。だがその武器の大きさと重さに耐えかねたのか、アルシアはじりじりとシンハにのし掛かられる形になる。

その時、アルシアの身体が仄《ほの》かな光に包まれた。

「ふ、ふざけるなぁーー!」

何を言われたものか、アルシアはその体勢から腕の力だけで強引にメイスを振るう。ギャリギャリと火花を散らしながら大型メイスと白金《しろがね》の大剣が擦《こす》れ合い、シンハの身体は投げ飛ばされるようにして押し返された。

そしてシンハの巨体が二、三歩分後方に着地する瞬間を狙って踏み込んだアルシアは、大型メイスをフルスイング。それを大剣で受け止めようとしたシンハは、まるで車にでもぶつけられるがごとき勢いで撥《は》ね飛ばされた。

白金の大剣が宙を舞い、肩から砂地に突っ込んだシンハの身体は、受身も取れずにバウンドする。

「シンハが力負けした⁉」

驚きながら正面にまた光の枠《わく》を出した悠介は、何かを仕掛けようとしてハタと動きを止める。その瞬間、紫がかった長い白髪《はくはつ》の少女が脇を通り抜け、地面に突き刺さった白金の大剣に飛びついた。

そしてトドメとばかりに大型メイスを振りかざして跳躍したアルシアと、ダメージが大きいのかゆっくり起き上がろうとしているシンハの間に割り込むと、振り下ろされた大型メイスをその大剣で受け止めて見せた。

『え、あの子も半分精霊化してるって?』

ウム　シカモ　ワレヨリ　ナガク　イキテオルヨウダ

小さな女の子が押し潰《つぶ》されるところを想像し、咄嗟《とっさ》に助けに入ろうとした朔耶に、神社の精霊から驚愕《きょうがく》の事実が伝えられる。

アユウカスという名の少女。これまた半精霊化しているらしい彼女は、実に三千年以上この地で生きているガゼッタの里巫女《さとみこ》で、この場では最も年配と思われる御仁《ごじん》であった。

「ポルヴァーティアの勇者として、この世を崩壊に導く混沌《こんとん》の使者はこの手で討ち払う！」

「せっかく纏《まと》まっておったカルツィオに混沌をもたらしとるのは、お主らの方なんじゃがのう」

「問答無用！　私に幻惑は通用しないっ」

神社の精霊と話している間に、今度はアユウカスとアルシアの一騎打ちが始まった。この世界では小さい方が強いのだろうか、アユウカスは見た目からは想像もできない怪力と巧みな剣捌《けんさば》きでアルシアを翻弄《ほんろう》している。

打ち合う度に爆発のごとく立ち上がる砂柱。強烈な剣戟《けんげき》の応酬。二人の戦いは、先程のシンハとアルシアの時以上に苛烈《かれつ》を極めた。

両者の戦いを傍観していた悠介は、ふと出現させていた光の枠を消すと、片膝を突いているシンハのところへ駆けつけようとする。

「近付くなユースケ！　今お主の能力と共鳴すると、こちらの共鳴が半減する」

「うおっ、マジっすか！」

何やらアユウカスに促《うなが》されて回れ右した悠介は、距離を取りながら再び光の枠を出して九字切《くじぎ》りのような動作をした。すると地面の一部が光って、平らに固められた砂の板がシンハのいる近くまで延びていく。強力な精霊の力を使っているようだ。

「シンハっ、それに乗れ！」

よろよろと倒れ込むように砂板の上へと移動するシンハ。悠介は光の枠《わく》に指を這《は》わせて、最後にまたタップするような動作をする。

「必殺シフトムーブ・ザ・レスキュー」

という技名らしい呟《つぶや》きと共に、光に包まれたシンハの身体が砂板の先から悠介の後方へと一瞬で移動した。上空から観察していた時にも見た、味方を瞬間移動させる技のようだ。

「エイシャ、シンハの治癒《ちゆ》を頼む」

「はいっ」

青髪の女性にそう指示を出して光の枠に向き直った悠介は、アユウカスとアルシアの激しい戦いを枠越しに見ながら、また九字切《くじぎ》りのような動作に入った。とても毅然《きぜん》として落ち着いた雰囲気なのだが、内面ではきっとテンションが高いのだろう。

ちらっと、少し後ろにいるスンに目をやると、何だかぽーーっとした瞳で悠介の後ろ姿を見つめている。

うむ、と頷いて謎の納得をして見せた朔耶は、治癒術を受けているシンハに目を向けた。

肩を脱臼《だっきゅう》しているらしく、胸元にもメイスが掠《かす》ったような抉《えぐ》れた痕《あと》が窺《うかが》える。結構な重症だ。黒服で青髪の女性、エイシャを中心に、青服で青髪の治癒術使いらしき人達が数人で術をかけているが、傷の治りはゆっくりだ。

「手伝うよ」

「えっ？」

朔耶はシンハに精霊の癒《いや》しを施《ほどこ》した。すると瞬《また》く間に傷は癒され、体力までも回復する。

「す、すごい……」

驚きに目を瞠《みは》るエイシャと治癒術使《ちゆじゅつつか》いの人達。どうやらこの世界でもここまで強力な治癒術は珍しいらしい。朔耶の治癒の光を受けたシンハは、あっという間に万全な状態まで回復した自身の身体を確かめると、ほぅと感心するように溜め息を吐《つ》いた。

そして朔耶に礼を言いがてら、自国ガゼッタに勧誘などしてみせる。なんとこのシンハという戦士、ガゼッタ国の王なのだそうな。王様がこんな無茶してて良いのだろうかと一汗たらりな朔耶。

「どうだ？　優遇するぞ」

「んー、あたし一応フレグンスの王室特別査察官の身だから」

と、朔耶は丁重にお断りする。未だグラントゥルモス帝国でも『皇帝の黒后《くろきさき》』の二つ名が解消されていないのに、これ以上掛け持ちできるほど朔耶とて図太くはない。ないったらないのだ。

「そうか、それは残念だ。どこの国かは知らんが、見切りをつける気になったらガゼッタに来るといい」

野性味溢れる笑みを向けてきたシンハは、そう言って勧誘を締めくくった。


激しい攻防が続くアユウカスとアルシアの戦い。再び光を纏《まと》って一時的に力を増したアルシアが、文字通り力押しでアユウカスの剣技を退けようとするも、同じく光を纏ったアユウカスがそれをさらに押し返す。やはりアルシアの方が押され気味だ。

先程アユウカスが悠介に言っていた〝共鳴〟という力。神社の精霊の解析によると、どうやら彼女は同じ半精霊化した者と共鳴する事で、自身からも同等の力を引き出すという能力を持っているらしい。つまり、この場合は戦っているアルシアと同じ力を引き出しながら、彼女と対峙しているのだ。

見た目は小さな少女だが、その実三千年の時を生きてきたアユウカス。今回の一騎打ちは、蓄積された経験がモノを言ったらしい。相手と同等の力に、相手よりはるかに勝《まさ》る経験が加味された結果、この優勢が導き出されたのだ。しかし――

『え？　武器が？』

アノママデハ　ツルギガモタヌ

神社の精霊が両者の武器の差について言及した直後、打ち合う衝撃音にわずかな異音が混じった。

超重量級の大型メイスによる衝撃は、相手方の刀身に掛かる負荷も凄《すさ》まじく、白金《しろがね》の大剣はアルシアの渾身《こんしん》の一撃を喰らって半ばからへし折れてしまった。

「むっ、剣が――」

「やあああああ！」

剣が折れた瞬間、バランスを崩して身体を泳がせたアユウカスに、メイスの一撃が叩き込まれた。

グシャッという、肉が潰《つぶ》れて骨が砕ける嫌な音が響き、アユウカスの小柄な身体は悠介の頭上を掠《かす》めて後方の防空壕《ぼうくうごう》付近まで吹き飛ばされて行く。

「アユウカスさん！」

悠介はそれを目で追うように振り返ったが、一言叫んだだけですぐにアルシアへと向き直る。そして光の枠《わく》による操作を始めた。次々にせり上がる砂の壁。突っ込んでくるアルシアの足止めを始めたようだ。

朔耶はアユウカスに精霊の癒《いや》しを施《ほどこ》すべく、彼女が突っ込んだ現場へと駆けつけた。既に集まっていた治癒術使《ちゆじゅつつか》い達は、皆その場に立ち尽くしている。

緒戦で動けなくなって捕獲された、大柄な甲冑兵士《かっちゅうへいし》が並べられている一角。その中の一体に激突したのだろう、仰向けに倒れた甲冑兵士の真っ赤に染まった胸部にアユウカスが横たわっていた。その身体は、左腕が歪《いびつ》に折れ曲がり、肩の部分は陥没。頭部は完全に潰《つぶ》れ、甲冑兵士の胸部装甲に半分埋まるように張り付いていた。

一目で手遅れと分かる状態だったが、次の瞬間、少女の肉塊はしゅわしゅわみちみちと蠢《うごめ》き始める。そして精霊の癒し並みの速度で再生していった。やがて頭部が再生されると、血塗《ちまみ》れの姿で横たわったまま、固まっている朔耶達に落ち着いた口調で語りかける。

「この身は不死じゃからしてな。少々見苦しいかもしれんが、しばらくすれば元に戻る」

確かに裂けた腹部の奥には、再生する臓器の蠢く様子が窺《うかが》える。これまでの戦いで、慣れはしなくとも血に耐性がついていた朔耶は、いち早く再起動してアユウカスに精霊の癒しを施した。早々《はやばや》と苦痛より解放されて、幾分ホッとした表情で礼を述べるアユウカス。

「うむ、素晴らしい治癒の力じゃ。手間を掛けさせて済まぬのう」

見た目にそぐわないおばあちゃんみたいな喋《しゃべ》り方とその貫禄に頬を緩めた朔耶は、一つの決断をしながら振り返った。周囲ではカラフル集団が撤退の準備を進めており、視線の先では悠介とアルシアの攻防が繰り広げられている。

カイニュウ　スルノカ？

『うん。この人達、なんだか暖かい感じがするし、ちゃんと話し合いをさせてあげたい』

それも良かろうと理解を示す神社の精霊。今まであちこち観察していた黒の精霊も、出番？　出番？　という意識を向けてくる。久方ぶりの戦いにわくわくしているらしい。そんな〝クロちゃん〟を宥《なだ》めながら、朔耶はゆっくりと漆黒《しっこく》の翼を纏《まと》った。

一方前線では、悠介の地形に干渉する不思議な能力によって、アルシアの進撃が封じられていた。

「必殺っ、ふりだしに戻れ！」

「んなっ」

悠介はまともに戦っても勝ち目はないと判断したのか、アルシアが一定のラインから近付けないよう、無限回廊アタックを仕掛けているようだ。突撃しても突撃しても「ふりだしに戻れ！」の一言で元の位置に戻される。いわゆる足止め策。

同じ所をぐるぐると走り回らされて息を切らしていたアルシアがついに切れた。

「ふ、ふざけるな！　真面目に戦え！」

「いやだ！　つーかこっちゃ大真面目だっつーのっ」

二人のそんなやり取りを観察していた朔耶は、どこで介入すべきかタイミングを計っていた。今のところは割と穏便な攻防が続いているが――

『どっちかが怪我しそうになったら、割って入るね』

ココロエタ
業を煮やしたアルシアは苛立ち紛れか、振り上げた大型メイスで思いっきり地面を叩いて大穴を空ける。砂塵《さじん》が噴き上がり、それが収まる前に次々と上がる新たな砂柱。素早く移動しながら地面を叩きまくっているようだ。

「げ、やばいっ」

砂塵の煙幕で視界が遮《さえぎ》られアルシアを見失った悠介が、焦るように光の枠《わく》を操作している。巨大な壁となって立ち込めた砂煙の一角から、砂塵の帯を引いてアルシアが飛び出す。そして悠介の頭上目がけて大型メイスを振り上げた。

「隊長っ、上です！」

「っ！」

「もらった！」

アルシアが大型メイスを振り下ろした。咄嗟《とっさ》に防壁を出そうか回避しようかと考えた悠介の頬を、何かがふわりと撫《な》でていく。陽炎《かげろう》のように揺らめく、かすかに感触を持った黒い風。

次の瞬間、ドンッという空気の震えるような音が響き渡り、悠介の頭上から十数センチの辺りで血濡《ちぬ》れの大型メイスが静止した。円状に広がる衝撃波が砂煙に波紋を描《えが》く。

「つ、都築さん……？」

「な……っ」

絶体絶命の攻撃から護《まも》られた悠介と、一撃必殺の攻撃を防がれたアルシアが驚愕《きょうがく》に目を見開く。

その二人だけではない。周囲で戦いを見守っていたシンハやアユウカスをはじめとするカラフル集団の面々に、箱型飛行機に搭乗していた捕虜達も驚きに目を瞠《みは》っていた。まるで時間が止まったかのように静まり返る戦いの場。

強力な魔法障壁で大型メイスの一撃を受け止めた朔耶は、優しい口調でアルシアに語りかけた。

「ねえ、アルシアちゃんさあ。ここはちょっと冷静になって話し合ってみない？」

驚きと戸惑いの表情を浮かべるアルシアは一歩飛び退《すさ》ると、油断なくメイスを構えて臨戦態勢を保つ。どうやら何か考え込んでいるようだ。

そして静かな睨《にら》み合い状態となったのも束の間、どういった思考の経緯を辿ったのかは分からないが、アルシアの中で結論が出たらしい。

「お前も〝混沌《こんとん》の使者〟なら、容赦はしない！」

「え？　なにそれ？」

と、訊《たず》ねる間もなく攻撃を仕掛けてくるアルシア。

「問答無用！」

「いや、問答しようよ」

場の緊迫感をまるっと無視したように言いながら身構える朔耶。そして――

「実行～」

気の抜ける掛け声と共に、アルシアを〝振り出し地点〟に強制移動させる悠介。

「こらーーーっ！」

「あはは……」

標的から随分と離れた場所で素振りをさせられたアルシアが「ふざけんな」と怒っている。後方から黒服緑髪の男が噴き出し笑いをしているのが聞こえたが、それらをスルーした悠介が朔耶に話しかけた。

「えーと、さっきはありがとう。一応聞いておきますけど、大丈夫なんですか？」

「うん、大丈夫。ここはあたしに任せてみて？」

まだお互いの素性も分からない。名前くらいしか知らない自分に味方して、こんな大陸同士の戦いに関わっても大丈夫なのかと気にする悠介。対して朔耶は、詳しい事情はまた後で話すから、とりあえずこの場を収める役を引き受けると主張した。

悠介は朔耶の意図を測るようにじっとその目を見つめていたが、分かったと頷いて仲間のいる後方へと下がって行った。

「きぃーーさぁーーまぁーーーー！」

一方、そんな悠介を殴ってやろうと怒濤《どとう》の勢いで突っ込んで来た怒り心頭なアルシア。その前に立ち塞がった朔耶は、振り回されるメイスをことごとく魔法障壁で防ぐ。その間もアルシアに言葉をかけ続けた。

「ねえ、なんでアルシアちゃんはカルツィオの人達を攻撃するわけ？」

「それが私の使命だからだ！」

先程神社の精霊は、アルシアもまた、悠介やアユウカスと同じような在り方をした、半分精霊と化した生命体だと言っていた。という事は恐らくココとは違う世界から来た人間なのであろう。

攻撃を防ぎながら意識の糸を伸ばした朔耶は、アルシアの表面意識に触れて内心の読み取りを試みる。

——私はっ！　負けられない！——

自分の存在意義を証明するためにも負けられない、というアルシアの強い信念は、どこか強迫観念にも似ていた。

——以前、大聖堂の通路でたまたま聞こえた話し声。

大神官と誰かが話していた。

その誰かが言った。

〝役立たずの勇者〟。

訓練場でもミサの場でも感じていた、聖務官《せいむかん》達からの蔑《さげす》むような視線。

自分は必要とされていないのではないかという不安。

出来損ないの勇者だったのではと。

あの優しい大神官の事だ。

きっと聖務官達の抗議から自分を庇《かば》ってくれていたのだ。

今回の救出作戦も周囲の反対を退けて送り出してくれた。

チャンスをくれたのだ。

――必ずカナンさん達を助ける！――

カナンというのは、あの箱型飛行機――〝汎用戦闘機《はんようせんとうき》〟なる乗り物の搭乗員で、捕虜になっている一人の事だ。どうやらアルシアは彼等を救出するために、無理を言って出撃して来たらしい。

『大切な人、なのかな？』

オンジンニ　タイスル　キモチノヨウダ

だからこれほど必死なのかなと、アルシアの事情を想う朔耶。

「でやあああ！」

アルシアがフェイント攻撃で地面を叩いて目眩《めくら》ましの砂塵《さじん》を巻き起こした。それを精霊の風で吹き飛ばす朔耶。だがその一瞬の間に朔耶の背後へと回りこんだアルシアが渾身《こんしん》の一撃を振るう。しかし、メイスは朔耶の十数センチ手前で止まった。

「っ！　そんな――」

朔也の力について、あらゆる攻撃を手を翳《かざ》す事で防ぐ系統のものと認識していたアルシアは、背後への攻撃が届かなかった事に愕然《がくぜん》とする。これはつまり、相手が棒立ちでも自分の攻撃は通じないという事なのだ。くるりと振り返った朔耶に、思わず後退《あとずさ》るアルシア。

『うーん、どうしたものかなぁ』

セットク　スルニハ　マズ　オチツカセネバ

アルシアの事情は大体分かった。が、悠介達に捕虜を返してやってくれと言うわけにもいかない。朔耶が浮かべた『困ったような苦笑』をどう受け止めたのか。アルシアは突然強い光のオーラを纏《まと》うと、激高したような咆哮《ほうこう》と共に大型メイスを振り回し始めた。どうやら追い詰《つ》められたアルシアの心には、憐《あわ》れみにも似た挑発に取れたらしい。

「やあああああ！」

メイスが魔法障壁で弾かれる度に響いていた『ドンッドンッドンッドンッ』という音が、『ドドドドドドド』というあり得ない衝撃音に変わる。大型メイスの攻撃範囲内はまさに粉砕機の中のごとき状態であり、迂闊《うかつ》に近付けば人間の身体などあっという間にミンチにされてしまうだろう。

『ちょっとコレ大丈夫？』

ワレノマモリハ　アラユルガイイヤ　アクイノミナラズ　ナンビトモソノミニ　フレルコトカナワズ　ヒトノチカラデハ　セカイニアラガウコトナド——

『一言でヨロシク』

説明が長いと肩を竦《すく》める朔耶。講釈を諦めた神社の精霊はシンプルに結論を述べた。

サクヤニハ　キズヒトツ　オワセヌヨ
『ありがと』

とはいえ、この状況は精神衛生上よろしくない。それに、死んではなくとも三千歳の少女を砕いた曰《いわ》く付きのメイスは、早めに処分しておきたい。

一歩前へと踏み込んで、闇雲《やみくも》に打ち掛かってきていたメイスを止めた朔耶は、意識の糸を絡めてメイスそのものに〝お願い〟する。

『壊れて？』

ピシッ　ボロボロボロ……――

「なっ――！」

大型メイスは、アルシアの握っていた柄《つか》の部分に至るまで完全に砕け散った。一方アルシアは、自分の存在意義すら砕かれたように錯覚して恐怖を覚えたらしい。そんな彼女をまずは落ち着かせようと声をかける朔耶だったが――

「ねえ、アルシアちゃん――て」

「う、うわあああああ」

アルシアは叫びながら殴りかかって来た。魔法障壁に阻《はば》まれながら、なかなかに重そうなパンチを繰り出している。緊張と焦りで冷静さを失っているようだと、神社の精霊が診断を下した。

「アルシアちゃん、落ち着いてっ」

いくら強い力を持つとはいえ、砕けない壁を砕こうとすればその反動は自身へと返ってくる。事実アルシアの拳は皮膚が裂けて血がにじみ始めていた。このままでは骨が砕けても殴り続けそうだ。

「わあああああああっ！」

「んー、しょうがない。　い　な　ず　ま――」

錯乱状態のアルシアに対し、半身に構えた朔耶の右手が青白く発光を始める。そしてそのまま踏み込んで行ったかと思うと、光の軌跡《きせき》を描《えが》きながら右腕を振るった。

「――目覚ましびんたーーっ」

スパーーンッと、威力控えめな稲妻《いなずま》ビンタがアルシアの横面に叩き込まれた。

第五章　異世界行脚《あんぎゃ》

辺りに静寂が訪れ、吹き抜けていく風が小さな砂煙を運び去る。尻餅をついて呆然と見上げるアルシアはちょっと涙目になっていて、かわいそうな気分になる朔耶。

その時、後方からアルシアに呼びかける何者かの声が響いた。

「もういいアルシア！　無茶せず戻れ！」

「俺達は大丈夫だ！　不当な扱いは受けていない！」

見れば、捕虜となっている汎用戦闘機《はんようせんとうき》の搭乗者達が、拘束された身をカラフル集団の隊列から乗り出して叫んでいる。

カラフル集団の一人が槍を振り上げて止めようとしたが、逆に悠介に止められた。その対応にほっとした朔耶は、アルシアに向き直って語りかける。

「ほら、みんなああ言ってるよ？」

「……」

表情に少し生気の戻ったアルシアは、それに答える事なく立ち上がると、大きく跳躍して距離を取り、上空で旋回していた細長い飛行機に合図を送る。そして低空飛行で侵入してきた飛行機に飛び乗ってもう一度カナン達を振り返り、次に朔耶とカルツィオ勢に視線を向けてからポルヴァーテイア大陸へと撤退して行った。

『行っちゃった』

カナリ　マヨイガ　アッタヨウダ
アルシアも色々と葛藤しているのだろう。根は悪い子ではない事を知っている朔耶は、次に会う機会があったらちゃんと話せるといいなぁと彼女の身を案じるのだった。

アルシアを見送った後、朔耶は地球世界へ帰る前に改めて話をしておこうと、悠介達に向き直る。

「えーと、改めまして、都築朔耶です。よろしくね」

「あ、こちらこそ、田神悠介をよろしく」

どこぞの選挙候補者みたいな自己紹介を返す悠介にちょっと噴き出しそうになりつつ、朔耶は今日自分がここに来た目的をかい摘《つま》んで話した。

詳細はややこしい上に長いので省くけれど、ひょんな事から精霊と重なって世界を行き来できるようになった事。今、地球世界と異世界は、この狭間世界での出来事に影響を受けている事。今後の事を考えてこちらの世界で何が起きているのか、様子を見に来た事などなど。

「なるほど、そんな事になってたんですか……」

一方、悠介からも彼が何故この世界に存在しているのかをかい摘んで教えてもらった。

いつものように神社の境内《けいだい》でゲームの快適プレイを楽しんでいた彼は、突然〝声〟に喚《よ》ばれ、この世界に〝邪神《じゃしん》〟として降臨したのだという。そして現在は〝邪神〟兼、宮殿衛士隊《きゅうでんえいしたい》の一つ、〝闇《あん》神隊《しんたい》〟の隊長をしているらしい。

悠介の在り方については神社の精霊の解析と、〝邪神悠介《じゃしん》〟を構成する精霊から色々と情報を得ているため、本人以上に詳しい状態を知っている。なのですぐに悠介の事情を正確に把握した。

「いや、しかし、そっかぁ〜……あれから一年近く経つのに、未だにあそこでゲームしてたか俺」

今何やってるんだろう？　などと地球世界の自分や家族の事を気にしつつ頭をぽりぽり掻く悠介に、朔耶はそれとなく調べてみようか？　と提案する。

「え、いいの？　てか、そんなに簡単に世界渡れるんだ？」

「うん、もう二年近くあっちとこっち《オルドリア　地球》を行き来する生活してるからね」

そうなるまでオルドリアで過ごした約二ヶ月半は、ちょっと変わった、強大ながらもささやかな力と、少しばかりの地球の知識を持つただの女子高生だった朔耶。周りに良い人が多かったので色々と恵まれた環境にいられたが、余所《よそ》の世界に一人迷い込んだ時の不安や寂しさは常に感じていた。

「あー、もしかしてそれであの娘《アルシア》の事を？」

察しの良い悠介の言葉に、朔耶はこくりと頷いた。二人のやり取りに耳を傾けていた悠介の部下らしき赤髪の壮年男性が、ふむと納得したような表情を浮かべる。少し神経質そうに見える青髪の男性共々、朔耶に対する警戒を緩めたのが分かった。

とりあえず朔耶は、こちらの世界の事も大体分かったのでひとまず今日は還《かえ》る事を告げる。悠介達もこれからサンクアディエットという街へ引き上げるとの事だった。

砂でできた防空壕《ぼうくうごう》は、悠介が光の枠《わく》を出して少し弄《いじ》ると、光の粒が舞って元の砂地に戻った。後片付けの手間も掛からないようだ。

一箇所に集められていた甲冑兵士《かっちゅうへいし》だが、実はこれは『人型戦闘突撃機《ひとがたせんとうとつげきき》』、通称〝機動甲冑《きどうかっちゅう》〟という乗り物で、中で人が操縦していたらしい。中の人も捕虜として連れて行くため、一人ずつ機体から出されては拘束されている。

アユウカスが激突した機体の搭乗員はかなり顔色が悪そうだ。恐らく間近でアレを見てしまったのだろう。

『くわばらくわばら』

クワバラ　クワバラ
神社の精霊と声を重ねてみたりする朔耶。

そんな感じで、撤退準備を進めている悠介達――〝衛士《えいし》〟と呼ばれる人達を観察していると、声をかけてくる者がいた。

「サクヤさん、だったかな？」

「はい？」

部隊の輪から一人離れていた緑髪の男性。他の人達と少し雰囲気の違う彼は、先程のアルシアとの戦闘前に、敵機の接近を知らせてくれた人だ。口元にどうにも掴みどころのない、作り物めいた微笑を貼り付かせている。

「いかがでしょう？　今後もぜひ、貴女《あなた》の力をお借りできれば、カルツィオの民として実に心強いのですが」

彼はカルツィオがポルヴァーティアに対抗する上で、朔耶の力を借りたいと請うてくる。朔耶としても、同郷の者がいるカルツィオに肩入れする事はやぶさかではないのだが――

「ん～、一応、忠告しておくけどー」

バシュッと噴き出すように漆黒の翼を纏《まと》った朔耶は、精霊のつむじ風を起こしながら一言。

「あたしにそういうの通用しないよ？」

じろりと睨《にら》みつつ、緑髪の男性がこちらに仕掛けていた催眠効果のある微風を吹き飛ばしてみせた。

彼が声をかけてきた瞬間から、神社の精霊が『コザイクヲ　シカケテオルゾ』と警告を発していたのだ。特に悪意はなく、動機は悪戯心《いたずらごころ》に近いらしい。

朔耶を包む魔法障壁と精霊ガードは、あらゆる害意、悪意を含め、物理的にも精神的にも鉄壁の護《まも》りである。電撃発現スタンバイ状態で首筋に絡めた〝意識の糸〟を感じ取ったのか、緑髪の男性の貼り付いたような微笑が一瞬消え、怯《ひる》んだ様子が感じられた。一応、朔耶の力を借りたいという言葉は嘘ではなかったようだ。

「自重しろ、森の人」

「森の民だってば。でも、今のは謝罪するよ」

悠介に半目で促《うなが》されて頭を下げた彼は、レイフォルドと名乗った。先程の印象通り彼は他の人達とは違い、諜報関係《ちょうほうかんけい》の特殊工作任務をこなす立場にいる人らしい。

『なんか、レイスとガリウスを混ぜた人っぽいね』

ナカナカニ　サクシノヨウダ
悠介達にひらひらと手を振った朔耶は、「それじゃあまたね」と元の世界へ帰還した。

大地が垂直に繋がった壮大な狭間世界の風景が、静かで落ち着いた神社の境内《けいだい》に切り替わる。時刻はまだお昼前といったところか。

「あ」

「……っ！」

すぐ傍のベンチに、さっきのゲーム機青年がいた。朔耶がいきなり現れる瞬間を見たらしく、目を丸くしている。普通なら都合が悪いところだが、今回は用事のある相手と早々に会えたという事でこれ幸いと声をかけた。

「えーと、あなたとは二度目になるけど、田神悠介さん？」

「え、は、はい、そうですけど」

「初めまして。あたし、都築朔耶といいます」

まずは三度目の自己紹介から始める朔耶なのであった。


ベンチに並んで座りながら、近くのコンビニで買って来たパンなど頬張りつつ牛乳で流し込む。

〝地球世界に住んでいる方〟の悠介は、つい今朝方《けさがた》、神社の境内を彼氏らしき男性と歩いていた見ず知らずの女性が、突然何もない空間から現れて話しかけてきた事にひたすら面食らっていた。しかも話の内容ときたら、一年前に切り離されたもう一人の自分が異世界で活躍している、などというどこの新興宗教の勧誘かと言いたくなるものだ。

しかし朔耶の人懐《ひとなつ》っこさに似た社交性と親近感に絆《ほだ》されたのか、色々と会話を続けるうち、一年ほど前にここで体験した心霊現象や、最近よく見る夢について話してくれた。どうも双星が現れた時期から不思議な夢を見ているらしい。

「あ～、向こうの悠介君の記憶が流れ込んできてるのかも」

「うーん、にわかに信じ難《がた》い話だけど……確かに夢の中の自分と同じだよ、その話」

何とも荒唐無稽《こうとうむけい》な話だが、最近見る夢の内容と一致する事や先程の朔耶の現れ方など、信ずるに値する要素がいくつもある。

そういった冒険ロマンに憧れる気持ちもある悠介としては、とても惹《ひ》かれる話だった。

何よりも決定的だったのが、朔耶の携帯カメラに収められた、特撮映画の一コマのような写真。そこには、垂直に繋がる大地を背景に、〝邪神《じゃしん》・田神悠介〟と彼の部下達の姿が写っていた。

「それで、向こうの悠介君にご家族の写真とか持って行ってあげたいんだけど」

「分かった、用意しておくよ」

そのままクレジットカードの暗証番号も答えそうな勢いで了承する悠介。彼からのメッセージと、近況を記したノートや家族写真などを受け取る約束を取り付け、朔耶は神社を後にする。

「あ、お兄ちゃん？　あたし今から電車で帰るんで迎えはいいから――うん、うん、じゃあねー」

兄に電話を入れて駅に向かいながら、朔耶は今後の行動予定を思案するのだった。

夕刻頃。都築家の居間にて。

「なにこれすごい」

「でしょー」

垂直大陸の写真を見て感想を述べる孝文。向こうの人の話では数日掛けて平らになっていくだろうとの事だった。

他にも携帯に収められた狭間世界の写真をチェックしていた孝文は、甲冑《かっちゅう》かと思ったら実は乗り物だったという人型戦闘兵器に興味を示していた。

テレビでは相変わらず超常現象特集が流れている。タレント霊能者が『天界で二大勢力の対立が起きている』などと発言しては、いつもの准教授《じゅんきょうじゅ》とやり合う。そして会場のお客さんが、信じる信じないのボタンを押すというお馴染《なじ》みの展開も繰り広げられていた。

「だいたい合ってる」

「まじで？」

狭間世界の二大陸間の争いについて語ったりしていた朔耶は、弟の答えを半ば予想しつつも、その戦いに干渉する事について相談してみた。

朔耶としては、同郷の人間もいるカルツィオ側に味方しつつ、ポルヴァーティア側の考えも確かめておきたい。アルシアの意思から読み取れた情報だけでは色々と判断し切れない部分がある。

「そのポルヴァーティアって方の侵攻に、どういう理由があるかってとこか」

「うん。ただ単に領土拡大ーって意味でならただの侵略だし、カルツィオに味方しちゃおうかなーって思ってるんだけど」

孝文は案の定『関わらない事が一番望ましい』としながらも、確かにそれを知っておく事は大事かもしれないと考える。

まだ詳しい事は分かっていないが、アユウカス曰《いわ》く、狭間世界で大陸同士が融合するような出来事はそうそう頻繁に起きるものではないらしい。にもかかわらず、ポルヴァーティア側は他大陸との融合を前提にした軍港も用意しており、それどころか意図して融合を早めるような術《すべ》を持っているのは確実なのだそうな。

「他の大陸と融合しなくちゃいけない理由があって来てるのか、融合させられる力があるから奪いに来てるのか」

自国領ごと動かして余所《よそ》の土地を取りに行くとは、何とも豪快な覇権主義国だなと皮肉る孝文。

そんな話をしているところへ、重雄が仕事から帰宅した。重雄にも今朝別れてからの事や、神社にいたあの青年が狭間世界に複製召喚されていた事などを話し、携帯に収めた狭間世界の風景を披露する。

「なにこれすごい」

「それはもう俺がやった」

自分と同じリアクションを取る兄に孝文のツッコミが入る。

「明日また昼頃に家族の写真とか受け取りに行くんだけど、時間あったら送ってくれない？」

「あ～悪い、明日は外回りだから昼は無理だ。ところでこのちっこいパープルホワイトロングな子は？」

「うん？　ああ、その人はねぇ――」

仲間達と一緒に写っているアユウカスについて説明する朔耶。今年で三千と五歳になるらしい不死身の少女。

「ロリババァ最高！」

「はいはい、言うと思った」

誰も観《み》ていないＢＧＭ状態なテレビでは、世界各地で巨大犬や巨大コウモリ、巨大ネズミが、また日本では異様に大きいハサミムシが発見されたなどといった未確認生物特集が流れていた。


夕食を終え、お風呂に入るべく着替えを取りに部屋まで戻って来た朔耶は、小脇に抱えていたコートを壁に掛けようとしたところでポケットに不自然な膨らみを見つける。

「なにこれ？」

手にとってみれば灰色の塊《かたまり》。石ころのように見えるが手触りは鉄のそれだ。

サクヤガ　クダイタ　ドンキデハ　ナイノカ？

『ああっ　アレの欠片《かけら》ね』

アルシアが振り回していた巨大メイスの欠片。どうやら〝お願い〟して砕けてもらった時に、一つ紛れ込んでいたらしい。

『ね、これ辿ってアルシアちゃんのところに行けたりしないのかな？』

カノウダ
神社の精霊曰《いわ》く、これをアルシアのいるポルヴァーティアへの〝道しるべ〟にすれば、直接彼女の傍に転移する事が可能だという。

欠片《かけら》に染み付いた〝勇者の力〟、これはポルヴァーティアの精霊の力で半精霊化しているアルシア自身から発せられた力の痕跡なので、より正確で具体的な位置情報を得られるというわけだ。

ちなみに、昼間の神社にあったカルツィオへの〝道しるべ〟は、悠介を複製召喚したカルツィオの精霊の力が働いた痕跡なので、カルツィオの大地へは間違いなく飛べる。が、具体的にどこに出るかは分からない状態だった。たまたま向こうの世界で悠介達が力を行使中だったので、運よく彼らを目印にできたのだ。

ユクノカ？

『うん、ちょっと様子でも見に行こうかな』

朔耶は再びコートを纏《まと》い直して部屋を出た。


「あれ？　朔姉、風呂入るんじゃなかったの？」

「ちょっと行くところができたから、後で入るー」

そう言って居間から庭に出た朔耶は、円の中に入って転移の態勢に入る。

『そんじゃ、アルシアちゃんのところへ』

ウム
自宅庭の転移陣から狭間世界はポルヴァーティア大陸へと転移する。その直後から魔法障壁を張り、〝精霊術的なステルスモード〟で姿を隠した。

「うん？」

一瞬の気配と、空気の揺らぎを感じ取ったアルシアが、ハテナ顔で振り返った。飾り気の少ない無機質でシンプルな長方形の部屋が二つ。壁で仕切られた部屋の片方は寝室で、もう片方は日常の生活空間として椅子やテーブルが置かれている。

朔耶が転移した場所はポルヴァーティアに栄える神聖都市、聖都カーストパレスの大聖堂にあるアルシアの寝室であった。

「こんばんはー」

ステルスモードを解除した朔耶が姿を現す。

これから休むところだったのか、普段着を半脱ぎ状態にしたアルシアが固まる事約数秒。

「…………うわああああああああ！」

悲鳴を上げてベッド脇の壁にびたっと張り付く。

「な、あ、なあっ、なぜ……！」

「まあまあ、ちょっと落ち着いて」

とりあえず、朔耶は放り出された服を拾って綺麗に畳み、椅子の上に置いてみたりする。

朔耶の行動を凝視《ぎょうし》していたアルシアは、速まった動悸《どうき》はともかくとして、頭の中はどうにか落ち着いてきたようだ。

「な、何故ここへ来たっ、というか、どうやってここに来られたっ、何をしに来た！」

「アルシアちゃんの事が気になったから、アルシアちゃんの気配を追って、アルシアちゃんとお話しようかなと思って」

すらすらっと答えた朔耶は、一つアルシアの気を惹《ひ》けそうな話題を振ってみた。

「あたしね、割と自由に世界を渡れるの。この世界とはまた別の世界にも行けるし、あたしが住んでる世界はそことはまた別なのよ」

「……？　どういう意味だ」

怪訝《けげん》な表情になるアルシア。壁には張り付いたままだが、少し緊張が解《ほぐ》れたのか、はたまた疲れたのか、肩の角度が下がっている。

「言葉のままだよ。アルシアちゃんってさ、別の世界からこの世界に喚《よ》ばれて来たんでしょ？」

「そ、そうだが……お前もそうではないのか？　混沌《こんとん》の使者として不浄大陸に――」

ノンノンと指をふりふり首も振って見せた朔耶は、まずはその部分から話そうと床に転がっている適当なクッションを拾って腰掛けた。朔耶が座った事で大幅に緊張を緩和されたアルシアも、張り付いていた壁を背にずるずると座り込む。

「まず、お互いの認識の整理から始めましょう」

「あ、ああ……」

警戒は残しながらも、すっかり毒気を抜かれたアルシアは、ようやく朔耶の話に耳を傾けるのだった。

大聖堂の下位宿舎や一般信徒宿舎では、既に就寝時間となっている夜も半ば頃。上層階の高官用宿舎の中でも一番上にある勇者の部屋では、勇者アルシアと不法侵入中の朔耶が真剣な対話を続けていた。途中乙女の会話も交じる。

「な〜んだ、意中の人って訳じゃないのかぁ」

「か、カナンさんは別にそういう相手ではないっ。尊敬はしているが……恋愛とか、そういうのとは違う」

「でもま、これでアルシアちゃんの事情は大体分かったよ」

このポルヴァーティアという国は、大神官を頂点とした執聖機関の下、謂《い》わば信仰によって治められ、国民もまたその信徒達だそうだ。そしてアルシアはこの国の〝勇者〟として召喚され、以来執聖機関の指導の下、ポルヴァーティアの勇者としての訓練と教育を受けてきたのだという。

不浄大陸にいる敵を征伐《せいばつ》――つまり〝浄伏《じょうぷく》〟して清浄化し、聖なる大地を取り戻すという使命遂行の旗印として、ポルヴァーティアの戦士達を導いて行くのが勇者の役割。

最初は自分にそんな大役が務まるのかと不安もあったが、自分自身に宿る勇者の力を自覚し、それを与えてくれた大地神ポルヴァァとその教義を信じ、誇りを持って勇者としての修行を積んでいたらしい。カナン達はそんな修行の日々の中、色々と相談に乗ってくれたり、励ましてくれたりと、右も左も分からなかった頃からアルシアに対し親身に接して、彼女の心の支えにもなっていた。

朔耶自身、ある日突然異世界に放り出された経験者なので、その時の心細さや寂しさは理解できる。

邪神《じゃしん》をやっている方の悠介から、ちらっと聞いた話ではあるが、彼はカルツィオに召喚されたばかりの時、自分がこの世界に存在する事に対してどこか納得するような気持ちが心の奥にあったという。加えて今のアルシアの話を聞けば、彼女が何故ポルヴァーティア《こ》の人間《こ》の言う事を信じて受け入れたのかも概《おおむ》ね理解できた。アルシアもまた、この世界に存在することに納得する気持ちを持っていて、それを勇者としての使命故の事と思い込んだのだろう。

『人間の罪の意識に対する究極の言い訳なんだ、良心さえ欺《あざむ》くほどのな』――以前、弟が信仰について そんな事を言っていた。信仰の力というものは本当はとても厄介で、人を簡単に纏《まと》めてしまう反面、容易《たやす》く争いへと駆り立てる。

信仰心は時に、善良で気弱だった人間を無慈悲な殺戮者《さつりくしゃ》に仕立て上げてしまう。信仰が日々の生活をより良く過ごすための心得となっているうちはまだ良いが、それ以上のものとなった場合は特に危険だと。

アルシアにはここで生きて行く上で、教え込まれた教義以外に縋《すが》れるモノがなかったのだ。

「多分さあ、アルシアちゃんは利用されてると思う」

「……それは」

実はアルシアも薄々感じていた事ではあるが、なるべく考えないようにしていた。たとえ良いように利用されているのだとしても、自分は今この世界で生きているのだ。この大陸の隅々まで支配する執聖機関と対立したとて、自分の居場所がなくなるだけである。

「カルツィオでならそんな事にはならなさそうだよ？　今回の大陸融合で状況が変わるかもね」

「……向こうは、そんなにいいところなのか？」

「さー、それはどうだか分からないけど」

「なっ、ちょっと待て、今さっきサクヤが言った事だぞ」

憤《いきどお》るアルシアに朔耶は、カルツィオが良い場所かどうかは分からないが、少なくとも個人が自分の心に従った行動をしたからと言って、どこにも居場所がなくなるといった事はないはずだと説明する。カルツィオは、ポルヴァーティアのように思想や価値観が信仰や教義で統一された世界ではない。いわゆる普通の、様々な価値観を持つ人々が共存している世界だからだ。

「そりゃあ、アルシアちゃんがよっぽど多くの人を不幸にしちゃうような人だったら、その限りじゃないと思うけど」

「わ、私は……」

「アルシアちゃんは、自分以外は不幸になっても良いなんて思わないでしょ？」

「当然だ、私は人々の幸せのために戦う。もちろん、それは自分のためでもあるが……」

うんうんと頷いた朔耶は、同時にこのポルヴァーティアとカルツィオの戦いでどちらに味方すべきかについて最終的な結論を出していた。これから両大陸間で本格的な戦いが展開されるかもしれないが、ここぞという時には協力してねとお願いする。

「私に、ポルヴァーティアを裏切れというのか」

「自分を都合よく利用している人達の手から飛び出す事が裏切りっていうなら、そうかもね？」

「むう……」

明《あ》け透《す》けな物言いに唸《うな》るアルシア。甘言《かんげん》で本音を取り繕《つくろ》おうとしないからこそ、アルシアも朔耶の言葉を戯《ざ》れ言《ごと》として斬り捨てられない。

朔耶はこれからも時々顔を出しに来るという。朔耶が今後の戦いにおいて、具体的にいつどうやって何をするのかは決まっていないとの事だが、アルシアは戸惑いながらも〝協力する事〟を承知した。

「サクヤは、カルツィオの人間ではないのだよな……向こうの様子を調べたりとかは——」

「できるよ。一応、悠介君のところにも行くつもりだしね」

『悠介』の名を聞いてアルシアは少しムスッとした顔を見せる。散々からかわれた相手と認識しているようだ。これはこれで〝和解フラグ〟ではないのかと内心でチェックを入れてみたりする朔耶。

「その……捕虜になっているカナンさん達の事が心配なのだが……」

「分かった、ちゃんとあの人達の事も調べておくから」

「そろそろお暇《いとま》するねー」と立ち上がった朔耶は、ひらひらっと手を振って元の世界へと帰還した。お風呂に入らなくてはならないのだ。

唐突に消えた朔耶に驚いたアルシアは、しかし確かに今までここに朔耶がいたという空気を感じ取って安堵を覚える。そしてこの冷たい大聖堂の中で秘密の友人ができた事によって、少し気持ちにも余裕が生まれた事を感じるのだった。

翌日。朝からフレグンス城を訪れた朔耶は、お茶を頂きながら向かい合うレティレスティアに、例の双星――融合した事で、今は一つの凶星《きょうせい》となった世界に行って来た事を話した。

「ええっ、あの島星まで行って来たのですか!?」

「うん。それで今ね、向こうは戦争とか起きてるんだけど、こっちで何か不穏な動きとかない？」

「あ……実は――」

昨日の夜、『西方の地における魔王の出現』について注意喚起する〝精霊の知らせ〟があったのだという。

魔王に関して言えば、発掘品などの力を得て勘違いした〝自称魔王〟なら今までにもたくさん存在していた。だがいずれも精霊が知らせるほどではない、〝魔王かぶれの魔術士〟程度がほとんどだった。今回は、精霊がわざわざ〝知らせ〟をもたらすほどなので、放置すれば危険な存在になる〝魔王〟なのかもしれない。

「西方かぁ」

朔耶は一昨日辺りに、ブラハミルトから聞いた話を思い出す。凶星の影響を調べにティルファの様子を見に行った際、ブラハミルトの私室にある作業台に、魔力集積装置と並べて置いてあった見慣れぬ〝何か〟。

『これ何ですか？』

『ああ、それは舶来品《はくらいひん》の魔術式装置なんですよ』

聞けば海の向こう、はるか西方にフラキウルなる大陸があって、そこには非常に魔導技術の進んだ国があるらしい。これはその国で作られた〝魔導器《まどうき》〟という魔術式装置であり、フラキウル大陸にて普及している魔術式製品の心臓部なのだとか。

オルドリアで普及している魔術式の道具が、呪文を駆使《くし》する事で特定の効果を発現する魔術を道具の中に組み込む形式なのに対し、フラキウルの魔導技術は機械的な仕組みによって魔術効果を得るというものだ。ある意味、サクヤ式にも通じる。

この魔導器は型落ちの中古品だが、キトの商人経由でようやく手に入り、これから研究しようと思っていた矢先に凶星《きょうせい》の影響で壊れてしまったのだそうな。どうにか直せないものかと、これから構造などを調べる予定だという。

キトの交易商人には、フラキウル大陸に渡り、そこの大国の商会とも取引している者達がいる。ティルファはそういった冒険者商人と専属契約を取り交わし、交易資金などを提供しながら珍しい品を仕入れたりしているのだ。

ただ、それらの品はいずれも高価な上に、メンテナンス面で問題が残る。そのためせいぜいが嗜《し》好品《こうひん》と、オルドリアでもメンテナンスができそうな魔術式の道具だけをわずかに取り寄せる程度に止《とど》まっている。

ブラハミルトは他にも取り寄せたい物はたくさんあるのですが、と苦笑する。嘘か真《まこと》か、その国には空を飛ぶ船などもあるらしい。

『へー。でもそんなのがあるんなら、こっちまで飛んで来そうなもんだけど』

『航続距離などに問題があるのかもしれません』

たとえ来られたとしても、燃料となる魔術の触媒《しょくばい》や水、医薬品、食料その他などの費用が交易での稼ぎを上回ってしまうようでは意味がない。また空を飛ぶ船や、それに関連する魔導製品は、その国が軍需物として管理している。そのため、キトの豪商も売ってもらえなかったそうだ。

国の中枢にいる人間に冒険家のような者がいれば、採算は取れずとも誇りや名誉のためにオルドリアまで飛行して来る、なんて事もあるかもしれないとブラハミルトは語る。

『冒険家かぁ、オルドリアじゃあんまり聞かないよね』

『この地は、今や未開の地さえも開拓され始めていますからね』

一昔前なら、まだまだ前人未到の地へ探索に行く冒険者風の者もいたようだが、今は護衛の仕事が主要となりつつある傭兵稼業の人達や、古代遺跡の発掘を専門にしている学者グループをちょくちょく見かけるくらいだ。

『最近はアーサリム地方の魔物も少なくなって来たようで、魔物討伐を生業《なりわい》にしていた者達が西方《フラキウル》大陸に進出しているそうですよ』

『へ〜』

フラキウル大陸には、〝魔導技士《まどうぎし》〟という魔術式製品を専門に作る魔術士の技術者がいるらしい。この〝魔導器《まどうき》〟を作ったのも彼等だ。

かの国には、オルドリアではあまり馴染《なじ》みのない〝呪術士《じゅじゅつし》〟や〝祈祷士《きとうし》〟などといった様々な専門系の職種があり、トレジャーハンター的な冒険稼業が成り立つ地下迷宮――ダンジョンも多いらしい。逆に精霊術を使う者は希少なのだとか。

「――ってな話を、この前ティルファで聞いたんだけどね」

朔耶の話に、レティレスティアも興味深そうに頷きを返す。

「そんな事があったのですか……でも、それほど魔導技術の進んだ国なら、今回の騒ぎでは相当な影響を受けているかもしれませんね」

「だよね、あたしも同じ事思ったよ」

その影響が〝精霊の知らせ〟が告げた〝魔王の出現〟にも関係しているのかもしれない。

「今度〝夢内異世界旅行〟に入れたら、意識して探ってみようかな」

「私も、夢の中でサクヤの世界に行ってみたいです」

魔王に関してはいずれ調べてみるという事で予定を立てた朔耶は、また新たな〝精霊の知らせ〟でもあれば教えてほしいと伝えて、お茶の残りを飲み干し席を立つ。

「今日はもう帰るのですか？」

「うん、狭間世界絡みで色々と予定ができちゃってるのよ」

バタバタしててごめんね～とウィンク一つにひらりと手を振った朔耶は、いつものごとく唐突に消えた。

「私にも、サクヤのお手伝いができればいいのに……」

ふぅ――と眉尻を下げて呟《つぶや》くレティレスティアは、珍しく残ったお茶菓子のクッキーを、ぽいっと朔耶の真似をして口に放り込むのだった。

フレグンス城のテラスから自宅の庭に帰還した朔耶は、時間を確かめると、用意しておいた荷物を持って駅に向かうべく家を出た。今日は悠介の本体に会って、家族の写真や近況を記した手紙などを受け取る約束をしているのだ。

電車に揺られる事小一時間。目的の駅に降りた朔耶は、待ち合わせ場所の駅前公園に向かう。そこでは、神社の境内《けいだい》で見た時より少しばかりめかし込んだ様子の悠介が、肩掛け鞄《かばん》と手提げ袋を片手にベンチのところで待っていた。

そこへ向かう途中、朔耶は視界の端にいくつかの人影を捉《とら》える。

『ちょっと、冷気を出す準備しといて』

ウム

公園の出入り口付近に屯《たむろ》していたナンパ師達が、朔耶を見るなり『上玉発見』とばかりに動いたのだ。なので朔耶は先手を打って、手をふりふり悠介に声をかける。

「悠介くーん」

「あ、ども」

手提げ袋を受け取り、簡単に中身を確認する。昨日撮影したという家族の写真に、悠介本体からのメッセージと近況がしたためられた手紙。

「はい、確かにお預かりしましたっ」

「よ、よろしくお願いします？」

朔耶のノリにちゃんとついてくる悠介。周囲からさり気なく様子を窺《うかが》っていた視線が、『なんだ、カップルじゃないのか？』という訝《いぶか》しむモノに変わる。もしや水商売の人かと意外そうな、しかし珍しくはないと言いたげな雰囲気で観察を続けるナンパ師達。

ここで、朔耶は冷気を発現。周囲の温度を若干下げる。

「精霊と共に、異世界で邪神《じゃしん》の務めを果たしている貴方《あなた》のもとへ、必ず届けます」

「お、俺もこっちの世界から応援してるとお伝え下さい」

このやり取りを聞いて『関わってはイケナイ類《たぐい》の相手だ』と判断したナンパ師達は、そそくさと立ち去った。体感的な温度の低下も、効果的に働いたようだ。

「よし、計画通り！」

「ははは……」

そんなこんなでこちらの世界の悠介と別れ、自宅へととんぼ返りした朔耶は、軽い昼食を済ませてからカルツィオへと転移する。

「やほー。こんにちは、悠介君」

「……レイフォルド以上に唐突っすね」

自室らしき部屋で椅子に腰掛け、何やら光の枠《わく》を操作していた悠介が、いきなり現れた朔耶にそんな感想を述べた。

昨日、砂浜で朔耶に幻惑系の術を試みていた彼は、普段から気配もなく現れては悠介を驚かせているらしい。が、さすがに突然目の前に出現したりはしない。

邪神な悠介に普通の悠介から預かってきた手提げ袋を渡してミッションコンプリート。カルツィオで一般的な飲み物である『ララの絞り実ジュース』などご馳走《ちそう》になりながら、アルシアの事情を話し、ついでに捕虜についても訊《たず》ねてみたりする。

「あーなるほどなぁ……って——本人のところまで行ってきたんですか⁉」

「うん。彼女の部屋に出たから騒ぎにもならなかったし、落ち着いて話せたよ？」

「なにその出鱈目《でたらめ》な能力……」

世界を跨《また》いだ朔耶の神出鬼没《しんしゅつきぼつ》っぷりに感嘆する悠介。そんな悠介によると、カナン達は健康そのもので特に問題も起きていないとの事だった。

その捕虜達から得た、ポルヴァーティアの体制について、悠介は昨夜アルシアから聞いた内容よりもさらに詳しく説明してくれた。

ポルヴァーティアの人々は一神教を掲げた強い信仰教育により、一種の洗脳統治の下に纏《まと》まっている。また、はるか昔から計画的に大陸の融合を進めており、対象となる大陸への侵略行為を繰り返しているらしい。そのためトップを動かさない限り、カルツィオとの交渉の席に着かせるのは難しいという事が分かった。だが同時に、彼らが決して一枚岩ではないという事も明らかになった。

二等市民や三等市民といった、かつてポルヴァーティアと融合した他大陸の民の血が混じる層。彼らは上級市民として扱われてはいるが、一等市民である純粋なポルヴァーティア人に比べると、信仰教育がさほど浸透していないという。同じく他大陸にいた民の子孫でありながら、ポルヴァーティア人の血が混じらない下級市民層ともなれば、言わずもがな。信徒には執聖機関への奉仕が義務づけられているが、彼らの場合、実質的には神聖軍による監視の下で労働を強いられている。

カナン達偵察部隊は二等市民で編成された部隊らしい。彼らは、ポルヴァーティアの信仰教育に染まっていないので、尋問でもその辺りの事情を詳しく話してくれた。

ポルヴァーティア側はカルツィオを攻撃する根拠として、〝不浄大陸〟だからとか、〝混沌《こんとん》の使者〟がいるからとか主張しているが、全ては侵略を正当化するためのスローガン、プロパガンダに過ぎない。

「アルシアの例を聞いた限り、これで裏も取れたって感じかな」

「そっか〜、だからアルシアちゃんもカナンさんって人達と親しくなったのかもねぇ」

なるほどね〜と納得する朔耶。

「ところで、向こうにも自由に行けるんなら、都築さんが向こうの指導者を直接どうこうするってのは――」

「うわっ、なんて邪悪な事を――ってのは冗談だけど、あっちの指導者の事はまだよく分からないから、それも調べてみないとね」

朔耶の経験上、迷惑な覇権主義の独裁者かと思っていた皇帝が、民想いの寂しがりやな傀儡皇帝《かいらいこうてい》だったという前例もある。なので、ポルヴァーティア側の指導者についても、しっかり調べてから説得するなりビンタかますなり考える、と自分のスタンスを伝える朔耶。

「ああー、あの光るビンタですか」

苦笑しながら納得する悠介であった。

「さて、それじゃあそろそろお暇《いとま》するね。ジュースありがとう」

「いえいえ、お疲れさんでした」

ヒラリと手を一振りし、それじゃあね～と朔耶は元の世界へと帰還する。悠介の自室から夕暮れの自宅の庭に風景が切り替わるわずかな瞬間、「ユースケはいるかー！」という元気な声と共に扉が開き、赤いツーテールを揺らす少女の姿が見えた。

『今の子って？』

ウム　アノクニノ　ヒメギミノヨウダ
なかなかの大器を感じさせる――神社の精霊は、狭間の世界で〝炎の姫君〟と称される少女の事をそう評したのだった。


「ヤンデレ勇者萌え～」

「お兄ちゃんが言うとホントにそうなりそうだから不穏なキャラ認定禁止！」

居間に卓袱台《ちゃぶだい》を置いて夕食を取る都築兄弟。おでんの鍋をつつきながら今日の成果報告をした朔耶は、相変わらずな兄にツッコミを入れておく。大根をさくり。

今日は父が残業で、母も父のもとに差し入れに出かけている。

「しかし魔王とはまたファンタジーだな」

「そっちの事も調べなくちゃなのよねー」

「オルドリアから結構遠い場所での事だろ？　わざわざ朔姉が調べる必要あるのか？」

「何とかしたいと思って、何とかできる力があるから、何とかする。それだけだよ」

かつて自らの意志でオルドリアに行く事を選んだ時に決めた事。今もその行動方針は変わらないと朔耶は答える。

それにフレグンスの精霊術士達に〝精霊の知らせ〟がもたらされた以上、オルドリアにも害が及ぶ可能性もある。遠い地の出来事だからと放っておく訳にはいかないのだ。

「狭間世界の問題に首突っ込む必要もか？」

「うん。まあそっちはアルシアちゃんの事とか、悠介君の事もあるけど……」

狭間世界の戦争の影響が、地球世界やオルドリアのある異世界に及ぶ可能性もある――その可能性については、神社の精霊も全くの未知数と言っている。なので朔耶はまだ兄弟達にも伏せておく事にした。

しかし、それらを知る者として、そしてそれをどうにかできる可能性と力を持つ者として、この問題には正面から取り組むという気持ちを固めていた。

夕食後、お風呂を早めに済ませた朔耶は、昨日と同じくらいの時間にアルシアの部屋へと転移した。

「こんばんはー」

「うわっ、……ああ、サクヤか」

一瞬びっくりした表情を見せたアルシアは、すぐにすまし顔へと戻った。とはいえ昨日に比べて、随分と纏《まと》う雰囲気が柔らかい。朔耶は早速、悠介から聞いてきたカナン達捕虜の様子について伝えた。

「そ、そうか……皆無事なのだな。よかった」

ベッド脇の小さなテーブルを挟んでお茶など飲みながら向かい合う二人。わざわざお茶とカップまで用意していたのは歓迎の意の表れなのか。こうして朔耶と話をする事をどこか楽しみにしていたかにも見えるアルシアのリラックスした様子に、朔耶は少し突っ込んだ話題を振ってみる。

「あの人達って、必ずしもポルヴァーティアの方針に賛成してる訳じゃないみたいだね」

悠介に聞いた捕虜への尋問内容から、カナン達がポルヴァーティアの侵略行為や信仰教育を全く支持していない事が読み取れた。

「カナンさん達は――二等市民という事もあるからな。あまり信仰に熱心ではないようだが……」

「ふーん。ねえ、ポリヴァーティアの指導者ってどんな人？」

「ポルヴァーティアだ。大神官か？　うーん……指導者として聡明で、包容力があって――」

父のような存在だと、アルシアは答える。昨日の戦いの時にも、アルシアの意識からは大神官に対する信頼にも似た想いが感じられた。が、どこか自分にそう言い聞かせている節《ふし》があるようにも感じられる。朔耶は、その〝大神官〟について色々と話を聞いてみた。

「その人が余所《よそ》の大陸を攻めるように指示してるの？」

「いや、浄伏《じょうぷく》はポルヴァの民の使命だと教義にあるからで……」

ポルヴァーティア以外の大陸は全て〝不浄大陸〟で、そこに棲《す》む不浄なる敵を〝大地神ポルヴァ〟の加護を受けし民が〝浄伏〟する事でその大陸が清浄化されると考えられている。

「その教義って経典みたいなのがあるの？」

「ああ、神の書として信仰教育にも使われているものだ」

神の書には、〝大地神ポルヴァ〟はこの世界に大地を創《つく》り、人々を創造した大神であると記されているらしい。世界を漂う不浄の大地は、かつて神に与えられし楽園から追放された堕落《だらく》の民が、この世を混沌《こんとん》に導く悪魔の力を借りて聖なる大地を砕き、方々へと散らしてしまったものだという。

またの名を〝失われた大地の欠片《かけら》〟というそうだ。

聖なる大地を砕いた堕落の民は、悪魔と共に勢力の拡大を狙って不浄の地に棲まい、悪魔を崇拝しながらその数を増やしている。一方ポルヴァの民と執聖機関はいずれ訪れる世界の崩壊を防ぐため、バラバラになった聖なる大地を再び元の姿に戻す事を使命としている——というのが神の書とやらの概要だそうな。〝混沌の使者〟とは、ポルヴァ神が異界より召喚する〝勇者〟に対抗するために、不浄の大地に棲む悪魔が異界より喚《よ》び出す〝悪魔の使者〟、という位置づけのようだ。

「じゃあその神様ってどこにいるの？」

「このポルヴァーティアの大地と共にあると言われているな。実際、私もこうして召喚されている訳だし」

教義の説明をする時は少し自信なさげにしていたアルシアは、自分が今ここにいるという覆《くつがえ》しようのない事実を挙げて堂々と答えた。教義について真偽はともかく、この地に自身を喚び寄せた神たる存在がいるのは確かだと。

「そうすると、アルシアちゃんを喚んだ存在が、ポルヴァーティアの神様って認識でいいのね？」

「あ、ああ。そうなるな」

「確認するけど、それって大神官もそう言ってるの？」

「そう、言ってたと思うぞ？　私の事を……神に喚ばれたのだからって……励ましてくれたし」

自分が〝神に喚ばれた〟という部分に、若干照れながら答えるアルシア。

ここまでの対話で、朔耶には執聖機関というポルヴァーティアを統治する機構の姿が見えてきた。

最終確認として、素朴かつ重要な意味を持つ質問を投げかける。

「大神官って人、別に神様と話したりできるって訳じゃないのよね？　その人も経典の教義に従ってるだけで」

「いや、お告げとか……色々と神の声を聞いたりはしているそうだぞ？　経典を監修しているのは大神官だと聞いたが」

それを聞いた朔耶はなるほどと頷き、一つ明らかになった事実を告げる。

「もしそうだったら、その人嘘吐《つ》いてる事になるよ？」

「……どういう意味だ」

声のトーンに少し警戒を滲《にじ》ませるアルシアに、朔耶はストレートに答えた。

「ポルヴァーティアの神様——この大陸を司《つかさど》る精霊だけど、その精霊はアルシアちゃん達が言うような使命とか与えてないよ？」

教義や経典にある、世界の崩壊、楽園、堕落《だらく》の民、不浄の大地、混沌《こんとん》に導く悪魔。そんなものは元々存在していない。全ては人の意思によって創造された架空の存在。教義を掲げる一部の人達によって、特定の現象や場所、民族がどれそれに該当していると、一方的な定義付けをされているに過ぎないのだと。

「なぜそんな事が言い切れる！」

「だってあたし精霊とお話できるもん」

ポルヴァーティアの精霊本人に（神社の精霊を通してだが）聞いているのだから、間違いない。

世界に変革をもたらすべく、アルシアを勇者として召喚しているが、別に世界を救えとか、不浄大陸を浄伏《じょうぶく》しろとかいう使命は与えていないとキッパリ言い切る朔耶。

一瞬反論の言葉を失ったアルシアは、『精霊と話ができる』という点に反応する。

「精霊と……サクヤは精霊術士なのか？」

「あれ？　精霊術知ってるの？」

「いや、東方にある大陸に、精霊と心を通わせて様々な力を使う術士達がいるという話を聞いた事があるだけで、詳しい事までは」

高い交感力を持ち、精霊の力で治癒《ちゆ》や戦闘を行《おこな》うという珍しい術士の話は、自分も含め冒険者になろうとしていた者なら大抵どこかで耳にする話だと言うアルシア。

「あ、東方といっても、前に住んでいた世界の話だから……」

『前に住んでいた世界』というキーワードを口にして、急にアルシアが元気をなくす。

朔耶の指摘は、ポルヴァの信徒にとっては自身の存在理由ともいえるポルヴァーティアの教義を真っ向から否定するモノだ。にもかかわらず、抗議も強い憤《いきどお》りも見せないのは、アルシアの心そのものはポルヴァーティア人でもなければ、ポルヴァの信徒でもない事を示していた。

彼女はあくまでポルヴァーティアに召喚された、〝異世界の勇者〟なのだ。

「……私自身、教義の真偽など、どうでも良かったのかもな……」

「さっき自分で言ってたもんね」

「はぁ……結局私は、自分の居場所を護《まも》るために戦っていただけなのかもしれない」

『人々の幸せのため』など、ただの詭弁《きべん》だったのだと達観めいた溜め息を吐《つ》く。投げやり気味にも思える情緒不安定一歩手前なアルシアに、朔耶はあえて彼女の元いた世界について話を振ってみる。そうする事で気力の回復が図れるかもしれない。

「アルシアちゃんの住んでた世界って、どんなところ？　冒険者を目指してたって？」

「ああ……エパティタという小国の首都に住んでいたのだが――」

三年前、冒険者の訓練学校に入学すべく、隣の大国、グランダールという国にある国境の街バラッセを目指していた途中でこちらの世界に召喚されたのだそうだ。

アルシアのいた世界では、多くの冒険者達が世界を巡り、各地に点在するダンジョンを探索したり、地上を徘徊《はいかい》する魔物や魔獣《まじゅう》を討伐したりする事で富や名声を得られる仕組みが成り立っていたらしい。

「最初は、グランダールの王都に来てしまったのかと思ったよ。あそこも、すごく魔導文明の進んだ大国だったからな」

「へ～、あたしの知ってる世界だと、冒険者とかはあんまりいない感じなんだよね。あたしがよく行く国あたりでは、だけど」

自身の過去も交えながら故郷の話ができた事で、少し元気が戻った様子のアルシア。しばらく談笑を続けた朔耶は、切っ掛けさえあればアルシアのいた世界にも行けるはずだと話す。それができた時には、元の世界にいるアルシアの様子を見て来ようかと持ちかける。

「わ、私の……本体？」

「うん、悠介君の本体とも会った事あるし。多分、アルシアちゃんのいた世界に行けば、アルシアちゃんの本体がいると思うから」

「ユースケ……そうか、アイツも私と同じ、という話だったな」

「ぷぷっ、またムッスリしてる」

指摘されて少し頬を赤らめながら呻《うめ》くアルシア。

ポルヴァーティアの教義の事。大神官の事。アルシアの現在の立場や境遇の事など、色々と問題は多いが、アルシアの心は朔耶の強行突破に近い体当たり交流で半分近く開く事ができた。そんな彼女との対話は、和《なご》やかな空気でお開きとなった。

すっかり暗くなった自宅の庭に帰還する朔耶。家の明かりが庭に磨《す》りガラスの模様を映し出す。

縁側に上がると、居間では父と母がビールで晩酌《ばんしゃく》などしながらコタツに転がってテレビを見ていた。

朔耶に気付いた母が『お・か・え・りー』と口パクをしたので、朔耶も『た・だ・い・まー』と口パクを返す。そのまま二階の自室に上がってパジャマに着替えた朔耶は、ベッドにスライディングインして目を閉じた。

『は〜、今日は色々充実した日だったわ』

ヒサシブリニ　バタバタシタヒビデモ　アルナ
カースティアの観光事業や、魔族組織との戦いがあった頃のような忙しさ。凶星《きょうせい》騒ぎが収まれば、またノンビリしたいつもの日常に戻るのだろう。朔耶は、顔を出す世界が一つ増えた事で、今まで以上に楽しい日々の訪れを期待する。

『良い結果に繋ぐためにも、精一杯やんなきゃね』

ヨイ　ココロガケダ
神社の精霊のうむうむと頷く気配を感じながら、ゆっくり眠りにつく朔耶なのであった。

『…………って、あれ？　風の街道だ』

ちょうど入りたいと思っていた夢内異世界旅行。少しずつ意識して入れるようになってきた感がある。

昼間レティレスティアから聞いた『西方の地に魔王が出現する』という〝精霊の知らせ〟を受け

て、西方大陸《フラキウル》を調べてみようと思っていたのだが、具体的な位置が思い浮かばない以上転移もできない。こちらの異世界で朔耶が知っている大陸はそれこそオルドリアだけなのだ。

『うーん、何かヒントは……――そうだ、ブラハミルトさんのところにあった魔導器《まどうき》！』

そのイメージが頭に浮かんだ瞬間、ティルファの中央研究塔最上階にある、ブラハミルトの私室に視点が移動。作業台の上に置かれている壊れた魔導器を見下ろす位置に定まった。

『これが作られた場所をイメージすれば、西方の大陸まで行けるかな？』

半分蓋が開いて分解されている魔導器を包み込むようにしながら、製作された場所をイメージする。すると薄暗い部屋からたくさんの明かりが見えるどこかの街の上空へと景色が切り替わった。

『うわっ、すご……これがフラキウル大陸の街？』

岩山の間に造られた三重の防壁を持つ城塞都市。フレグンスの城から一般開放区くらいまでありそうな広さだが、なんというか密度が違う。まるで地球世界の近代都市を切り取って持って来たかのような凝縮された建物群。街明かりも日本の街と見紛《みまご》うばかりだ。

空飛ぶ船らしき乗り物も確認できたが、今は凶星《きょうせい》の影響で飛べないようだ。街上空を飛行中に落ちたのか、民家の屋根にめり込んでいる船体が何隻か見える。

街の状態も、どうにか混乱が収まったばかりといった雰囲気で、至る所にクレーンのような大型機械が設置されている様子は、ティルファの復興風景とも重なる。街の空にはピーちゃん達のような飛竜の姿もあったが、オルドリアの飛竜に比べて一回りほど小柄だ。

夜でも人通りの多い街路。そこから少し外れた場所にある、公園っぽい開《ひら》けた空間に視点を下ろした朔耶は、明日この街に転移できるようしっかりと場所を記憶する。見た目のインパクトが強かったので大丈夫だろう。

その後、街の様子も見ておこうかと通りに出て、人ごみをうろうろしているうちに眠りが深くなったらしく、意識は自然に夢から離れて深い眠りの闇へと落ちていった。


翌朝。朔耶は起き抜けに、まず昨夜《ゆうべ》の夢内異世界旅行で訪れた街の事を思い起こす。

「魔導器、ぎゅうぎゅう詰《づ》めの明るい街並み、岩山と繋がったおっきい防壁、屋根に落ちてた船――よしっ、覚えてる」

ズイブント　ニギヤカナマチデ　アッタナ
あれだけ魔力の集中する特徴的な場所なら問題なく転移できると、神社の精霊からもお墨付きを貰《もら》った。午前中はあの街に行く事にした朔耶は、朝食後、早速庭に出て円に入る。その姿を見送る重雄。

「朝から忙《せわ》しないな、またこの間の町まで行くなら送るぞ？」

「んー、今日は多分向こうでの活動がメインになると思う」

なのでこちらの世界にいる普通悠介と会う予定もない。昼から狭間世界に邪神《じゃしん》悠介の様子を見に行く以外は、昨夜の夢内異世界旅行で訪れた大きな街での〝魔王〟に関する情報集めが中心となる。

「それじゃ、行ってきまーす」

「いてらー、新しい異世界美女の写真もよろー」

今日も今日とてオタ気質全開の兄殿なのであった。

そんなこんなで、転移した朔耶が下り立った場所は、建物と建物の間を走る路地のごとき空間。夢の中で見た公園っぽい場所を狙ったのだが、なかなか思うようには行かないらしい。

『さーて、まずは昨日の大通りに出てみようかな』

ヒトノ　アツマル　バショニハ　ジョウホウモ　アツマル
意識の糸レーダーで周囲の地形を把握しつつ、狭い路地を抜けて大きな通りのある方向へと歩いていく。

街の至るところに魔導器《まどうき》の組み込まれた仕掛けがあり、街灯はもちろん、ほぼ全ての建物に上下水道が完備されている。オルドリア大陸のグラントゥルモス帝国やフレグンス、ティルファと比べてもかなり進んだ街であるという印象を受けた。

街に設置されてる魔導器は、ブラハミルトの私室で見た〝型落ちの魔導器〟とは随分と違った構造になっていた。どこか魔力石ライターの構造にも似ている気がする。

『これって、凶星《きょうせい》の影響を受けない作りになってるのかな？』

イズレモ　ゴクサイキン　ツクラレタモノノ　ヨウダ
空飛ぶ船らしきものが民家の屋根にめり込んでいるのを見る限り、この街でも凶星の影響による混乱は起きたものと思われる。

街中《まちじゅう》に設置されている仕掛けの魔導器はちょうどその時期に作られたモノらしいので、魔力の乱れに対応した新型なのかもしれない。昨夜街明かりが煌々《こうこう》としていたのもこれのおかげだろう。

『すごいねー、それって混乱が起きてから一日や二日で対応しちゃったって事よね』

もし、自分がオルドリア大陸ではなくフラキウル大陸に召喚されていたなら、あるいはオルドリアの魔術式技術がこちらほど進んでいたなら、サクヤ式は生まれなかったかもしれない。

そんな事をつらつらと思いつつ大通りに出た朔耶は、時に意識の糸で通行人から情報を読み取るなどして、情報収集を始めた。


まだお昼には早い時間帯。いつもの赤いコートにミニスカートとこの世界では結構目立つ格好をしている朔耶だが、自然体で堂々としているせいか、人ごみの中ではあまり気にされる事はない。

すっかり現地に溶け込んだ朔耶は、ぶらぶらと歩きながら集めた情報の整理をしていた。

この街の名は王都トルトリュス。ブラハミルトとの会話にも出てきた、キトの交易商人達が取り引きをしているという商会、〝通商協会〟の本店がある街で、魔導文明大国として知られるグランダールの首都であった。

この都には商業全般を取り仕切る〝通商協会〟の他にも、〝冒険者協会〟という冒険者達の活動を支援する機関の本部もあり、あらゆる情報がそこに集まる。

そのため〝魔物〟に関する情報は、驚くほどたくさん、まさにそこら辺にいるのが当たり前といった感じで溢れていた。だが、肝心《かんじん》の〝魔王〟というキーワードに関してはさっぱりだった。まだそれらしい存在は出現していないようだ。

『グランダールって、どこかで聞き覚えがあるなーって思ったら……』

アルシアジョウノ　ハナシニデテキタ　クニノナデアルナ
冒険者になろうとした彼女が目指していた街の属する大国の名。

『確か、アルシアちゃんが向かっていた街は――』

思い出そうとする朔耶の耳に、近くを通る旅人達の声が入ってくる。

「コウは今〝バラッセ〟に向かってるらしいですね」

「ああ、あそこのダンジョンにも古代遺跡の祭壇があるらしい」

「あ～あ、コウちゃんだっこしたかったのになぁ」

「入れ違いになっちゃいましたね」

見れば賑やかな通りを冒険者風な格好をした一団が歩いてくる。朔耶は『そうそう、バラッセの街』と内心でポンと手を叩く。

『アルシアちゃんってこの世界出身だったのね。これならこっちのアルシアちゃんにも案外早く会えるかも』

バラッセの街にある冒険者の訓練学校に向かい、その途中で召喚されたのが三年前という事なので、無事に通っているならまだ在校しているかもしれない。〝魔王〟に関する情報集めが行き詰《づ》まっている事だし、ちょっと行ってみようかと予定を見直す朔耶。

『さっきの人達に、バラッセまでの行き方とか聞いても大丈夫かな？』

トクニ　モンダイハ　ナイヨウダ

朔耶は、先程の集団が危険や脅威をもたらすような悪意は持っていないと判定されたので、道を訊《たず》ねるべく声をかけた。

漆黒の翼を広げた朔耶がフラキウル大陸の空を行く。

バラッセまでの道のりを聞いた朔耶は、試しに空から行く場合は？　と訊ねてみた。空飛ぶ船がある街だからなのか、その冒険者集団は特に怪訝《けげん》な様子も見せず、ここから発《た》つ場合は東南に向かって飛べばいい事や、上空から見たバラッセの街の特徴、途中にある大きな街の事なども教えてくれたのだ。

『ただし、今はあの通り〝魔導船《まどうせん》〟が使えないけどな』

リーダー格の男がそう言って指し示した先には、民家の屋根にめり込んでいたものと同じ型の船。やぐら状になった建物の下で囲いに覆われ、船体を傾けている。加えて彼は、馬車を使うなら早くても十日は掛かると言っていた。

『全力で飛べば、お昼頃には着くかな？　方向は合ってる？』

モンダイナイ　チジョウニミエル　ミチニソッテトベバ　ヨイヨウダ

眼下に見える街道は結構曲がりくねってはいるが、概《おおむ》ね東南方向に伸びており、その途中には主要な街が連なっている。バラッセの街までに通過する大きな街は、二つ。トルトリュスから飛び立ち、高高度を飛行していた朔耶は、ちょうど今その一つ目の街上空を通過した。

通過する予定の街は街道に沿ってほぼ等間隔に位置しているそうなので、このまま少しペースを上げれば四十分もしないうちに次の街の上空に差し掛かるだろう。数百メートルほど低いところを同じ方角に飛んでいた一羽の鳥を追い越し、朔耶はバラッセに翼を向けた。

腕時計のデジタルパネルが『11:50』を示す頃、地平線の両端に海の青が混じり始める。どうやら進行方向に向かって半島が伸びているらしい。その入り口あたりに見えて来る小さな街——アルシアの故国、エパティタに属する国境の街パルス。

朔耶は、そのパルスより徒歩二日分ほど手前に位置するグランダール側の国境の街、バラッセの上空にいた。こちらもあまり大きな街ではないが、人々の姿も多く活気はあるようだ。

『着いたね。ちょうどお昼か～』

シラベテ　ユクカ？

『ん～、今日はここまででいいかな』

高い鉄柵に囲まれた祠《ほこら》のような建物がある緑の広場。歩道脇に設置されているベンチには杖を突いた大柄な老人が座っている。

とりあえず、〝精霊術的ステルスモード〟で街の公園らしき場所へと着地した朔耶は、この場所のチェックだけ済ませて帰還する事にした。午後からはカルツィオに悠介達の様子を見に行く予定なのだ。

昼過ぎ。しっかり昼食を済ませて庭に出た朔耶は、カルツィオに転移すべく円に入る。既に座標を得ているので、オルドリアと同じくらい気軽に移動できる。狭間世界を漂うどこか別の大陸に行きたい場合は、その座標を得るための〝道しるべ〟がまた必要になるが、今のところその予定はない。

『それじゃ、カルツィオまでよろしく』

　ココロエタ

　カルツィオの大国フォンクランク。長い年月を掛けて増築を重ねた、ベージュ色の岩山のごとき巨大な首都サンクアディエットの街と、その中心に聳《そび》えるヴォルアンス宮殿。朔耶は宮殿の屋内訓練場に設けられている工場のような一角に現れた。ずらっと並べられた長テーブルの上に、大型ボウガンの形をした兵器らしき機械が、たくさん鎮座《ちんざ》している。

「あ、いたいた。悠介君、やほー」

「なんという狙ったようなタイミング」

「うん？」

「いや、こっちの話」

　突然現れた黒髪の少女に、周りで資材や機械の運搬作業をしていた衛士《えいし》達が驚くが、闇神隊長《悠介》と親しげに接している姿を見て皆納得し、元の作業に戻った。ここは防衛兵器の複製量産場として使われている場所だそうな。

「これって武器よね？　あの箱型飛行機とかについてた光線出すやつ？」

「そう、光撃弓《こうげききゅう》とか光撃連弓《こうげきれんきゅう》とかって言うんだけど、その強化改良版」

汎用戦闘機《はんようせんとうき》や機動甲冑《きどうかっちゅう》に搭載されていたそれらの武器を解析改造し、威力やら射程やらを一通り強化して量産しているのだとか。

「こういう兵器ってカルツィオにはなかったモノだから、後々問題が出るかもしれないけどね」

とりあえず今はポルヴァーティアに対抗すべく、ありったけの対空砲を作ってカルツィオの主要な街に設置する方向で防衛構想を進めているそうだ。とはいえ後々の弊害《へいがい》を考えて少しばかり躊躇《ためら》いを見せる悠介に、共感を懐《いだ》く朔耶。

しかし、割と広大なカルツィオの大地。主要な街といっても相当多そうだが、武器の配布、それ以前に生産自体が果たして間に合うのか。このサンクアディエットの街を防衛するために必要な数を揃えるだけでも、数日掛かってしまうのでは？　という朔耶の疑問に対し、それは問題ないと答える悠介。

「ガゼッタとアユウカスさんも協力してくれたおかげで材料は十分揃ってるし、運搬もシフトムーブを使うから纏《まと》めて運べるし」

条件さえ揃っていれば、悠介自身の能力を駆使《くし》する事で、たとえカルツィオの端から端まであろうと、荷物の重さが数百トンあろうと一瞬で運べるという。

邪神《じゃしん》・悠介に宿る不思議な能力。

アルシアが〝勇者〟として人外の力を発揮できることから分かるように、狭間世界の大地を司《つかさど》る精霊に召喚された者は、その際に精霊から望む力を与えられる。

悠介は望む力を問われた時、たまたま直前まで遊んでいたゲームの事を思い浮かべたらしく、そのゲームのシステムを能力として宿している。それが〝カスタマイズ・クリエート能力〟だ。

一個のアイテムとして認識した物体なら、何でも自由に形を変えたり複製したり、性質を変化させたりできる。複製には相応の材料が必要だが、それさえ揃えば、物体の構造なども全て能力によって把握できるため、実質複製できない物はない。

例えばここに並んでいる大型ボウガンっぽい〝対空光撃連弓《たいくうこうげきれんきゅう》・改《かい》〟も、寸分違わぬモノが一瞬で出来上がる。一時間もあれば七千門ほど生産、というより複製できるのだとか。

「なにその出鱈目《でたらめ》な能力！」

「いやいやいや」

あなたがそれを言いますかと突っ込まれる朔耶。

『反発力ユニットとかランプの細かい部分とか、魔力石と一緒に持って来て悠介君に量産してもらおうか……』

こちらで最高の一品を作って量産してもらえば、楽に大儲けできる？　などと密かに邪神の有効利用について考えを巡らせてみたりする商人モードな朔耶なのであった。

第六章　猫と訓練学校

狭間の世界で着々と戦《いくさ》の準備が進められる中、朔耶は地球世界と異世界と狭間世界の三世界を行き来しながら、自身にできる事を自分の心に従って進めていく。

ポルヴァーティアのカルツィオ侵攻は、ほぼ単なる領土拡大のための侵略である事が確定した。カルツィオの邪神《じゃしん》悠介が言うだけ言ってみた『朔耶が直接ポルヴァーティアの指導者をどうこうする』という方法は、あくまで最後の手段として頭の片隅に置いておく。朔耶は、もっと自然な形で双方の激突を終息させる方法を探る。

何事も急激な変化は歪《ゆが》みを生みやすい。強大な力を以《も》って一つの大きな塊《かたまり》を打ち砕いたとして、砕かれた欠片《かけら》は一旦方々へと散らばるが、そこでまた元の形に戻るべく活動を始めるだろう。同じ砕くにしても、破片となった組織の構成員達が周囲と融和できる機会を用意しておかなくては、徒《いたずら》に争いの種を拡散させてしまうだけだ。

鍵《かぎ》は生粋《きっすい》のポルヴァーティア人信徒達からも〝神の使い〟として崇《あが》められている〝勇者アルシア〟と、信仰教育に染まっていないポルヴァーティア人。それに下級市民として扱われている元他大陸人達の勢力。

ぶっちゃけて言えば、ポルヴァーティアにおいて内紛の火種となるような勢力に加勢する事で、侵攻どころではない状況を作り出す。後はカルツィオ側からの融和政策で、共存体制に持っていってもらう。

邪神悠介から聞いた限り、フォンクランクの王はそういった政策手腕に長《た》けているらしい。またカルツィオではごく最近、各国の王達が協力し合って〝五族共和構想〟という思想のもと、民族の共存共栄を謳《うた》った〝五族共和制〟の導入が実現したばかりだと聞く。もうすぐ一つの大地に収まる事になるポルヴァーティアの民も、そこへ組み込んでしまうように仕向けるのだ。

『やっぱりカルツィオの王様達にも顔見せしておいた方がいいのかな？　もう一人会ってるけど』

イマノトコロハ　トクニ　ヒツヨウ　アルマイ

朔耶の介入は直接カルツィオの国々で何かをするというものではなく、また影響力は大きくとも干渉する規模はほぼ個人レベルに止《とど》まっている。

今はまだ身軽な立場にいた方が良いという神社の精霊のアドバイスに従い、狭間世界においてはもうしばらく〝異世界からの来訪者〟を続ける事にした。

「さて、今日はアルシアちゃんの本体探しして、あと魔王の事も調べに行こうかな」

レイノマチニ　イクノダナ

この日は朝からフラキウル大陸に転移する朔耶。昨日、場所だけチェックしておいたバラッセの街を訪れる。自宅庭の景色が異世界の街の一角に切り替わると、高い鉄柵に囲まれた祠《ほこら》のような建物が正面に見えた。

まずはこの街の冒険者協会を探そうと歩き出す。賑やかな大通りへと繋がる広場には闘技場らしき大きな建物。出入り口には準備中の札が掛けられている。そしてその横には『巨大蛇の捕食ショー』という看板があった。

『こんな催《もよお》しもやってるんだねー』

カナリノ　オオモノガ　イルヨウダ

ちょいと中の様子を調べた神社の精霊によると、約十間《けん》、およそ十八メートル近い大蛇がいるらしい。大人の牛でも丸呑みにできそうだ。

大通りに出てしばらく歩いたところで冒険者協会のバラッセ支部を見つけた。冒険者風の人達が集まっているのでとても分かりやすい。王都トルトリュスにある中央本部に比べると、建物はこぢんまりとしているが、むしろなかなか良い雰囲気と言える。

少し情報収集をしてみたが、やはり魔物に関する情報ばかりで、〝魔王〟というキーワードは出てこない。

『うーん、さっぱりだね』

セイテモ　シカタアルマイ

魔王の出現に関しては、情報が出てくるのを待つしかない。そう割り切った朔耶は、アルシアの本体探しに思考を切り替えた。受付人に訓練学校の場所を教えてもらい、冒険者協会を後にする。

街の中心部から離れた静かな場所に立つ冒険者協会出資の訓練学校。ここには、冒険者協会の支部を持たない近隣の街からも入校希望者がやって来る。そんな生徒達のために、校舎脇には寮も完備されていた。

校舎は一部の区画以外は一般人も出入り自由なので、朔耶も中に入って校内を見学して回る。

「ニャー」

「あ、猫だ」

毛並みの良い猫が壁際からひたひたと近付いて来て、朔耶の足元に擦り寄った。

地球上のどこにでもいるような鳥や動物は、世界の壁を越えても大きく姿を変える事なく存在している。不思議ではあるが、存在する事がおかしいという明確な理由はないので、朔耶も深く考えない。

猫をナデナデしながら癒《いや》されていると、廊下を走るバタバタという足音がすぐ後ろの曲がり角から近付いて来た。しゃがんでいる朔耶が振り返ると同時に、視界に飛び込んでくる生徒らしき少女の驚いた表情。そして衝突。

「きゃんっ」

朔耶を護《まも》る魔法障壁に弾き飛ばされた少女が思いのほか派手にすっ転ぶ。

「わっ、ちょっと大丈夫？」

「いたた……ご、ごめんなさい——余所見《よそみ》していたもので」

謝りながら起き上がった少女が肘をすり剥《む》いていたので、朔耶は精霊の治癒《ちゆ》を使って傷を癒《いや》した。

小さな傷だったとはいえ、瞬《また》く間に痛みも痕《あと》も消えていく様子に、目を瞠《みは》る少女。

「あ、ありがとうございます。あの……治癒術士の方ですか？　それとも神聖術士《しんせいじゅつし》とか」

「うーん、一応は精霊術士になるのかな？」

「ええっ！　精霊術士なんですか!?　すごく珍しいって噂のっ」

「そういえば、こっちにはあんまりいないんだったね」

ニーナと名乗った少女は、訓練学校に通い始めてまだ日の浅い初心者クラスの生徒らしい。朔耶にぶつかる直前、はっと息を呑むような艶《つや》のある黒髪の存在に、遠くにいる知り合いの事が頭を過《よ》ぎり、回避が遅れてしまったのだそうな。

「なんだか壁にぶつかったような感触が……」

「あはは、無意識に魔法障壁張っちゃうから」

二人で校舎猫をナデナデしながら雑談を交わす。朔耶は、この街も含めてフラキウル大陸に点在するダンジョンの事や、徘徊《はいかい》する魔物の事などを中心に話を聞いた。そうする事でオルドリアには なかった常識について、ある意味同じ〝初心者〟である彼女から色々と教わっていく。

「そっかぁ、冒険者協会って便利な組織なのねー」

冒険者協会に名前を登録するには、訓練学校に入って卒業するか、実績のある冒険者から推薦を受けるかすれば良いらしい。ある程度のコネも必要になるが、登録さえしてしまえば安定して稼げるだけの仕事を紹介してくれる斡旋所《あっせんじょ》みたいな組織のようだ。

仕事は用心棒や魔物討伐といった危険なものばかりではなく、薬草集めや種拾いといった、街周辺でこなせる安全なものも多い。戦闘に不向きな者でも、生涯にわたってささやかな収入が約束されるという訳だ。

「サクヤさんは、訓練学校の下見ですか？」

「ううん、ちょっと人を探してるの」

ここの訓練学校に通っているらしい〝アルシア〟という人物を知らないかと訊《たず》ねてみたが、ニーナには聞き覚えがない名だそうだ。しかし、三年も通っているなら、既に〝修業者〟として卒業しているかもしれないと言う。

「わたしはまだ〝初心者クラス〟ですけど、冒険経験のある人なら入ってすぐ〝修行者クラス〟に上がっちゃいますし――」

ちなみに訓練学校の生徒達は四つのクラスに分けられる。

まず〝初心者クラス〟が基礎を学ぶ期間にある者。一、二ヶ月ほど基礎知識の習得や戦闘訓練を行《おこな》う。基本的に実戦はなし。

〝未熟者クラス〟は応用を学ぶ期間にあたる。約三ヶ月、実戦訓練で引率者の講師とダンジョンなどへ赴《おもむ》くのだ。

〝修行者クラス〟になるとそろそろ力が付き始めるため、冒険者としての方向性を決める事になる。これも三ヶ月ほどの間、試験的に簡単な依頼なども受けられるようになる。

そして〝修業者クラス〟は、訓練学校の課程を全て修了したと認定され、卒業して一人立ちできる段階に到達した者とされる。

基本的に実力主義なので、素質のある者なら、わずかな期間で〝修業者〟クラスの課題まで修了してしまう場合もあるらしい。

ポルヴァーティアにいるアルシアに聞いた限り、彼女もまったくの素人《しろうと》という訳ではなかったようなので、既に冒険者として独り立ちしている可能性が高い。

「うーん、すぐに見つかるかなって思ったけど、甘かったか。これは何か手掛かりがないと詰《つ》んじゃうわね」

「あの、エルメ……講師の方にちょっと親しくしていただいている人がいますから、聞いておきましょうか？」

ニーナは卒業者の中に〝アルシア〟という人物がいなかったか確認してみると、協力を申し出てくれた。魔王に関する調査も行き詰《づ》まっている朔耶は、その申し出をありがたく受ける事にした。

その後、珍しい精霊術士と知り合いになれた事が嬉しいと喜ぶニーナから、フラキウル大陸の文化について、彼女のような立場の人間が知る範囲で色々と教えてもらった。そうして、昼前頃には訓練学校を後にして一旦地球へ帰還。いつものように自宅で昼食を済ませると、昼過ぎからオルドリアに転移してレティレスティアの自室を訪ねた。

公務も一段落して寛《くつろ》ぐレティレスティアと、お茶をいただきながら向かい合う。

「――ってな訳で、魔王の情報はさっぱりなんだけど……こっちは何か動きがあったって？」

「はい、実は昨日の夕刻過ぎ――」

魔王の〝出現に注意〟を促《うなが》していた〝精霊の知らせ〟が、魔王の〝出現を告げる〟というものに変わったのだという。フラキウル大陸のどこかで、精霊が危険を告げるほどの脅威を持つ〝魔王〟が誕生したらしい。

「むむ、それじゃあこれから情報が出てくるかもしれないって事ね」

朔耶は明日もう一度、朝からフラキウル大陸の方に出向いて魔王に関する情報集めをしてみようと予定を組んだ。

「なんだか、サクヤにばかり苦労を掛けているようで心苦しいです……」

「まーたレティは～気にしすぎだってば。あたしは別に無理とかしてないし、できる人ができる事をすればいいんだよ」

実は昨今、アルサレナが使役していた精霊を受け継ぎ、今やフレグンス王族で歴代最高の精霊術士となったレティレスティアだが、その力が本格的に振るわれるような状況など、そうそうありはしない。ただ存在するだけで王家や国家に貢献していると周りから宥《なだ》められても、達成感も何もない今まで通りの王宮生活が続く日々。世界を飛び回っている朔耶の姿を見ていると、本当に自分は何もしていないように感じてしまうのだという。

しかし朔耶からしてみれば、優秀な術士として有り余る力の使いどころがなく、レティレスティアが持て余しているようにも感じられる。

「レティってさ」

「はい？」

「実は子供の頃はすっごいお転婆《てんば》だったとかって聞いた事あるんだけど」

「え、ええと、それは――」

今でこそ、天然清楚なお姫様で通っているレティレスティアだが、幼少の頃はかなり激しい性格だったらしい。逆に、今は勇ましい第二王女のルティレイフィアは気弱で泣き虫なお姫様で、いつも姉姫の背中にくっついていたそうな。

ちなみに、公爵家令嬢のエルディネイアが幼少時、アマガ村の村長の息子ドーソンと出会う切っ掛けとなった小さな冒険譚《ぼうけんたん》。あの背景にはちょっとした逸話がある。

レティレスティア姫とエルディネイア嬢が、取っ組み合いの大喧嘩をやらかしたのだ。

当時、姫姉妹の遊び相手として城に招かれていたエルディネイアは、将来は父ランバルトのような立派な騎士になるのだと豪語《ごうご》していた。当然ながら、周囲の大人達からは小さな子供の可愛い戯《ざ》れ言《ごと》と受け止められていたが、本人は至って本気だったりする。

ある日、何がどうなってそういう展開になったのか、レティレスティアとエルディネイアが庭園で『けっとうごっこ』をする事になった。小枝を構えたエルディネイアが勇ましく前口上を述べる。

「わがゆうきのやいばをうけよっ、ひけん、いなずまぎりっ」

「セイレイのかぜっ」

ビュウ
「きゃーー」

ごろごろごろ
「おうぎ、せんぷうざんっ」

「セイレイのかぜっ」

ビュウ

「きゃーー」

ごろごろごろ――といった感じで、エルディネイアが何度『ひけん』や『おうぎ』で挑んでも、王女様の『セイレイのかぜ』で倒される。

しかし、エルディネイアは、『けっとうなのにセイレイのちからをかりるなんてヒキョウだ！』と負けを認めなかった。

するとレティレスティアが『それならおのがコブシで』と応じ、『けっとう』は掴み合いに発展。侍女達が大慌てで飛んで来る騒ぎになった。結局この『けっとうごっこ』の勝敗は、騎士の構え方にこだわって攻撃回数を減らしたエルディネイアに、レティレスティアが手数で押し勝つという結果に終わった。つまりは第一王女様が公爵家令嬢を殴り倒したというお話。

そして十数年後、その王女様が力を振るいたいとうずうずしている。

「凶星《きょうせい》の影響がこんなところにも！」

「も、もぅ！　サクヤったらっ」

『秘められていた姫君の凶暴性が今、呼び覚まされる！』などとキャッチコピーを作って遊ぶ朔耶に、レティレスティアは「ひどいですっ」と恥ずかしそうに抗議するのだった。

狭間世界――カルツィオ大陸と徐々に平らになりつつあるポルヴァーティア大陸。聖都カーストパレスの中心に聳《そび》え立つ大聖堂にて、夕食をとりに関係者食堂まで下りて来た勇者アルシア。いつものように一人集団から離れたテーブルに着こうとして声をかけられた。

「あれ？　アルシアちゃんもここに食べに来るんだ？」

「うん？」

　このポルヴァーティアにおいて、〝勇者アルシア〟に対して気軽に声をかけられる者は少ない。ましてや〝ちゃん〟付けで呼ぶ者などカナン達偵察部隊の面々くらいであるが、それでもここまで親しげではない。

　一般信徒達には〝ポルヴァの神に喚《よ》ばれし者〟として畏敬《いけい》の念を懐《いだ》かれているが、聖務官達からは蔑《さげす》むような視線を向けられているのだ。こんな接し方をして来る人物には覚えがないと訝《いぶか》しむ。

（誰だ？　まるでサクヤのような――）

「やほー」

「ぶっ」

　本人だった。

　どこで調達したのか、白地に赤と金の刺繍が施《ほどこ》された一等市民用フード付き信徒服を着た朔耶が、配給の列にしれっと交ざっている。

「な、何をしている」

「いやー、ここってどんなご飯食べてるのかな～って思って」

　そんな理由で中枢施設に潜入するなと言いたいアルシア。あまり動揺してみせると目立つので、表情を取り繕《つくろ》いながら隅っこのテーブルに朔耶を促《うなが》してその場を離れる。

　列の前の人が配給を受け取る際に「大地神ポルヴァに感謝を」と呟《つぶや》いたのを真似つつ無難に配給

を受け取った朔耶は、堂々とアルシアの着くテーブルにやって来た。どんな度胸をしてるんだと、見ているアルシアの方が冷や冷やしてくる。

「まったく……信じられん事をするな。バレたらどうする」

「逃げる」

実にシンプルな答え。危なくなればいつでも元の世界に逃げられる者ならではの大胆さであった。

ポリポリと、ブロック状に切り分けられた携帯食っぽい食事をとりながら、朔耶はフラキウル大陸での事を話す。バラッセの街の訓練学校まで赴《おもむ》いたものの、アルシアの本体は見つけられなかった事。向こうで知り合った生徒さんにも協力してもらっているので、今は情報待ちである事。

「なんか向こうは向こうで、魔王とか出現しちゃってるらしくてね」

「魔王？　といっても、神話や伝説に出てくるようなモノではないんだろう？」

「んにゃ、それが今回は勘違いした魔術士が自称してる似非《えせ》魔王じゃないみたいなのよ」

「ほ、本物が現れたのか？」

やはり故郷の様子は気になるらしく、興味津々といった様子で食いついてくる。こんな風に友人と膳《ぜん》を並べ、おしゃべりしながら食事を楽しむなど本当に久方ぶりだったアルシアは、無意識のうちに表情を和《やわ》らげ、時には滅多に見せる事のない微笑を浮かべていた。

「アルシア様と話している相手、誰だろう？」（ヒソヒソ）

「一等市民の信徒服を着ているが……例の部隊の関係者だろうか？」（ヒソヒソヒソ）

「あの二等市民の偵察部隊か？」（ヒソヒソ）

カナン達のように元他大陸の人間でも、一等市民と血縁を持っていれば、上級市民層である二等市民になれるため、そういった人々の口から勇者アルシアと彼らが親しい関係を築いている事は伝わっているのだ。

「ああ、僕もお近付きになりたい……」（ヒソヒソ……）

いつも近付き難《がた》いオーラを放っていた〝勇者アルシア〟の、親しみすら感じさせるリラックスした雰囲気は、こっそり様子を窺《うかが》っていた信徒達から大層注目を集めていたりするのだった。

第七章　犬と少年

ポルヴァーティアの中枢施設で夕食を済ませた翌日。朔耶は朝からフラキウル大陸に転移して、バラッセの街を訪れていた。何やら魔物が大量に発生しているらしく、冒険者協会の窓口は魔物討伐を生業《なりわい》にしている人達で物々しくも賑わっている。

『やっぱり〝精霊の知らせ〟にあった魔王の誕生が関係してるのかな？』

ヤモシレヌ
もう少し街の様子を見て回ろうかと、大通りから一旦最初に下り立った高い鉄柵のある公園に戻ってくる。そこでふと、鉄柵の付近で知った顔を見た気がした。

『あれ……？　あそこにいる子って、もしかして……』

アルシア　ダナ
神社の精霊からもお墨付きが出た。間違いない。〝勇者アルシア〟の本体だ。少し癖のついた金髪に素朴な笑顔。ポルヴァーティアにいるアルシアに比べて若く見えるのは、〝勇者アルシア〟の方が様々な経験を経て大人びた表情をしているからだろう。

見習い剣士アルシアは、剣を下げた女性とローブを着た男性、甲冑《かっちゅう》を纏《まと》った男性と一緒にいる。声をかけようかと迷っていると、すぐ傍で少年の声がした。

「あ、光の人だ」

「え？」

十二歳前後だろうか、黒髪の少年がこちらを見上げている。小奇麗な服装が男の子向けのデザインなので少年だと分かるが、顔立ちは一見女の子のように可愛らしい。

朔耶は、オルドリアでならその呼び名を使う人物を一人知っているが、フラキウルにはそんな知り合いはいなかったはずだと小首を傾げる。

『それにしても、何だか気配の薄い子ね？』

少年の声にアルシアと向かい合っていた男女三人もこちらを振り返る。甲冑《かっちゅう》を纏《まと》った男性が少年に声をかけた。

「おお、来たかコウ。ん？　そちらのお嬢さんは知り合いか？」

「ちがうよー」

朔耶は、不思議な気配のする少年の事は気になったが、アルシアと話す切っ掛けができたので今はそちらを優先させる。神社の精霊が少年を観察し始めるのを感じながら、アルシア達に話しかけた。

「あの～、実はあたしそちらのアルシアちゃんに用がありまして――」

「え、わたし？」

キョトンとした表情を見せるアルシア。やはりポルヴァーティアのアルシアとは、随分雰囲気が違う。これが本来の彼女なのだろう。

ともあれ、朔耶はアルシアに「最近こういう夢を見ませんか？」と、〝勇者アルシア〟から聞いた体験談を語ってみる。以前普通悠介から、このところ〝邪神悠介《じゃしん》〟の夢を見ると聞いていたからだ。

アルシアは『自分が勇者をやっている』という、最近よく見る夢について言い当てられ、驚きと興奮を露《あらわ》にした。

「見る見る！　確かにそんな夢見てるっ。少し前から夢の登場人物に新しい人が増えて、突然部屋にあらわ……──」

夢の内容を思い出しながら話そうとしていたアルシアは、ふと何かに気付いたように言葉を詰《つ》まらせ、見る見る顔色を悪くした。常にキリッとした顔を崩さないようにしている勇者アルシアに比べると、実に表情も豊かだ。

「少し前って事は……カルツィオの人達と一戦交えた日の事かな？　もしかして、あたしの事──覚えてる？」

青褪《あおざ》めつつもかくかくと頷くアルシア。夢の中の登場人物が現実世界で自分を訪ねて来たのだから、それは驚きもするだろう。そう納得する朔耶に対して、剣を下げた女性は仲間を怯えさせていると取ったのか、朔耶への警戒を滲《にじ》ませながらコウ少年に視線を向ける。

その時、コウと呼ばれる少年を観察していた神社の精霊から、〝鑑定結果〟が告げられた。

サクヤヨ
『ん？　どうしたの？』

コノ　コウナルショウネン　ヒトナレド　ヒトニアラズ

『ほうほう』

神社の精霊の説明によると、今目の前にいるこの少年、魔力で人体を模《も》して構成されたまやかしの存在で、〝召喚獣《しょうかんじゅう》〟と呼ばれる擬似《ぎじ》生命体らしい。謂《い》わば精霊もどきが魔力で作られた肉体を着て歩いているようなモノだ。その精神には、こことは別の場所に在る人間の魂《たましい》との繋がりも見られるが、別に使役されている訳でもないようだ。

魂を安全な場所に置き、精神を別の身体《いれもの》に移して活動するといった巫術《ふじゅつ》は昔から存在するが、そういう類《たぐい》のモノとはまた少し違う。自然にこうなったとも思えず、人為的に魂から分離させた独自の人格を持つ精神体が、便宜上〝召喚獣〟の身体に入っているのではないかと鑑定する神社の精霊。

実は先日、この国の王都からここバラッセの街まで飛行した折にも一度遭遇しているのだとか。その時は鳥の中にいたそうだ。

ツネニ　ヒトノココロヲミテ　イシノソツウヲ　ハカッテオルヨウダ

人の姿をしていても本質が精神体そのものなので、普通に言葉を交わすだけで思考が筒抜けになっているらしい。とはいえ特に害意はなく、彼にとっては日常的な意思疎通《いしそつう》の手段のようだ。

さらに、彼の本体とも言える魂の所在を調べてみたところ、どうやら地球世界からこちらの世界に迷い込んだ人間である事が確認できた。

『それって、もしかして凶星《きょうせい》の影響で？』

イヤ　スクナクトモ　イチネンイジョウハ　タッテオルラシイ

その他にもう一人、同じ時期にこちらの世界に迷い込んだ人間もいるようだという情報を得たところで、コウ本人からそれらを裏付けるような発言がなされる。

「大丈夫だよ。この人、沙耶華《さやか》やキョウヤと同じ世界から来た人みたい」

剣を下げている女性から向けられた視線の意味を察し、また朔耶の内面をも読み取ったコウ少年がそうフォローする。

「ほぅ？」

コウ少年の安全判定を信頼しているらしく、女性は警戒を緩めて興味深げな視線を向けてくる。

〝意識の糸〟に触れた気配もなくこちらの情報を読み取ったコウに、なるほど神社の精霊の言った通りだなぁと頷く朔耶であった。


「改めまして、異世界から来た都築朔耶っていいます」

コウ少年のような存在と親しいのなら話も通じやすかろうと、朔耶はまず自身の出所を明かした。そして自分が比較的自由に世界を行き来している事を告げた上で、アルシアに会いに来た目的やその理由、今現在この世界で起きている魔力の乱れについてかい摘《つま》んで説明する。

とはいえアルシアが見た夢は、〝狭間世界〟なる別の世界で現実に起きている出来事だという、普通ならにわかには信じ難《がた》い話である。

しかし、コウ少年が相手の思考を読み取った上で嘘は吐《つ》いていないとの判定を下しているので、相対する男女三人も戯《ざ》れ言《ごと》と斬り捨てずに耳を傾けている。

もちろん嘘は言っていないからと言って、語られた内容が必ずしも正しいとは限らない。夢や妄想、思い違いなどという事もある。しかしながら、アルシアが夢の中の登場人物として朔耶の事を覚えていた事実は大きい。

狭間世界云々《うんぬん》に関してはアルシアにだけ理解してもらえればいいと判断した朔耶は、勇者アルシアから聞いた、恐らくはアルシア本人しか知らないであろう情報を提示する。

「これは覚えてるかどうか分からないけど、アルシアちゃん、三年前この街に来る途中で〝来たれ勇者よ〟って声を聞かなかった？」

「っ！　き、聞いたっ、それ覚えてる！　あの時は周りに誰もいなかったし、不気味で怖かったから駆け足になっちゃったのよ」

これが決定打となり、そこからはスムーズに話が進んだ。

狭間世界の勇者アルシアは立場上、気を許せる相手も少ない。その国の信徒達からは信望を得ているが、支配者層からはほぼ便利な道具として扱われている節《ふし》が見られる。などなど、朔耶が見た〝心労多き勇者アルシア〟について語って聞かせる。

「夢で感じてた焦りや閉塞感って、そういう事だったのね……」

「それで、向こうのアルシアちゃんを励ます意味でも、こっちで頑張ってるアルシアちゃんのメッセージが欲しいわけなのよ」

手紙でも書いてくれれば届けるよーと提案する朔耶に、アルシアはそれならばぜひ届けてほしいモノがあると言う。

「故郷の品なんだけど……あと手紙も書かなきゃね。――あの、エルメール先生」

「ああ、事情は分かった。こっちはただの立ち会いだから行って来て構わん」

剣を下げた女性に声をかけて、この街にあるダンジョンでの仕事をキャンセルさせてもらったアルシアは、ぺこりと頭を下げると訓練学校のある方角へと走っていった。

それを見送る朔耶の脳裏に、ふと〝ダンジョン〟のキーワードが浮かび上がる。何か重要なイベントが待っているような気がするのだ。

「付いて行かないのか？」

女剣士風の女性が訊《たず》ねてくる。

「ん〜、なんか勘に引っ掛かっちゃって。その立ち会いってのに同行していいですか？」

「勘？　それは別に構わんと思うが――どうだリシェロ？」

「うん、同行するだけなら問題ないよ。ガシェは？」

「コウの同郷人って事だしな、俺もいいと思うぜ」

同行を許可する理由にそれはあまり関係なかろうと言いたげだったエルメールは、とりあえず自己紹介を始めた。

「私はエルメールという。訓練学校の講師をやっている」

彼女に倣《なら》って、ローブ姿の男性と甲冑《かっちゅう》の男性もそれぞれ名乗る。

「僕はリシェロ。彼女と同じ講師だよ」

ローブ姿の彼は〝治癒術士《ちゆじゅつし》〟という、治療系の術に特化した魔術士のようだ。

「ガシェだ。一応この街で防衛隊ってのを指揮してるぜ」

甲冑《かっちゅう》の彼は一般的な冒険者の戦士で、現在この街に雇われて警備の仕事を受け請《お》っているらしい。

「ボクはコウ」

一番謎に満ちた少年の自己紹介が一番短い。だがコウ少年は、朔耶が〝自身と重なっている存在〟を通じて自分の事を概《おおむ》ね把握していると判断して、短く済ませたようだ。

「朔耶です。オルドリア大陸のフレグンス国で一応、精霊術士見習いと小物作りの工房主やってます」

よろしくねっと、朔耶は自分の肩書きをいくつか披露した。念のためコウ少年が読み取る事を見越して、その言葉には『戦女神《いくさめがみ》とか呼ばれてます』とか『フレグンス王室特別査察官もやってます』とか『精霊神殿の象徴《シンボル》にされてます』などといった思考情報を含ませておく。

案の定、言葉に乗った思考から情報を読み取っているのを、神社の精霊が確認した。

『それって、やっぱりプライバシーも筒抜け？』

ウム　ダガ　コレデモンダイナイ

どうやら本人でさえ自覚していない読み取り方をしているらしく、対象の身体からわずかに発せられる精神の波動を直接感じ取りつつ、内面の情報に触れていたようだ。

そこまで解析した神社の精霊は、言葉や声そのモノに乗って伝わる意思の波動はそのままに、だが朔耶の心の内側までは読み取られないよう、スクランブルを掛けたがごとき状態を作り出して思考の流出をブロックした。

「さて行くか、目的地はすぐそこだ」

エルメールがそう言って先導する。どうやら今までも目にしていた、高い鉄柵に囲まれた祠《ほこら》がダンジョンの入り口らしい。

リシェロとガシェが彼女に続き、朔耶も彼らの後に従った。ふとコウ少年を見ると、どことなく精霊術士が交感状態に入っているかのような雰囲気を纏《まと》いながら、皆の後ろを付いて来る。彼の〝本体〟と話でもしているのかもしれない。

バラッセの街のダンジョンは、由緒在る古い地下迷宮である。少し前までは〝変異体《へんいたい》〟という、普通の動物や昆虫が魔力に中《あ》てられて巨大化などの変異を遂げた生物や、変異が進んで凶暴な怪物となってしまった〝魔獣《まじゅう》〟、それらよりさらに危険な〝魔物〟が数多く徘徊《はいかい》する危険地帯であった。少なくとも一般人が気軽に下りて来られるような場所ではなかったらしい。

それらの生物が生まれた原因は、とある魔術装置だったらしいが、それが破壊された事で迷宮内から危険な生物が一掃され、今は街の新たな観光名所とすべく地下街の建設も進められているのだとか。

結構広々とした通路は湿気も少なく、空気の濁った感じもなくて快適だ。床も綺麗に掃除されていて歩きやすい。壁際には長椅子などが置かれてあり、等間隔に並んだ松明《たいまつ》が地下っぽい雰囲気を演出している。

やがて脇に大きな石の欠片《かけら》が山積みになっている工事中のような場所に辿り着いた。その入り口には立ち入り禁止を示す札付きのロープが張られている。

「ここだ。先日発掘したばかりだから、まだ通路が整地されていないんだ。石の欠片を踏まないよう気をつけてな」

いかにも壁を掘り抜いたようなトンネル。ロープを外した甲冑《かっちゅう》の男性、ガシェが、松明《たいまつ》で暗いトンネル通路を照らし出す。朔耶は先導するガシェの背後からひょいと通路を覗き込み、意識の糸レーダーで索敵《さくてき》を行《おこな》った。

すると、通路の奥に生物の反応があった。犬っぽい感じなのだが、犬にしては少々大きすぎる。

「なんか大きな犬がいるみたいだけど、魔物？」

「魔物が……？　ガシェ、壁際に寄れ。リシェロは照明を頼む」

「お、おう！」

「わかった」

剣に手を掛けたエルメールが素早く指示を出すと、他の二人もすぐさま応《こた》えた。リシェロの手から魔力で作り出された光源が放たれる。通路内の起伏を浮かび上がらせながら真っすぐ飛んで行った光源は、奥で石柱のようなモノにぶつかり、そのままくっついて周辺を照らし出した。

「よし、いくぞ」

戦斧《せんぷ》を構えたガシェと、剣を持つエルメールが並んで前衛に立ち、リシェロが二人をサポートすべく後衛に立つ。手錬《てだれ》である事を感じさせる、息の合った動き。警戒しながら慎重に踏み出す三人に、朔耶は通路奥の様子を伝える。

「右の奥の窪《くぼ》みにいるけど、こっちに気付いてるみたいね。敵意はないみたいだよ？」

「そんな事まで分かるのか？」

振り返ったエルメールがちらりとコウに視線を向けて目配《めくば》せをする。するとその意味を理解したコウが、朔耶の内心を探ろうとしたが――

――コウくん、さっきからずっと覗いてたでしょ？――

「っ⁉」

――あんまり乙女の心を盗み見しちゃダ・メ・よ――

「え、と、ごめんなさい」

意識の糸を直接コウの精神体に絡めて『メッ』すると、コウは驚いたような表情を見せて素直に『ゴメンナサイ』をした。

こういう形の語りかけには慣れていないようだ。にっこり微笑む朔耶。唐突に謝罪するコウに朔耶が微笑むという、傍《はた》から見れば意味の分からないやり取りに、エルメール達はハテナ顔になる。

その時、大型犬に動きがあったので、朔耶はそちらに意識を向けた。見れば石柱にくっついた光源をバックに、ぶらりと現れる黒い影。

「あ、出てきた」

朔耶の呟《つぶや》きに皆もそちらへ注目する。長く鋭い牙が剥《む》き出しになったゴツイ顔の大型犬。見た目はほとんど虎やライオンのような体躯《たいく》の猛獣《もうじゅう》だが、普通のわんこのように〝お座り〟をしてペタペタと尻尾を振っている。

「生き残りがいたのか……しかし、これは――」

「コウ、なはずはないよね」

「コウならここにいるもんな」

ガシェが少年コウの頭にぽふっと手を置く。何やら困惑しているエルメール達。一体何の話だろうかと朔耶が訊《たず》ねると、リシェロがまずダンジョンとそこに棲《す》むモンスターらについて説明してくれた。

通常、変異体や魔獣《まじゅう》が現れるダンジョンは、〝集合意識〟という、ダンジョンで死んだ者の恨みや怨念が溶け合って意思を持った、魔力そのものとも言える思念体で満たされている。深部に棲む変異体達はその〝集合意識〟に支配されており、人間を見れば必ず襲い掛かる存在だったらしい。

今、通路の先に姿を現した大型犬も、元々はここの地下三階付近に棲息《せいそく》していた危険な魔獣だ。最深部の魔術装置が取り払われてからは、大量に押し寄せた冒険者達によって他の変異体や魔獣共々全て討伐されたはずだという。

そこに何故〝コウ〟の名が絡んでくるのかと言えば、ここにいるコウは少年の姿をしているとはいえ、本来は精神体である。自分の肉体を持っていないコウは、以前からダンジョンで変異体や魔獣などに〝憑依《ひょうい》〟して人の前に現れる事があったらしい。

そしてコウが憑依した魔獣犬が、ちょうどこんな風に人馴れしたわんこのような姿を見せていたそうだ。

基本的に〝集合意識〟の支配を失った魔獣犬は、ほとんど本能でしか行動できない。人間の姿を正面に捉《とら》えながら〝お座り〟して尻尾を振るという行動はあり得ないのだ。エルメール達が困惑しているのはそのためである。

『集合意識かぁ……魔族組織《ヨールテス》とやり合った時に見た角付き魔物って、そんな感じで他の魔物を統率してたのかな』

キボハ　チガエド　セイシツハ　ニテイタヤモ　シレヌ

とりあえず、この魔獣犬は朔耶の〝意識の糸〟によって、危険はない事が確認された。何故ここにいるのか、何故自分達の前に姿を現したのか。その辺りについては、コウ少年が魔獣犬の意思に触れる事で、さらに詳しく調べる事になった。

「先に転移装置の回収すませるね」

「ああ、そうだな」

「転移装置？」

エルメール達の立ち会いとは、ここ――〝祭壇の間〟に置かれている古代遺跡の祭壇を回収に来たコウのもと、その作業に立ち会う事であった。

朔耶が石柱だと思っていたモノは、実は古代魔導文明の転移装置だったらしい。天井に届くほどの高さがある石柱型の祭壇、すなわち古代の転移装置をほえ～と見上げる朔耶。

おもむろに近付いたコウが転移装置に手を触れると、装置は一瞬でかき消えてしまった。残された光源がふよふよと床に落ちる。

「え？　転移装置って、装置がどっかに転移するの？」

「ちがうちがう」

「わははっ、今のを見れば確かにそう解釈もできらぁな」

意表を突かれたわと驚く朔耶に、そうじゃないよーと訂正するコウ。ガシェが思わず笑い出す。

そんな和《なご》やかな空気に刺激されたのか、お座りして調査隊の様子を窺《うかが》っていた魔獣犬《まじゅうけん》がコウにすり寄ろうとする。

「ヴァフー」

「うん？　どうしたの？」

「ちょっと待った！」

近付く魔獣犬《まじゅうけん》に待ったを掛けた朔耶は、精霊の力を使う際の象徴《シンボル》にしている漆黒《しっこく》の翼を纏《まと》うと、魔獣犬の正面に立って手を翳《かざ》した。

「洗浄ー！」

「ヴァフッ!?」

空間から染み出るように発生した泡が纏わりつき、瞬《また》く間に魔獣犬の身体が泡塗《あわまみ》れになる。あまりにも獣臭《けものしゅう》が酷《ひど》かったので、とりあえず精霊の力で丸洗いする朔耶なのであった。

「ヴァフーー」

ダンジョンの一角、祭壇の間の天井に開いた亀裂と、そこから射し込む光のカーテン。それらを見上げるエルメールとリシェロが、かつてダンジョン内を徘徊《はいかい》していた蟲《むし》や小動物の変異体はここから入り込んでいたのかもしれないな、などと推測を並べている。

バラッセのダンジョンの出入り口は、あの祠《ほこら》の階段しか確認されていない。あそこは結界が張られているし、その上ダンジョン内では絶えず冒険者によって討伐が行《おこな》われているのに、後から後か

ら湧いてくるモンスター達はどこから現れるのか、という疑問は以前からあった。

どこかに外と繋がっている場所があるのだろうとの推測はされていたが、特に塞ぐ理由もないので、厳密には調べられてない。そもそも冒険者の来訪と滞在は街の収益にも繋がっていたため、ダンジョンには徘徊《はいかい》するモンスターが必要だったのだ。

かき消えてしまった転移装置は、コウが〝異次元倉庫〟と呼んでいる収納スペースに納めたという。どうやら彼は、精神体である自分《コウ》の存在している次元に物体を呼び寄せられる能力を持っているらしい。神社の精霊の解析によれば、神隠しのような現象を起こしているのではないかとの事だった。

この能力を使えば転移装置のような巨大で重い物でも簡単に持ち運ぶ事ができるという。

「なにそれ、便利すぎ！」

自分にもできないかと神社の精霊に掛け合う朔耶だったが、生者の身には無理との事。幽霊もどきな状態にありながら明確な意識を持つコウだからできる技なのだそうだ。

「にしても、ある意味こいつぁ本物の魔獣犬《まじゅうけん》コウってとこだな」

武器や薬を出したりはしねぇけど、と言って魔獣犬の頭を撫《な》でるガシェ。精霊の浄化で丸洗いされてふさふさの毛並みになった魔獣犬は、凶悪な見た目とは裏腹に、中身は割と普通のわんこだった。

この魔獣犬、実はコウが以前このダンジョンの最深部まで探索した時に、移動のため憑依《ひょうい》した事のある魔獣犬だったらしい。その探索の過程で、本来なら自律的な意思を持たない魔獣犬に、自意識が芽生えていたようだ。

つまり、彼が自意識に目覚めた切っ掛けで、その自意識が育っていく過程で一番初めに触れた〝他者〟であり、〝仲間〟がコウだった訳だ。そのため魔獣犬の彼はコウに仲間意識、家族意識を持っており、その流れで敵意のない人間には親近感のような感情を懐《いだ》いているという。

ヒトナレ　シテオルノダナ
「〝三つ子の魂《たましい》百まで〟状態なわけね」

「ほう、面白い喩《たと》えだな、オルドリア文化で盛んな賢者の言葉というモノか」

朔耶の呟《つぶや》きに、エルメールがどこぞの某熟練騎士のような雰囲気で関心を示す。

「それと似たようなモノだけど、今のはあたしの住んでた世界のコトワザって言います」

「それにしても、貴女《あなた》の言った〝勘に引っ掛かる〟というのはこの事だったんですね。確かに面白いものが発見できました。さすがは予知に長《た》けると噂に聞く精霊術士です」

リシェロは精霊術士の予知能力に興味があるようだが、それを朔耶の言った『勘』と混同してしまっているらしい。

「う〜ん、確かに勘に引っ掛かってる事には関係してそうなんだけど、まだ何かありそうな……あ、それとあたしの事は朔耶《サクヤ》でいいよ」

転移装置の回収はコウが一瞬で終わらせてしまったので、今はこの祭壇の間に入り込んでいた魔獣犬についての考察や、朔耶の精霊術についての雑談が交わされている。エルメール達三人は異世界の文化にも興味を示していた。

そんな穏やかな雰囲気の中、魔獣犬《まじゅうけん》の意識に触れて色々と読み取っていたコウがポツリと呟く。

「魔王？」

「えっ！　今、魔王って言った？」

この前からずっと調べていた〝魔王〟のキーワードが唐突に出てきた事で、思わず反応する朔耶。

「魔王というと、神話や御伽噺《おとぎばなし》に出てくるアレか？」

「ちょっと昔ならたまにとち狂った魔術士が魔王を名乗ったりしてた事もあったらしいけどなぁ」

「こっちでも自称魔王ってそんな感じなのね……」

ガシェとリシェロの〝魔王〟に対する認識に、一汗たらりな朔耶であった。


今このフラキウル大陸では、凶星《きょうせい》の影響で発生した魔力の乱れによる、魔導製品全般の動作異常に加え、各地のダンジョンに残された古代遺跡の仕掛けが一部動き出すという現象が起きていた。

その中には、コウが回収した転移装置と同じようなモノがあるらしく、地下深くにしか棲《す》んでいないはずの魔物が転移して、地上に現れるという報告も上がっている。

そして何故かその魔物達は、エイオアという国を目指して北上していたそうだ。聞けば、集合意識による支配がないためか、地上に元々いた魔物よりも動きが鈍《にぶ》く、狩りやすいらしい。そのため討伐目的の冒険者達がエイオア領に多く集まるようになっていた。

この凶星騒ぎの混乱の中で、エイオア政府は集まってくる魔物達を問題視するどころか、彼らが冒険者達を招き寄せるという事で景気の向上まで期待していた。

優秀な祈祷士《きとうし》や呪術士《じゅじゅつし》を輩出《はいしゅつ》するエイオアは、祈祷術、呪術による無数の結界で護《まも》られている。

これらは、魔物どころか、他国からの侵攻にすら耐えられる強固な防壁であるため、街や住民が危険に脅《おびや》かされる事はないはずだった。

ところがつい先日、突然街の一角より溢れ出した魔物の大群にエイオアの首都が制圧されてしまうという事件が起きたのだ。

魔物達は何故エイオアに集まっていたのか。首都を制圧されるほどの大群が、どこから入り込んだのか。冒険者協会でも情報が錯綜《さくそう》していて、まだ詳しい情勢が掴み切れていない状況にある。

そんな中、一応ダンジョンから地上に出て来たモンスターの一員である魔獣犬を通じ、コウが彼らの意思から情報を読み取った。そこで明らかにされた事実。

「魔物を呼び寄せて操ってる人がいるみたい」

コウが読み取った情報によると、〝支配の呪根《じゅこん》〟という呪術装置を使って、地上に〝集合意識〟を発現させた男がいたようだ。その男は呼び寄せた魔物達を使ってエイオアの首都を制圧し、己《おのれ》が支配する魔物達に対し、自らを『魔王である』と宣言したのだという。

自己意識が育っていた魔獣犬は、過ごしていた場所がエイオアから遠い事もあり、〝魔王〟からの呼びかけを無視する事ができた。

だが、今も微弱ながら干渉を受けているらしく、〝魔王〟が発現させている〝集合意識〟からどんな命令が出されているかなどは分かるようだ。コウはその〝集合意識〟から、〝魔王〟についてもっと詳しい情報を読み取りに掛かる。

エイオアの首都ドラグーンを制圧した魔王は、そこに魔物の国を興《おこ》すつもりでいるらしい。

首都に住んでいた人々は魔王の命令を受けた魔物達に捕らえられ、奴隷として働かされているなど、現在の常識ではおよそ考えられない内容がコウの口から語られる。

これらの情報を直ちに冒険者協会へと伝えるべく、朔耶達はダンジョンを後にし、エルメールとリシェロとコウが冒険者協会へと赴《おもむ》く。その間、朔耶はレティレスティアに交感を繋いで、〝魔王〟に関して明らかになった情報を伝えた。その後は、魔獣犬《まじゅうけん》を撫《な》でながら高い鉄柵に囲まれたこの祠《ほこら》前の公園でアルシアを待っている。

ここにはガシェも残っており、魔獣犬の姿を見て問い合わせをしてくる冒険者や街の住人に、『管理しているので危険はない』と説明する役目を担《にな》っている。

「さすさすさす～」

「ヴァフッ、ヴァフー」

「うーむ……魔獣犬が腹見せてるとこなんか初めて見たぜ」

ごろりと転がってお腹を晒《さら》しては、朔耶に擦《さす》ってもらってクネクネしている魔獣犬。ガシェはこれは和んでいいのだろうかと戸惑っていた。それからしばらくして、コウとエルメール達が公園に戻って来た。魔獣犬を確認してもらうため、冒険者協会からの派遣員を連れている。

「おかえりー」

「ただいまー」

ノリでコウとハイタッチなど交わす朔耶。転がっていた魔獣犬の尻尾がてしてしてしっと地面を叩く。デカイわんこ状態の魔獣犬は、〝魔王の支配から逃れて人間の味方についた魔獣犬〟という触れ込みで冒険者協会の派遣員に紹介された。

彼の取り扱いについて協会の派遣員とエルメール達が話し合っている間、アルシアを待つ朔耶はコウと雑談を交わして過ごす。実はオルドリアでも〝精霊の知らせ〟で魔王の誕生が告げられていたので、そちらの友人に先程の〝魔王〟についての情報を報告していた事を話したりする。

「それで朔耶はその事を調べに来てたの？」

「うん、一応ね。アルシアちゃんを捜索するついでだったんだけど、探しものいっぺんに解決しちゃったよ」

先程から何かを聞きたそうなコウが、切り出すタイミングを計るためか、朔耶の思考を読み取ろうとしているのが分かる。だが神社の精霊がブロックしているので、戸惑っているようだ。

「えーと……」

「うん？　なにかな～？」

相手が何を思っているのか全く分からないという状態は初めてらしく、しばし言いよどんでいたコウは、不意に頷いて切り出した。

「ん、じゃあたんとーちょくにゅーに、元の世界に帰る方法教えて？」

コウの話によると、今回の転移装置回収はグランダール国で世界を渡る方法を研究している博士からの依頼だったという。

凶星《きょうせい》の影響で稼動した転移装置によって、ダンジョンから地上へと転移する魔物や冒険者が続出していた頃、その冒険者集団の中に、不可思議な経験をした者達がいた。

地上のどこかに出たその集団は、石塔の並ぶ、見た事のない場所で奇妙な集団に出くわしたらしい。その後、彼らはもう一度転移させられ、無事に近くの街へ帰還したのだが、彼らの証言の中に『月が黄色かった』というモノがあった。この世界の月は緑色をしているため、明らかに異常な事態だ。さらに、彼らが見た奇妙な集団について詳しく調べた結果、どうやら地球世界の住人ではないか、という推測がなされたのだと。

この話には朔耶にも思い当たる節《ふし》があった。以前テレビでやっていた超常現象特集の中に、異世界から騎士や傭兵が渡って来たのではないかと思われる内容があったのだ。

「それで博士は、異世界の人間がこっちに来ちゃったのは、転移装置が原因かもしれないって調べはじめたんだ」

「ふむふむ、なるほどね」

異世界の人間とは、先程言っていた『沙耶華』や『キョウヤ』の事だろう。

朔耶は、自分の知る方法で世界を安全に渡るには、精霊の加護が必要になる事などを説明し、その二人の事を詳しく聞き出すと、彼らの帰還に協力する事を約束した。

話を聞く限り、世界渡りの研究をしているという博士――アンダギー博士は、その技術でよからぬ事を企むような人ではなさそうだ。相当な変わり者で、かつ天才魔導技師の名を恣《ほしいまま》にしているそうな。

互いの事情や立場についてなかなか突っ込んだ話をして、すっかり打ち解け合ったところでエルメールからコウにお呼びが掛かった。

「コウ、済まないがちょっと来てくれないか」

魔獣犬《まじゅうけん》の説明に補足が欲しいらしい。『いってらっしゃい』とコウを見送る朔耶。鉄柵のところで寝そべっている魔獣犬がひょいと顔を上げてこちらを見ている。やっぱり顔はゴツイ。

「あっ、いたいた！　サクヤさーん！」

道の向こうから手をふりふり駆けて来るアルシアの声が響く。その手には小さなポーチのような鞄《かばん》。朔耶もひらひらと手を振ってアルシアを迎えた。

「これ、向こうの私にお願いしますっ。こっちのアルシアは元気にやってるって。あと訓練学校も今年卒業するってこともっ」

ポーチの中にはこちらのアルシアからの励ましのメッセージと、故郷のお守りが入っているという。

「分かった、後は任せて」

「よろしくお願いしますねっ」

必ず届けると約束してポーチを預かった朔耶は、一旦元の世界へと帰還した。

バラッセのダンジョン前公園から見慣れた自宅庭へと景色が切り替わる。

『今日は一気に調べ事が進んだような手応《てごた》えだねー』

ウム　スコシ　ヤスンデユクガ　イイ

神社の精霊の労《ねぎら》いと勧めに従い、夕方からカルツィオに顔を出す予定を立てた朔耶は、自宅で少し遅めの昼食をとってノンビリ一休みするのだった。

夕方。

〝勇者アルシア〟のところへ荷物を届けようと庭に出た朔耶は、先にカルツィオの様子を見に行くべく転移する。

『それじゃあ、とりあえず悠介君のところへでも』

ウム

夕暮れに染まる庭先の風景から、少し薄暗い石造りの廊下へと風景が切り替わった。前方には露出の多い紅《くれない》のドレスを纏《まと》った赤髪ツーテールな少女と、その頭をナデナデと撫《な》でつけて頬を染めさせている全身黒尽くめな邪神《じゃしん》悠介の姿。

隣に並ぶ紫がかった白髪《はくはつ》ロングヘアーな少女が撫でてもらえなかったと拗《す》ねて見せると、悠介は困ったように頭を掻くいつもの癖を披露する。そんな彼に音もなく背後から近付いた朔耶は、一言こう呟《つぶや》いた。

「ロリキラー……」

「違います」

朔耶の呟《つぶや》きを光の速さで否定する悠介。

「な、なんじゃっ」

「ふーむ、話には聞いていたが、本当に唐突な現れ方をするのう」

突然現れた朔耶に驚きを露《あらわ》にする赤髪ツーテールの少女、フォンクランク王女ヴォレットと、見た目は小学生くらいの子供だが、その実三千歳を超えるガゼッタの里巫女《さとみこ》アユウカス。

こちらはさすがに年の功か落ち着いている。朔耶に何か大事な話があったらしい悠介は、とりあえず身の潔白の主張から始める事にしたようだ。

第八章　邪神《じゃしん》の作戦

〝邪神ロリキラー〟疑惑はさておいて。

臨時司令室となっている部屋に案内された朔耶は、悠介からポルヴァーティアに対抗するために力を貸してほしいと持ちかけられた。具体的にどんな協力をしてもらうかはこれから話し合いたいとの事。

「協力はするけど、そういうのってエライ人達が集まってる場で議論とかして、詰《つ》めていかなくちゃいけないんじゃないの？」

「偉い人ならここに二人ほどいるから問題なし」

悠介はそう言って、この場に同席しているガゼッタの里巫女《さとみこ》アユウカスと、フォンクランクの王女ヴォレットを指す。悠介本人も、対ポルヴァーティア戦略で重要な役割を任されているそうだ。

「今日の戦闘で、やっぱり今のままじゃ持たないって事が分かってね。思い切った対策が必要になったんだ」

「前に言ってた、あたしが直接乗り込んで向こうの指導者を云々《うんぬん》するって話？」

「いや、向こうの指導者はよっぽど問題がない限りそのままにしておくというか、向こうの住人が最終的に決めるというか……」

「ほうほう」

悠介達フォンクランク側が考えている戦略は、融和政策を持ちかけながらポルヴァーティア側が内部に抱える反体制勢力に干渉する事で、内部崩壊に近い状況を作り出し、そこから共存体制に持っていくというもので、朔耶が考えていた内容とも通じるモノがあった。

「元他大陸の人達に反乱呼びかけるとか？」

「というか、最初はそんな感じで考えてたんだけど――」

つまり、ポルヴァーティア軍の侵攻を撥《は》ね返してみせる事で自分達《カルツィオ》の武力を誇示、かつ拮抗《きっこう》した状況を作り出し、執聖機関を交渉の席に引っ張り出す。そこで『カルツィオは不浄大陸ではなかった』という〝新たな事実〟の受け入れを迫る。そうしてポルヴァーティア執聖機関の宗教上の立場を維持しつつ、二大陸の者達が共存していける体制作りを認めさせるというのが当初の目論見《もくろみ》だった。

「その大前提が崩れちゃってさ」

ここ数日、ポルヴァーティア側からの攻撃が続いていたのだが、例の対空砲で何とか撃退する事ができていた。しかし今日の防衛では、相手側の戦力拡大と戦術の変化によりカルツィオ側はかなりの損害を被《こうむ》ったらしい。このままではポルヴァーティア側とカルツィオ側が拮抗する、という肝《かん》心要《じんかなめ》な状況を継続できないという。

「なるほどね、あたしも似たような事考えてたけど……そっか、武力が拮抗してないと、そもそも交渉に応じてこないって問題があるのね」

元他大陸の住人である下級市民層に働きかけて内紛を呼び起こしたところで、上層部がカルツィオとの戦いに梃子摺《てこず》っていなければすぐに鎮圧されて終わってしまう。下手に泥沼化すれば、徒《いたずら》に犠牲者を増やす事にもなりかねない。

「何かいい方法あるの？」

「一応考えはあるんだけど、実際にそれができるかどうか調べるために向こうへ潜入したいんだ」

「ちょっとまて、ユースケ！　まさかお前自ら乗り込むつもりなのか⁉」

「ほう、なかなか大胆じゃのう。しかし――お主がここを離れれば、街の被害は計り知れんぞ？」

先程から二人の話し合いを見守りながら、静かに朔耶を観察していたヴォレットが驚きを露《あらわ》にし、アユウカスは悠介がサンクアディエットを離れた場合のリスクについて投げかけた。

人員や物資の瞬間輸送、破損箇所の瞬間修復など、街全体を管理するカスタマイズ能力の恩恵を得られない状態で今日のような攻撃を受ければ、街は一日で瓦礫《がれき》に沈むだろうと。

「うん。だから問題は、俺がいない間の攻撃をどうやって停止させるかだな」

もし自分の考えている通りに事が運べば、向こうに潜入したその日のうちに、この戦いを終わらせる事もできるはずだと悠介は豪語《ごうご》する。

「一応聞くけど、幹部の暗殺とかじゃないよね？」

「ない。つーか基本的に誰も死ななくて済むし、多分怪我人もほとんど出ないと思う」

上手くいけばの話ではあるが、と補足をつける悠介。一体どんな妙案を思いついたのかと、朔耶は興味を引かれた。ヴォレットやアユウカスも同じらしく、詳しく聞かせよと催促《さいそく》している。

「ユースケの事じゃから、また突拍子もない策を考えてそうじゃな」

「んー、それほど目新しいやり方でもないんだけどね。前に一度似たような事やってるし」

そう言って、簡単に説明された作戦の概要に、朔耶は「本当にそんな事できるの!?」と驚く。一方〝前に一度やった事〟を知っているらしいヴォレットとアユウカスは、「なるほど、あれをやるのか」と納得していた。

「あれだけ大きな街なら十分足りると思うんだ」

「うーん、それができるんなら……前もって向こうの街の詳しい情報とか必要よね？」

「どの辺りにどんな施設があるのかさえ分かれば、詳細は分からなくてもＯＫ」

ポルヴァーティアの街に関する情報は、捕虜達から訊《き》き出す予定だという。おおよその部分さえ分かれば、後は現地で直接確かめられる。この作戦を進めるに当たって問題は二つ。

「一つは俺がいない間の街の防衛。もう一つは、そもそもどうやって向こうの街に潜入するかってとこかな」

一応、空中を移動する術《すべ》として、砲台を設置できない場所に浮かべてある〝浮遊砲台〟を使うという方法もあるが、敵から丸見えな上に速度も出ないので、潜入の手段には使えない。

「ふむふむ、そこであたしに協力を求めたってわけね」

空を飛ぶ事ができて〝精霊術的なステルスモード〟で姿も消せる朔耶なら、悠介を抱えて直接飛んで行くという手もある。攻撃の停止についてはアルシアにも協力を求めてみようと提案する朔耶。

「アルシアに？」

「そ、これからちょっと届け物に行くんだけどね。その時に相談してみるよ」

フラキウル大陸にいる〝見習い剣士アルシア〟から預かって来た小物とメッセージを届けに行くのだと、腰につけたポーチを見せる。するとアユウカスが思い出したように語り始めた。

「あの娘なら確か、今はポルヴァーティアの地上部隊と共にこちらへ来ておるはずじゃが」

「あれ？　そうなんですか？」

話を聞いてみれば今日の戦闘中、地上からの砲撃を食い止めるためにシンハ達がポルヴァーティア軍の拠点を叩きに行った際、そこでアルシアの姿を確認したのだという。

それならそっちを訪ねてみるよと拠点の位置を教えてもらった朔耶は、出発の準備に取り掛かる。

とりあえず互いの事情も確認し合ったので、細かい段取りはまた明日話し合う事になった。


漆黒《しっこく》の翼がカルツィオの夜空を舞う。臨時司令室を後にした朔耶はステルスモードで飛行を続け、ポルヴァーティア軍の拠点を捜索。やがて復旧作業中らしきそれらの施設が見つかった。

『箱型の飛行機も見えるし、ここがそうみたい。あのクレーンみたいなのが砲台なのかな？』

ミナ　カナリ　ケイカイシテオル　ヨウダ
拠点の敷地内は一部焼け落ちており、ここで激しい戦闘があった事を物語っている。ざっと意識の糸レーダーで探ってみたところ、居住区らしきテントが並ぶ一角に、アルシアの存在を確認。

『アルシアちゃん見っけ』

ステルスモードのまま拠点に下り立った朔耶は、早速アルシアのテントへと足を運んだ。

昼間の襲撃で敵部隊に翻弄《ほんろう》されたアルシアは、復旧作業に加えてもらえない事を憂鬱《ゆううつ》に思いながら浅い溜め息を吐《つ》く。

〝浄伏《じょうぶく》〟の旗印でもある〝勇者様〟を『作業現場で働かせるなどとんでもない！』という訳である。

（私の力を使えば、重い資材なども楽に運べて作業効率も上がると思うのだが――）

――と、元々庶民の娘だったためか、何事も無駄なく効率よく、使えるモノは使わなければもったいないと考える。特別な立場に身を置く今も、その辺りの思考がなかなか抜けないアルシア。

「み～つ～け～た～」

「わあああっ！　……サクヤか」

突然背後からひたりと首筋に手を当てられ、アルシアは一瞬飛び上がった。しかし、すぐに落ち着いてみせる。

「あら、なんと立ち直りの早い」

「私にこんな事するのはお前しかいない」

ちょうど暇を持て余していたところだったので会いに来てくれて嬉しいと、アルシアは自然な笑みを浮かべてみせた。朔耶は、なんとなく兄がよく遊んでいるゲームを攻略しているような心地になってくる。――どこからか好感度アップのチャイムが鳴ったような気がした。

〝アルシアルート突入〟疑惑はさておき、まずは見習い剣士アルシアから預かってきた荷物を渡す。

「これは……エパティタのお守り」

「そういえば故郷の品だって言ってたね」

アルシアは懐かしそうな顔で、ペンダント型の細工物に見入っている。さらに朔耶は、向こうのアルシアは訓練学校での修業を果たしており、今年卒業するらしいという事も伝える。講師の人達と仕事をしていたという話に、アルシアは自分の事なだけに嬉しそうな恥ずかしそうな顔を見せた。

少しゆったりとした時間。せっかくのほのぼのムードを壊すのは惜しかったが、のんびりもしていられない。朔耶は今後カルツィオに本格的な協力をする事になったと伝え、なるべく双方が直接戦わなくても済むという悠介の作戦について切り出す。

「そんな事が……本当に可能なのか？」

「あたしも聞いた時はびっくりしたけどね。なんか前にも似たような事やって、戦いを終わらせた事があるんだって」

悠介の使う能力は朔耶から見ても摩訶不思議《まかふしぎ》な現象を起こすモノで、作戦の規模は壮大だが、あの力を使えば確かに不可能ではないとも思えた。

「ふむ――作戦の概要は分かった。しかし、攻撃を中断させるのは難しいな。私に軍の指揮権は与えられていないのだ」

「あれ？　そうなんだ？」

アルシアは神聖軍で特別な立場にこそ在るものの、基本的に信仰と力の象徴として参戦しているので、同行した部隊や軍の作戦に干渉する権限はないのだという。――実はこれらは、執聖機関が勇者の取り扱いについて研究と経験を重ねて導き出した、〝勇者に戦力という力を与えてはいけない〟という教訓を軸にした処置だったりする。

その一環で、アルシアには魔導兵器全般の扱いは教育されていなかった。強靭《きょうじん》な肉体を持つ勇者に強力な魔導兵器を扱わせないため、そして伝統的な信仰政策の宣伝材料とするために、メイスのような原始的な武器を使わせているのだ。従って、アルシアは機動甲冑《きどうかっちゅう》や戦闘機の操縦などもできない。

「だが、私なら大神官に直接進言する事ができる。何か攻撃を遅らせる手を考えてみよう」

「よろしくねー」

明日の夕方頃にまた会おうと約束をして、朔耶は自宅庭へと帰還した。


翌日。朝からフレグンス城に出向いて魔王出現に関する追加報告を行《おこな》った朔耶は、その後の情報を集めにフラキウル大陸へと飛ぶと言って早々《はやばや》とお茶の席を立つ。

「あ、それからしばらくは狭間世界で活動する事になるかもしれないから、何か動きがあったら報《しら》せに来るね」

「いつも本当にご苦労様です。私にも何か手伝える事があれば、言ってくださいね？」

バタバタと忙《せわ》しなくあちこち飛び回っている朔耶を、レティレスティアは羨望《せんぼう》混じりの労《いたわ》りの言葉で送り出した。

今のレティレスティアの実力なら、危険な〝精霊の転移術〟の使用も難しくはない。父王カイゼルや王妃アルサレナの許しがあれば、フラキウル大陸に転移する事だってできる。もし朔耶が魔王の軍勢と戦うような事態になれば、助太刀《すけだち》に行く事も可能なのだ。

「やっぱり凶星《きょうせい》の影響でレティの凶暴性がっ」

「ち、ちがいます！　もうサクヤったらっ」

「あっはっはっ　いや～でもレティも随分積極性が出てきたね。イーリスとあんな事やこんな事して色々大人になっちゃった？」

「あわわわわ――――」

『なんて事をー』と周囲の耳を気にするレティレスティア。

今日も朔耶は、からかわれて顔を赤くしているお姫様に笑顔で手を振り世界を渡る。割と深刻な問題に関わっていても、朔耶のライフスタイルは変わらずマイペースなのであった。


ポルヴァーティアのアルシアに届け物を済ませた事の報告も兼ねて、朔耶はバラッセの街へと転移した。ダンジョンの出入り口である高い鉄柵に囲まれた祠《ほこら》が視界に入る。なだらかに傾斜した芝生の広がる長閑《のどか》なダンジョン前公園。

道脇のベンチでは、今日も杖をついた大柄な老人が日向《ひなた》ぼっこを楽しんでいる。

「さてと、まずは訓練学校の方から回ろうかな」

こっちのアルシアに会った後は、冒険者協会に立ち寄って魔王に関する情報を集めようと予定を立てた朔耶は、街の大通りに足を向けた。

「ニャー」

「あ、ネコちゃん。やほー」

訓練学校の校舎前に来ると、この前の校舎猫が門の上に陣取っていた。朔耶の挨拶に「ニャ」と答えて目を細める。

校舎内はまだ授業開始前なのか多くの生徒達が廊下を行き来し、所々にグループを作って屯《たむろ》している様子が窺《うかが》えた。その中に知った顔を見つけたので、おもむろに近付いていく。

「あっ、サクヤさん」

「やほー、ニーナちゃん」

先日、ここで知り合って色々とこの大陸の事を教えてくれたニーナが、朔耶の姿に気付いて駆け寄ってきた。彼女にもアルシアに会えた事や、その後の顛末《てんまつ》などを報告する。その会話の中で、『コウ少年は既に王都へ発《た》った』という話を聞けたのは予想外だった。

「コウちゃんはダンジョンでたくさんの人を助けたり、ゴーレムになってこの街を護《まも》った事もあるんですよ」

「へぇ、コウ君ってなかなか幅広く活動してたんだねー」

ニーナ自身も助けられた事があるそうで、コウ少年や講師のエルメール達とも割と親しい間柄なのだそうな。訓練学校に半ば住み着いている校舎猫は、以前コウが憑依《ひょうい》していたので、名前もコウと呼ばれているという。

〝巨大蛇の捕食ショー〟の檻《おり》にいる大蛇も、学校行事である合同訓練の際、合宿会場となった山の麓《ふもと》に現れたところを、コウが憑依する事で安全に捕獲されたものだと語るニーナ。

その彼女の案内で訓練学校の上位クラスの教室にやって来た朔耶は、ほどなく見つけたアルシアに届け物完了の報告を済ませる。

「向こうのアルシアちゃん、懐かしそうにしてたよ」

「あはは、実は夢で見ましたっ、あの日は早寝したんですよ～」

さすがは上位クラスにいるだけあってか、適応力というか応用力が高い。勇者アルシアと朔耶が会う事を見越して、早めに就寝する事で意図的に故郷のお守りが渡される場面を見届けようとしたらしい。

「異世界の夢が見られるなんてすごいチャンス！　いつまで続くか分からないのに、逃す手はないじゃないですかー」

「なんという行動力」

最近は早寝早起きになったという実に前向きなアルシアに感心する朔耶なのであった。


ニーナやアルシアと別れて訓練学校を後にした朔耶は、その足で冒険者協会へと向かう。

魔王騒ぎへの対処として、各国から討伐隊が派遣される事になったらしい。なるべく稼げる枠《わく》に入ろうとする者や、安全におこぼれが拾えるタイミングで参加しようとする者達が情報収集に励んでいる。

「よう、サクヤ嬢ちゃん」

「こんにちはー」

たまたま建物内にいた防衛隊のガシェに声をかけられ、挨拶を交わして立ち話など始める朔耶。

ガシェ達は立場上、街の防衛を優先するので討伐には参加しないが、バラッセからも正式に討伐隊が出るという。例の魔獣犬《まじゅうけん》はバラッセの街で軍用犬として使われる事になったそうな。

「アイツも魔王に操られちゃ困るってんで、居残り組だ」

「そっか、魔獣は集合意識の影響受けるんだっけ」

ちなみにコウ少年の現在の所属はナッハトーム帝国という国なので、恐らくそちらから討伐隊に参加するのではないかという事だった。

「グランダールも帝国も、魔力の乱れが原因で魔導船《まどうせん》やら戦車やらが使えない状態だからなぁ」

万全の状態なら、魔物の軍勢も魔王も、魔導兵器と機械化兵器の威力で簡単に蹴散らす事ができたであろう。だが、現状ではエイオアの首都奪還にも時間が掛かるのではないかと、多くの冒険者達は見ているようだ。

「それって、凶星《きょうせい》の混乱さえ収まれば魔王騒ぎも収まるって事？」

「まあ、そんなとこだなぁ。件《くだん》の魔王ってのがよっぽどの化け物とかでもない限り、制圧にゃ三日と掛からねぇと思うぜ」

今回の魔王騒ぎは、魔王が魔物を操って首都を占拠するという、過去数百年の間にも例を見ない大事件ではある。が、あくまでも凶星の影響下という、異常事態の中で起きた特異なケースだ。

エイオアでも魔導技術を使った武具の類《たぐい》が開発されているし、魔法の力が込められた武器や防具を装備した冒険者もゴロゴロいるはずなのだ。それらが正常に機能するいつもの状態であったならば、ここまで被害が膨らむ事はなかっただろうとガシェは語る。

「なるほど……という事は、カルツィオとポルヴァーティアの融合が終われば、魔力の乱れも収まって全部解決するのかな」

「ん？　昨日言ってた狭間の世界ってやつの事か？」

「うんそう。多分あと二、三日くらいで、向こうの大地の融合が終わるみたいだから、こっちでも魔力の乱れが収まるかもね」

「へぇ、そいつぁ良い知らせだ」

その後、ガシェからグランダールの王都トルトリュスに住む天才魔導技師の事や、機械化技術の進んだナッハトーム帝国などについて色々と教えてもらった。こうしてコウ少年絡みのエピソードも交えて、フラキウル大陸の様々な情報を得た朔耶は、昼過ぎ頃には自宅庭へと帰還した。


「さて、次は狭間世界かな」

遅い昼食をとりつつ夕方からの予定を考える。弟はまだ学校から帰っておらず、兄も父も仕事で家にいない。母は買い物に出かけているようだ。

カルツィオに対し本格的に協力すると決めたからには、今更ではあるが危険な事にも首を突っ込む事になる。兄や弟にも事前に相談なり報告なりしておいた方がよかったかなと、ご飯を咀嚼《そしゃく》しながら神社の精霊と語らう朔耶。

『タカ君にはまた色々言われそうだけど……』

タカフミドノモ　サクヤヲ　シンパイシテノ　コトダ
もちろんそれは分かっていると頷き、お茶を一口。今回は緊急性が高く、状況の変化も速いので じっくり話し合って行動方針を決める暇はなかった。事後報告にはなってしまうが、後悔のないよう自分らしく行動しようと、気持ちも新たにキンピラを一切れ。
……カンガエテ　オルコトハ　リッパナコトデハ　アルノダガ
お茶碗を片手に細切りのゴボウをもぐもぐしながら決意を示されても、少々威厳に欠けるのではないかと微妙～な感情を送る神社の精霊。しかし、それもまた朔耶の在り方だと理解も示す。
『クロちゃん共々、サポートよろしくね』
マカセテオケ　アイラシキ　ワガ　アルジヨ
黒の精霊も世界の向こうから契約の糸を通じて同意の念を送って来た。

夕刻前。まだ陽の明るいうちに自宅庭へと出た朔耶は、いつもの円から狭間世界へと転移する。

『じゃあアルシアちゃんのところへ』

ココロエタ
カルツィオの大地に構築されたポルヴァーティア軍の拠点敷地内。その中でもテントが並ぶ居住区の一角に現れる朔耶。ちょうどアルシアのテント前に出たので、ステルスモードのままお邪魔する。中では、難しい顔で腕組みをしたアルシアがうろうろと歩き回っていた。

ふと気配を感じたアルシアは、テントの入り口に視線を向けた。特に何も変わった様子はなかったのだが、もしやと思い声をかける。

「サクヤか？」

「あら、分かっちゃった？」

ステルスモードを解除して姿を現した朔耶に、アルシアはパッと顔を綻《ほころ》ばせた。が、すぐに深刻な表情を浮かべると、〝悪い知らせ〟を告げた。

「まずい事になった」

今朝、アルシアがこれからの戦略について話したい事があるとの名目で大神官と連絡をとってみたところ、明日から大攻勢に出る作戦を聞かされたという。その前哨戦《ぜんしょうせん》として、今夜から夜間爆撃も行《おこな》われるらしい。

既に水軍も出撃準備が整っており、海が平らになるタイミングで一斉に地上部隊を輸送する手筈《てはず》になっている。とてもじゃないが二、三日攻撃を止めるという進言などできる状況ではなかったと言ってアルシアは詫《わ》びた。

「……それは、まずいね。ちょっと悠介君のところへ行ってくる」

「すまない、サクヤ……」

「ううん、そんなに気に病まないで。アルシアちゃんは協力してくれた上に、こんな大事な情報も教えてくれたんだから」

〝大攻勢〟は明日からという話だし、夜間爆撃の開始は暗くなってから。まだ時間はある。とりあえず、アルシアにはいつでも動けるよう待機しておいてほしいと頼んだ朔耶は、漆黒《しっこく》の翼を纏《まと》ってカルツィオの空へと舞い上がった。

『悠介君のいる街まで超特急で！』

マカセヨ

〝精霊術的ステルスモード〟で姿を隠しながらも、魔力の軌跡《きせき》を空に引く朔耶は、サンクアディエットを目指して空を翔《か》ける。時間と距離を大幅に短縮できる〝裏技〟を使わないのは、拠点から街までさほど離れていないからであり、また力を温存するためでもある。

やがて薄いベージュ色をした山のような街に到着すると、ステルスモードを解除して中央に聳《そび》える宮殿へと降下して行く。

宮殿前を護《まも》る衛士《えいし》達が漆黒《しっこく》の翼を広げて下り立つ朔耶に、何事かと驚いて警戒も露《あらわ》に誰何《すいか》する。が、闇神隊長の関係者である事を知る赤い隊服の宮殿衛士が取り成してくれた。

「随分急いでるみたいだが、緊急の用件かい？」

「うん、ちょっと大変な事になってるの」

悠介のいる臨時司令室まで案内してくれた彼は、「僕は上に報告してくるよ」と言って廊下を去って行った。その背に礼を言って振り返った朔耶は、和《なご》やかな雰囲気の会話が聞こえる臨時司令室に飛び込んだ。

中では、悠介とアユウカスが今日の戦果について話し合っていた。ポルヴァーティア軍からは爆撃が続いていたが、この日は投下される石柱爆弾をほとんど撃ち落とす事に成功したらしい。地上まで到達した爆弾の数も、両手で数えるほどまでに抑えられていた。

砲台を担当する衛士《えいし》達がその扱いに熟達してきた事もあるが、先日シンハ達がポルヴァーティア軍の拠点を襲撃した際に、向こうの長距離投擲砲《とうてきほう》を破壊できた事も大きい。地上から石柱爆弾を撃ち出してサンクアディットを直接攻撃できるこの砲台を封じた事で、ポルヴァーティア軍の石柱爆弾は爆撃機から投下されるもののみとなり、衛士達の集中力が保てたのだ。

「これなら完封できるかも」

「そうじゃな、しかし喜んでばかりもいられまい。余裕ができた今のうちに、例の作戦を進めるのが良いじゃろうな」

「そうですね」

今日の戦闘で、昼間の爆撃に対してはカスタマイズ能力による管理がなくても、対空砲だけで対処できる事が分かった。よって、潜入作戦は夜間に決行しようかという話をしている悠介とアユウカス。そこへ駆け込んで来た朔耶が声をかける。

「あ、いたいたっ、悠介君！」

「あれ、都築さん」

「大変大変っ、アルシアちゃんから聞いたんだけど、明日から大攻勢が掛かるって！」

朔耶はアルシアから聞いたポルヴァーティア軍の総攻撃、今夜からは夜通し爆撃が行《おこな》われる予定だという話を彼らに伝える。地上からの攻撃さえなければ、昼間にしか来ない爆撃には十分に対応できると楽観ムードだった悠介達は、冷や水を浴びせられたような反応を示す。

「げっ、マジすか!?」

「マジっぽい」

相手方の地上の拠点には攻撃目標の正確な座標を割り出す役割もあったらしく、既にその目的は果たしたらしい。今後は昼夜を問わず爆弾の波状攻撃を主とした攻勢が掛かる。

「海からも部隊を送る準備してるって」

「うわ～……」

最悪だとでも言いたそうに呻《うめ》く悠介。参謀役らしき赤毛の壮年衛士が、砲台担当の衛士達に警戒を促《うなが》すよう伝令に指示を出している。今ここにいる面々では一番落ち着いて見えるアユウカスが、悠介に行動を促《うなが》した。

「ユースケや、例の作戦を仕掛けるなら今夜しかないぞ」

「でも、爆撃があるって……」

慣れない夜間爆撃に昼間ほどの迎撃率は期待できない。カスタマイズによる管理なしでは、一晩でサンクアディエットは瓦礫《がれき》の山にされるかもしれない。それを考えると、迂闊《うかつ》に街から離れられないと躊躇《ちゅうちょ》する悠介。

しかし、このまま防衛に留《とど》まったところで、大攻勢が始まればポルヴァーティアに潜入するチャンスも失われてしまう。どうするべきかと迷う悠介を前に、朔耶はこの事態への対処法を神社の精霊と共に模索する。

『ここはお兄ちゃんの思考法〝どうなれば良いか、から考える〟で――街が護《まも》られる事は大前提よね』

サンクアディエットを一晩護《まも》るくらいならば、朔耶が協力する事で可能となる。しかし、朔耶が防衛で街に留《とど》まった場合、悠介をポルヴァーティア大陸へと潜入させる手段がなくなってしまう。

『今夜中に悠介君をポルヴァーティアへ潜入させられる方法――』

ヒコウキカイハ　ツカエヌノカ？

『ポルヴァーティアの箱型飛行機で潜入させる？　運ぶ人は――』

アルシアジョウハ　ドウダ？

確かに、今ならアルシアも協力してくれそうだ。しかし、一つ問題がある。アルシアは例の飛行機械を操縦できない。これはアルシアとの会話の中で、把握済みだ。

『飛行機の操縦ができて、アルシアちゃんと悠介君に協力してくれそうな人――』

朔耶の脳裏に、ある人物が浮かび上がる。飛行機の操縦ができて、アルシアと親しく、ポルヴァーティアの信仰教育にも染まり切っていない人物。

「分かった、街はあたしが護る」

「え？」

朔耶が挙げた一つの解決法。他に良い案も浮かばず、時間もない悠介達はそれで行こうと行動を開始した。

ヴォレット王女と里巫女《さとみこ》アユウカスが、国王達への報告と説明を引き受けて宮殿上層まで赴《おもむ》く。その間、悠介の案内で捕虜収容所へとやって来た朔耶は、ポルヴァーティア神聖空軍偵察部隊長だというカナンに面会して協力を求めた。

「悠介君をポルヴァーティアまで運んでほしいの。アルシアちゃんにも協力を取り付けてあるけど、アルシアちゃん飛行機の操縦ができないから」

「アルシアが……？」

戦闘機パイロットであるカナンの協力を得て、地上のポルヴァーティア軍拠点からアルシア達と共にポルヴァーティアへ渡る。悠介の安全はアルシアに護ってもらうというなかなかに大胆な作戦だ。

既にポルヴァーティア軍の部隊服を着て変装した悠介は、いつもの光の枠《わく》を出して指先でごそごそしている。カナンの説得が済み次第、移動できるよう準備しているらしい。

突然の訪問と協力要請に困惑気味だったカナンは、アルシアの事情や両国の状況について聞く内に、朔耶達の考えに理解を示し、その説得を受け入れた。カナン自身、ポルヴァーティア執聖機関の在り方には常々欺瞞《ぎまん》を感じていたからだ。

「ポルヴァーティアを滅ぼさずに変えてくれるんなら、協力する」

「ありがとう」

夜間攻撃はいつ始まるか分からない。話が付いたならば善は急げとばかりに、カナンにポルヴァーティア軍の隊服一式や備品などを返還した。

「んじゃ、行きますよ」

そう一声かけた悠介が、この場から〝シフトムーブ〟を行使する。地下の収容施設から夜の平原へ、舞い消える光の粒を残して周囲の景色が瞬時に切り替わった。

「驚いたな……今のがアンタの力なのか」

「いや～実際に体験してみるとびっくりするね」

カナンはただただ驚いた様子で少々青褪《あおざ》めている。瞬時に景色が変わる事には慣れている朔耶も、自分以外のタイミングでそれが起きるとびっくりするモノなのだなぁと実感するのだった。

「とりあえず、ここからは動力車でポルヴァーティア軍の拠点まで行く事になるけど、都築さん」

「ん、任せて。ステルスモードで気付かれないようにするよ」

ところで動力車とは何ぞや？　と思っていた朔耶の目の前に、自動車そのものな乗り物が現れた。光の枠《わく》を出して何やら操作していた悠介が、ここから遠く離れた場所にあった資材を使って組み上げたものらしい。外観はどことなくティルファの機械車に似ている。

悠介の能力は物質に干渉して形を変化させたり、特殊な効果を付与したりするものであると理解はしていたが、こんな使い方もできるのかと改めて驚くやら感心するやらな朔耶。

ハンドルを握る悠介の隣に座り、動力車を丸ごと精霊術的ステルスモードで周囲から隠す。拠点の近くまで移動する間、後部座席で自分の軍服に着替えているカナンに作戦の概要が説明された。

カナンの役割は、拠点に置いてある飛行機械を操縦して、アルシアと悠介をポルヴァーティア大陸の基地まで運ぶ事だ。

なかなか乗り心地も悪くない動力車で、夜の平野を走る事しばらく。ポルヴァーティア軍拠点の明かりが見え始めた。そこからは動力車を降りて徒歩で移動。精霊術的ステルスモードで不可視な状態にある三人は、出入り口に立つ警備兵の前を堂々と歩いて通過する。そして、奥に並んでいる居住施設テントの一つに潜入した。

「あっ、男性陣、回れ右」

「うおっ」

「おおっと」

「ん？」

故郷のお守りを首に下げて、着替えのシャツを頭に被りかけていたアルシアが、ふいに背後から聞こえた声に振り返る。

「やほー」

「サクヤ……って、後ろにいるのは――カナンさん⁉」

「よ、よう」

背中を向けたカナンがひょいと片手を上げて挨拶する。我に返ったアルシアは顔を赤くしながら慌ててシャツを下ろした。これは一体どういう事なのかと言いたげな視線を向けてくるアルシアに、朔耶はもう一人重要人物を紹介する。

「実は悠介君もいます」

「えーと、こんばんは？」

「っ！」

最早《もはや》声も出せないほどに驚いた様子で目を見開いている。耳まで染まった赤面は、着替えを見られた事に対する羞恥か、怒りか。

口をぱくぱくさせながら、カナンと悠介と朔耶の間に目まぐるしく視線を行き来させる少々混乱気味なアルシア。カナンが朔耶に耳打ちで『話は通してあったんじゃないのか？』と訊《たず》ねる。

「二人をここへ連れて来るって作戦は、急遽《きゅうきょ》立てられたモノだからね」

アルシアに協力は取り付けてあったが、具体的に何をしてもらうかまでは決めていなかったと説明した。そんな話をしている間に、悠介とアルシアも互いの事を話し合っていたようだ。

「とりあえず〝勇者の力〟で突っ込むのはなしな」

「ぐぬぬ……」

この日、拠点の一角にあるテントの中では、光を纏《まと》って拳を握る〝勇者〟アルシアに、〝戦女神《いくさめがみ》〟朔耶を盾にしながら牽制《けんせい》する〝邪神《じゃしん》〟悠介という構図が展開されていたのだった。

第九章　カルツィオ防衛

ポルヴァーティア側の大攻勢が始まる。その前に決着をつけなければならない。

敵地に乗り込む決断を下した悠介を、ポルヴァーティア大陸まで運んでもらうべく、地上拠点のアルシアのもとへと案内した朔耶。ちょっとしたハプニングはあったが、狭間世界の精霊に喚《よ》ばれた者同士である〝勇者〟と〝邪神《じゃしん》〟が顔を合わせた。

アルシアは悠介に対して狡猾《こうかつ》な策士のようなイメージを持っていたらしく、実際に向かい合ってみればあまりにも『普通の人』な悠介に、戸惑った様子を見せていた。

「斥候部隊《せっこうぶたい》や私を妖《あや》しげな術で翻弄《ほんろう》した歴戦の策略家、のようには……とても見えないのだが」

「概《おおむ》ね見たままのイメージで間違ってないよ」

悠介もアルシアと同じく、召喚時に力を与えられたダケの、元はごく普通の人間。異世界で冒険者を目指していたアルシアとは違い、正真正銘の一般人といえる。

それを聞いて拍子抜けしたアルシアが、溜め息など吐《つ》いて肩を落とした。構えていた分脱力も大きかったのか、珍しく素《す》の表情を見せる。

「なんだか、私だけ空回《からまわ》りしていた気分だ」

「それも概ね間違ってないかな」

「っ！」

自嘲気味に呟《つぶや》いたアルシアにさらっと同意をかます悠介。何だかからかいやすいらしい。ジロリと睨《にら》まれてしまったものの、反論できないでいる姿が面白可愛いといった様子で、朔耶の背後に移動する。

「そこであたしの後ろに立たない」

遊んでないでさっさと作戦遂行に向けて動けと、背中から悠介を追い立てた朔耶は、アルシアに潜入作戦の概要を説明した。

安全地帯を追い出された悠介は、カナンとポルヴァーティア軍基地のどの辺りに降りるかなどの話し合いを始めた。なるべく街に近い場所が望ましいが、基地と街の構造次第ではどこに降りても〝シフトムーブ〟を使っての移動が可能だとの事。要は、街と基地が配線や石畳など、何らかの形でひと繋がりになってさえいれば、カスタマイズ能力が纏《まと》めて一つのアイテムとして認識するので、〝シフトムーブ〟でどこへでも行ける。

「なるほど……私を護衛に使うとは大胆な方法だ。だが、それでこの戦いを止められるなら、協力しよう」

「ありがとう、アルシアちゃん」

「けどまあ、本当に強引に止めるだけだから、そこから上手く回していかないと後々問題も出てきそうだけどな」

とりあえず今は、ポルヴァーティアの侵攻を止める事が先決。後の事は、上に丸投げする部分も含め後で考えると明け透《あす》けに語る悠介に、アルシアは小さく肩を竦《すく》めて鼻を鳴らした。

「じゃあ行くか。アルシア、先導を頼む」

準備のできたカナンがそう言って促《うなが》すと、アルシアは静かに頷いてみせる。悠介は顔と髪を隠すようにヘルメットを被り直し、朔耶はステルスモードで姿を隠す。そして拠点の発着場に停めてある適当な汎用戦闘機《はんようせんとうき》に乗り込むべく、アルシアのテントを後にした。


復旧作業の続く拠点敷地内。二人の神聖軍兵士を引き連れた勇者アルシアが、作業員達の間を颯《さっ》爽《そう》と歩く。信心深い信徒でもある兵士達は、その姿を羨《せん》望《ぼう》と尊敬の眼差しで見送る。

発着場までやって来たアルシアは見張りの兵士に向かい、急ぎの用件でカーストパレスに帰国するため、汎用戦闘機を使用する旨を告げた。

了承の意を示した見張り役の兵士はそのままアルシア達を見送ろうとしてふと、後ろに続いている若い兵士に声をかける。

「待て。お前の所属は戦闘爆撃機部隊のようだが、何故今拠点《ここ》にいるんだ?」

見張りの兵士は、今ここにいるはずのない『戦闘爆撃機部隊』の徽章《きしょう》をつけた悠介に、不審の目を向けた。

悠介が着ている軍服は、サンクアディエットの周辺に不時着した爆撃機部隊の兵士達が身に付けていたモノだ。適当に見繕《みつくろ》ってきたために、所属を示す徽章の事など考えていなかったらしい。カナンも悠介の変装の不備は見落としていたようだ。

（あちゃー、飛行機に乗るまで悠介君もステルスモードで移動させた方が良かったかも？）

答えに窮《きゅう》している悠介。ステルスモードですぐ傍に立っている朔耶も、周囲に他の兵士達の目があるのであまり派手な事はできない。これはどうしたものかと困っていると――

「急ぎの用だと言ったはずだ！」

機転を利かせたアルシアが動いた。瞬間、閃《ひらめ》いた朔耶は意識の糸を放射状にめいっぱい放ち、静電気の軽い版のような波動を流す。アルシアを中心に、軽い衝撃が幾重にも連なる波紋のごとく広がり、兵士達の身体にビリビリとした刺激を伝えてくる。結果、朔耶の目論見《もくろみ》通り、兵士達は普段感じる事のない〝勇者の力〟をその身に受けたかのように誤認した。

「ひ……っ、も、申し訳ありません！」

見張りの兵士は思わず縮こまる。そんな彼に周囲の兵士達は、『少し考えれば、何か事情があって勇者様と行動を共にしている事ぐらい分かるだろうに』と冷たい視線を向けている。〝特別な力〟を感じ取れたと錯覚した事で、彼らの心理は大きくアルシア寄りになったため、先程見張り役の兵士が述べた疑問について気にかける者はいない。

この間に出発しようと、箱付き汎用戦闘機に乗り込む悠介達。どうにか上手く凌《しの》げたようだ。

三人を乗せた戦闘機が無事に飛び立った事を確認した朔耶は、窓越しにちらっとだけ姿を現して操縦席に座ったカナン、そしてその後ろに陣取っている悠介とアルシアにひらりと手を振る。

『さて、それじゃあ街を護《まも》りに戻りましょうか』

ウム　オオキナ　タタカイノ　ケハイガ　チカヅイテオルゾ

るのだった。

ポルヴァーティア軍拠点の上空で悠介達と別れた朔耶は、一路サンクアディエットへと翼を向けるのだった。

サンクアディエット、ヴォルアンス宮殿の上層階から夜の大地に目を凝《こ》らしているヴォレット。数日前までそそり立つように見えていたポルヴァーティアの巨大な大地と街の明かりは、既に地平線と闇の向こうに霞《かす》んで確認できない。

「ここにおったか」

「アユウカス……」

「いつ攻撃が来るやもしれん。皆が心配するぞ」

「……そうじゃな」

夜の爆撃が始まれば宮殿の上層階は特に危険だという事で、国王をはじめ側近や主だった官僚達も下の階へと避難している。ポルヴァーティアに向かう悠介達を見つけられないかと夜空にその姿を探していたヴォレットは、諦めて窓際から離れようとした。

そしてふと、暗い街並みに何かを見つけて足を止める。

「あれは――」

「うん？　おお、サクヤじゃな」

かつて、カルツィオにおいてもっとも身分の低い者が住み、現在では一般民の住む下街となっている元低民区《ていみんく》に聳《そび》える展望塔。その天辺に下り立つ、仄《ほの》かな紫色の光を纏《まと》った漆黒《しっこく》の翼。悠介がポルヴァーティアに潜入している間、サンクアディエットの防衛を買って出た異世界からの来訪者。
その力が最大限に発揮されるという異世界で、彼女は〝戦女神《いくさめがみ》〟と呼ばれているらしい。街中《まちじゅう》に設置されている〝対空光撃連弓・改〟の砲台からも、射手《しゃしゅ》の衛士《えいし》達が展望塔に下り立つ朔耶の姿を目撃していた。

この街で一番背の高い建造物である展望塔の上から、ぐるりと周囲を見渡す朔耶。悠介の話では、昼間の明るい内なら、高高度から投下され、地上に激突すると爆発する石柱爆弾も、〝対空光撃連弓・改〟でほぼ迎撃できるという事だった。

最初朔耶は、光源を大量に浮かべて視界の確保をしようかと考えていた。だが、この広い街全域をカバーできるほどの強力な光源ともなれば、カルツィオの人々が使う神技の一つ、風技《ふうぎ》による爆弾の捕捉をその魔力によって阻害《そがい》してしまう恐れもある。

『やっぱり爆撃自体を阻止するのが一番手っ取り早いわよね』

チュウイセヨ　コウゲキノ　イシノアルモノタチガ　チカヅイテオル

ポルヴァーティアの爆撃機部隊が迫って来ているらしい。展望塔から飛び立った朔耶は、神技の邪魔にならない程度の光源を複数上空に浮かべると、爆撃機部隊を迎え撃つべくカルツィオの夜空へと上昇していった。

ポルヴァーティア神聖空軍の特殊爆撃機が高高度を行く。設立されてから一度たりとも敗北した事のない超エリート部隊。

攻撃対象として狙われた相手は、彼らがはるか上空から投下する石柱爆弾に対し、迎撃すらままならない。そのため、かの部隊は戦闘において、機体の故障などによる墜落以外、損害を被《こうむ》った事がない。

そんな空の支配者、特殊爆撃機部隊が目標空域に差し掛かる頃、先頭を行く偵察機が前方に何かを見つけた。

「なんだ？　あの光は」

「街の明かりにしては、高すぎるような」

「部隊の現在高度は？」

「いや、問題ない。ちゃんと限界高度を飛行している」

もしや地上部隊の報告にあった〝浮遊砲台〟を高い場所へ設置して、我々への迎撃を試みているのではないか？　という推測がなされると、後続の本隊に警戒を促《うなが》す通信が送られる。

「こちら先行偵察機、目標空域に空中砲台と思われる設備を発見した。各機、対空砲に警戒――」

「おいっ、何か飛んでくるぞ！」

「正面に飛行物体！」

紫色に光る軌跡《きせき》を残しながら偵察機のすぐ傍を通り過ぎる黒い影。途端、機体が大きく揺れて内部の浮遊装置に異常が発生。偵察機の高度が下がり始めた。

「うわっ、どこか接触したか――機関出力低下！　高度を維持できないっ」

「なんだ今のは⁉」

「鳥かなんかじゃないのかっ？」

「こんな高いところを飛ぶ鳥なんて観測されてないぞ！」

遭遇したモノの正体を確かめるため、機体の後方と真上に向かって照明弾が上げられる。偵察機の観測窓から周囲に視線を走らせる搭乗員達。

「あれは……っ！」

「混沌《こんとん》の使者──〝黒き翼を持つ者〟だ！」

「勇者の浄伏《じょうぶく》を退けた奴かっ」

身体から噴き出すように揺らめく漆黒《しっこく》の翼を生やした〝混沌の使者〟。少女にも見えるそれは、特殊爆撃機部隊の本隊に向かって飛んで行く。偵察機の搭乗員は、直ちに敵襲の警報を発した。


先行していた飛行機の浮遊装置に〝休むようお願い〟して優しく撃墜した朔耶は、その飛行機から放たれた照明弾に照らされながら、複数の飛行機部隊の姿を前方に捉《とら》える。

『あれが爆撃機部隊ね、さっきの飛行機と同じようにできる？』

ゾウサモナイ
翼による揚力《ようりょく》を持たないポルヴァーティア軍の飛行機械は、浮遊装置に異常が発生すると墜落してしまうという弱点を持っている。

推進力を得るための飛行装置がある程度機体を浮かせているので、即座に落下する事はないが、浮遊装置に異常を起こしてやれば穏便かつ速やかに制圧できるのだ。

神社の精霊による微調整を受けながら、意識の糸を網《あみ》か蜘蛛《くも》の巣のごとく放射状に広げた朔耶は、ポルヴァーティア神聖空軍の誇る特殊爆撃機部隊の編隊へと突入を開始した。


偵察機からの報《しら》せを受けて警戒態勢をとっていた爆撃機部隊は、前方から急接近してくる黒い翼を確認すると、各機体に装備されている空戦用の光撃連弓で一斉に迎撃を始める。

「当たった！」

「効いてない……っ、撃ち続けろ！」

命中した光弾が見えない壁に阻《はば》まれて光の波紋を描《えが》く。無数の波紋を浮かべながら突進してきた黒い翼は、機体を掠《かす》めるように通過すると、急旋回して編隊の側面へと回り込む。

「目標、右舷《うげん》通過！」

「各機に位置情報を送れ！　照明弾用意！」

「浮遊装置に異常発生！」

「なんだと！　こんな時に――っ」

光撃連弓による迎撃をものともせず、部隊の中央を翔《か》け抜ける〝黒き翼を持つ者〟。生身で空を飛ぶ〝混沌《こんとん》の使者〟など、経典にも載っていない。

かの者が放つ魔力の影響か、高高度を飛ぶために調整されたデリケートな浮遊装置に異常が発生。高度を維持できず次々と降下していく特殊爆撃機は、せめて味方の拠点がある付近に不時着しようとサンクアディエットから距離をとり始めた。

「目標上空に辿り着いた班はいるか？　作戦の続行が可能な機体の数は？」

「……ありません、全ての機体に異常が発生しており――現在、部隊の全機が降下中です」

「なんて事だ……」

降下する機体の中、爆撃機部隊の部隊長が天窓を見上げれば、悠々《ゆうゆう》と夜空を舞う黒い翼。追撃を仕掛けてくる気配がない事から察するに、これは狙った結果なのだろう。

「もしかしたら……我々は、手を出してはいけない相手を敵に回してしまったのかもしれん」

「何を言ってるんです隊長！　しっかりしてくださいっ」

部隊長の弱気な呟《つぶや》きを聞いた若い搭乗員が上官を鼓舞《こぶ》する。不浄大陸に与《くみ》する〝混沌《こんとん》の使者〟がたとえどんなに強大な力を持つ怪物であったとしても、ポルヴァの民である我々は浄伏《じょうぷく》を遂行しなければならないのだと。

「ん？　ああ……そうだな、お前はまだ新規兵だったか」

若い搭乗員の、信仰教育で教わる教義そのものな言葉に、どこか冷めた目と曖昧《あいまい》な相槌《あいづち》で応《こた》える部隊長。彼はこの若者に対して、本来ならこの作戦が終わった後で正式に教わっていたであろう〝真実〟について少し教えておいてやろうと口を開く。

超エリート部隊の熟練兵達は皆知っている。ポルヴァーティア軍の浄伏が、本当はただの侵略なのだという事実。エリートであるが故に、一定の任期を経た者は特権を与えられると共に、ポルヴァーティアの真の歴史を、一部ではあるが、改めて教育される。そうして自分達が特権階級にある事を自覚させられ、忠誠を誓う相手を偶像の神《ポルヴァ神》から最高権力者である大神官へと移行させる。

つまり隠された真実の共有と選民意識により、上層の人間は大神官の権威の下で結束を固めるのだ。それ故に、上層の人間が勇者を見る時の目は、一般兵や信徒達のそれと違うものになるという訳だ。

「拠点に下りて現地の兵と接する時は、話す内容にも気をつけるように。我々が下の者と同じ意識でいてはいかん」

「は、はあ……」

いきなり真実を突きつけられた若い搭乗員が呆然としたような反応を示すも、今教えるべき事だとして構わず話を続ける部隊長。

通常の神聖軍による進軍で浄伏《じょうぶく》できそうにないほどの、強い力を持つ〝混沌《こんとん》の使者〟が相手の場合は、秘密裏に暗殺するなどの手段でこれまで対処されてきた。不浄大陸との戦いで浄伏の失敗は許されない。それは実質的な敗北となるからだ。

今回、大攻勢作戦に先駆けて出撃した自分達〝特殊爆撃機部隊〟が、こうも簡単に撃退されたという事は、執聖機関もあの〝黒い翼を持つ者〟に関してまだ詳しい情報を得ていない、当然有効な対抗手段も見出していないという事だ。

何も知らない下々の信徒兵士達を前に、下手な事を口走って執聖機関の威光に傷をつけないよう注意を促《うなが》しておく。

「いいか、我々は〝混沌の使者〟との交戦で機体に異常が発生したため、先行爆撃を中断した。

喋《しゃべ》っていいのはそれだけだ」

後は大攻勢で地上部隊がカルツィオに上陸して来るまでの間に、執聖機関があの〝混沌の使者〟をどうにかしてくれるはずだ。地表が見え始めた隊長機の中で、部隊長はそう言って即席講義を締めくくった。


「もう飛んで来てないよね？」

ウム　ソラニアルハ　ワレラダケノヨウダ
サンクアディエットに向かっていた爆撃機を一機残らず〝休ませ〟た朔耶は、ポルヴァーティアの聖都、カーストパレスがある方角に視線を向ける。街は二つの大地が平らになりつつある事で、ここからではもう見えないほど遠くなっていた。

「夜の街防衛は完了～。あとは悠介君達が上手くやってくれるかな」

ひとまず、サンクアディエットを爆撃から護《まも》る事はできた。とはいえ、神社の精霊によるとまだ大きな戦いの気配は消えていないそうなので、今夜中にもう一当てという事がないとも言い切れない。

「一回街に戻ろうかな」

スコシ　ヤスムガ　ヨカロウ
地上では不時着した機体が推進用の飛行装置を使って地上のポルヴァーティア軍拠点のある方向に移動を始めている。完全に動かなくしてしまう手もありだが、脅威のなくなった相手に追撃を仕掛けるのも憚《はばか》られる。

それに、彼らが拠点に集まってくれた方が後々まとめて片付ける時に楽だ、というのは神社の精霊の助言。

アルシアを訪ねて拠点に赴《おもむ》いた折に少し調べてみたのだが、拠点の食料備蓄はそう多くはなかった。合流した彼等の移動手段も潰《つぶ》した上で補給を断ってやれば、日が経つにつれて兵達は食うや食わずの状況に陥《おちい》る。後は放っておけば勝手に数が減っていく。

「何気にえぐい……」

そういえば――と、朔耶は以前起きたサムズ反乱事件の時の事を思い出す。エバンスから脱出して来た騎士団本隊がクルストスの騎士団支部に身を寄せた事で、人数が膨れて食糧が足りなくなったとアンバッスが困っていた。

「お腹空いてきちゃった」

報告も兼ねて、食事を奢《おご》ってもらいに厳戒態勢のサンクアディエットへと翼を向ける朔耶なのであった。

第十章　ワールド・カスタマイズ・クリエーター

サンクアディエットの上空まで戻って来た朔耶。とりあえず街の外周から数十メートルほど外側に適当な間隔で光源を浮かべて、地上を監視する人達の手助けをすると、ご飯をたかりに宮殿へと向かう。上空の一点から街の外に向けて巨大な光源が連続発射される光景は、非常に派手だったそうな。

そしてヴォルアンス宮殿には、そういう派手な事が大好きな姫君がいた。

「このフルーツ美味しい」

「そうじゃろう、そうじゃろう。実酒《みしゅ》もあるぞ」

宮殿の入り口に下り立つなり、露出多めの紅いドレスを纏《まと》うヴォレット王女に出迎えられた朔耶は、爆撃機部隊を追い返した事とお腹が空いた事を伝えると、大儀であったと労《ねぎら》われ宮殿の食堂へ案内された。

ヴォレットの護衛として傍に控えていた宮殿衛士《きゅうでんえいし》達は、一瞬報告内容の流れが掴めず、顔を見合わせて戸惑っていた。が、このお転婆《てんば》姫君の専属警護兼教育係である炎神隊長《えんしんたいちょう》のクレイヴォルは特に動じる様子もなく、この国の王エスヴォブス王にも報告を入れるよう部下達に指示を出していた。どうやら普段から突拍子もない会話の内容把握には慣れているらしい。

「それはユースケが味を調整したララの実じゃ」

「へぇー、そんな事もできるんだ？」

食べ物の味や成分も弄《いじ》れるのなら、夢のクリームこってりカロリーゼロケーキが実現できるのでは？　と期待してみたりする朔耶。今が非常時である事を忘れてしまうくらい、ほのぼのとした空気が流れる食堂。

「ユースケもそうじゃが、サクヤも一緒にいると肩の力が抜けて楽しいのう」

「そう？　きっと中身が人畜無害《じんちくむがい》だから安心できるのかもね」

今、神社の精霊からツッコミが入ったが、朔耶はスルーした。ヴォレットは『確かにユースケは優しいからのう』とニコニコ顔だ。ふと、朔耶は悠介から協力依頼を受けた日の事を思い出し、ヴォレットに訊《たず》ねてみる。姫君はあの時、悠介に頭を撫《な》でられて頬を染めていた。

「ヴォレットちゃんってさ、もしかして悠介君の事好き？」

「わらわか？　ユースケの事は好いておるぞ」

「それって、異性として？」

「もちろん、一人の女としてじゃ」

直球に直球を返してくるヴォレット。人払いがなされた食堂で、壁際に控えているクレイヴォルス炎神隊長が周囲に視線を走らせる。

悠介には確か、スンという両想いっぽい白髪《はくはつ》の少女がいたはずだ。ヴォレットがあまりにあっけらかんとしているので、『聞いても大丈夫そうかな？』と判断した朔耶がその事に触れてみると――

「ああ、ユースケはスンと添い遂げるつもりなのじゃろうなぁ」

――と、これまた直球で返してきた。他にも悠介に明確な好意を寄せている元工作員の奴隷少女や元唱姫《うたひめ》、部下である闇神隊員の少女などがいる事は把握済みだと言う。

「なんというハーレム。それじゃあヴォレットちゃんも片想いなのかぁ」

「んー、どうじゃろなぁ。ユースケもあれで特別鈍感という訳ではないからの」

ただ極力、人との衝突やトラブルを避けようとする性格なので、自分や他の娘達の気持ちを知った上で気付かないふりをしているのだろうとヴォレットは語る。

「それに、わらわとユースケは結ばれぬ」

今でこそフォンクランクの英雄として、一般民衆にも上流貴族層にも受け入れられている悠介。だがつい半年前までは、上流階級層の者達で構成される〝反闇神隊派〟なる集団が存在し、暗躍していたのだ。

彼等の主たる結束理由の一つに、色々と特異な価値観を持つ悠介の、権力中枢への接近阻止がある。そして彼らに最も危惧《きぐ》されていた展開として、ヴォレットとの婚姻が挙げられていた。

「まあそんなわけで、わらわとユースケは結ばれてはいかん関係なのじゃ。国を乱す訳にはいかぬのでな」

「うーん、結構さばさばしてるというか、淡白というか……もう割り切っちゃってるって事？」

「ふふ。結ばれぬとて、関係を持てぬ訳ではないからの」

「あらま」

幼げな見た目とは裏腹に、その身に纏《まと》うドレスの露出度にも見合った、なかなかに過激な妥協案を口にする炎の姫君。随分と大人びた（？）考えを持っているようだ。お姫様にも色々、愛の形にも色々あるものだなぁと、朔耶はヴォレットの在り方に関心を示す。——と、その時、神社の精霊から警告が入った。

「どうしたのじゃ？」

チュウイセヨ　タタカイノケハイガ　セマッテオル

燻《くすぶ》っていた戦いの気配が、はっきりとした攻撃の意思を持って迫っているという。かなり大きいらしい。ガタリと椅子を鳴らして立ち上がる朔耶に、ヴォレットがキョトンとした表情を向ける。

「また敵が迫ってるみたい」

そこへ、紫がかった長い白髪《はくはつ》をヴォレット同様ツーテールにしたアユウカスがやって来る。そして〝攻撃の意思ある者〟の接近を感じ取ったと告げた。

「ほぼ漠然とじゃがな、どうも海から来ておるように感じるのじゃが」

「海……という事は——」

海からも部隊を送る準備が整っているという話は、アルシアからも聞いていた。カルツィオとポルヴァーティアの境目で角度が付いていた海は、もう船で渡れるほどに平らになっているのかもしれない。

「あたし、行ってきます！」

「飛んで行くなら上の出口を使うといい。こっちじゃ」

ほのぼのとした空気から一転、緊張感を増す食堂。壁際のクレイヴォルが街中《まちじゅう》に警戒強化の伝令を走らせ、朔耶はヴォレットの案内に従って宮殿上階の出入り口へと急いだ。

ヴォルアンス宮殿を飛び出した朔耶は、サンクアディエット上空へと舞い上がると、ひとまずポルヴァーティア軍の拠点に向かった。さっき撃墜した爆撃機部隊がそろそろ到着している頃なので、行き掛けの駄賃に地上の部隊もろとも叩いておくのだ。

『見えてきた！　あのクレーンみたいなのって確か砲台よね』

ソノヨウダ

ステルスモードは必要なしと判断して姿を隠さず、目的地の上空までやって来た朔耶は漆黒《しっこく》の翼に稲妻《いなずま》を纏う。

『じゃあ片っ端からお願い』

マカセヨ

拠点の敷地内に並ぶ投擲砲《とうてきほう》や修理中の特殊爆撃機に向けて、容赦ない雷撃の雨が放たれた。

「て、敵襲ーー！」

「障壁の使者――〝黒き翼を持つ者〟だ！」

爆撃機部隊からの報告を伝え聞いていた兵士達がどよめく。

あの〝混沌《こんとん》の使者〟――〝障壁の使者〟は護《まも》りに特化した防御型で、攻撃能力はほとんど持たないはずではなかったのかと戸惑う兵士達。拠点の各所に備え付けられた光撃弓で光弾を放つも、見えない壁に弾かれて光の波紋を描《えが》くのみ。

雷撃を受けた爆撃機は飛行装置や搭載武装が次々に破損。サンクアディエットの街に投下予定だった石柱爆弾が誘爆を起こし、機体もろとも吹き飛んだ。

『砲台、壊れないね？』

カナリ　ジョウブニ　デキテオルヨウダ
投擲砲《とうてきほう》の根元付近に集中している機械部分からは煙が出ているが、砲身は雷撃を受けても表面が焦げるだけに止《とど》まっている。ならば直接壊しちゃおうと降下して投擲砲に取り付いた朔耶は、意識の糸を絡めて〝お願い〟した。

『壊れてー』

ピシッ
と音を立ててヒビの入った砲身は、やがてその自重《じじゅう》に耐え切れず崩壊する。

「ああっ、投擲砲が！」

せっかく修理した投擲砲が半ばからへし折られてしまい、整備係の兵士が頭を抱える。先日壊された射出装置などは修理や換えが利いたが、投擲砲の本体でもある砲身は簡単に壊れるような造りにはなっていない。そもそも破損する事自体想定されていないので、交換するにはポルヴァーティア軍基地から取り寄せなければならないのだ。

彼方此方《あちこち》から黒煙の上がるポルヴァーティア軍拠点。その上空に浮かぶ朔耶は、ざっと見渡して無事な飛行機械や砲台が残っていない事を確認する。

アラカタ　カタヅイタ　ヨウダ
『オッケー、じゃあ次は海に急ぎましょ』

やがて拠点に静寂が訪れる。突然空から現れ、整備中の特殊爆撃機や待機中の汎用戦闘機《はんようせんとうき》、修理の済んでいた長距離投擲器を残らず潰《つぶ》して飛び去って行った黒い翼。拠点の兵士達は、ただ呆然と見送る事しかできない。

「なんだったんだ……」

わずかな間に吹き荒れて行った破壊の嵐。まさしく壊滅状態といった惨状を晒《さら》す拠点の中、兵士の誰かがぽつりと呟《つぶや》いた。


水平線を境界に、星の瞬《またた》く夜空と暗闇が広がる夜の海。ゆったりと傾斜した海面がわずかな月明かりを反射する。その波をかき分けて進むポルヴァーティア神聖水軍の大型輸送艦。

大攻勢作戦の地上部隊となる神聖地軍を中心に、機動甲冑《きどうかっちゅう》や兵員輸送用魔導車両、移動砲台、中距離支援投擲砲、突撃型戦闘魔導車両、拠点構築用工作車両などなど、大量の兵器と兵員を満載した輸送艦が対岸のカルツィオを目指して進軍する。

つい先程、カルツィオに拠点を構えている先発隊から、〝黒き翼を持つ者〟による襲撃を受けたとの緊急連絡があり、付近の哨戒《しょうかい》のため偵察機が飛ばされていた。

その偵察機から〝黒き翼を持つ者〟の接近を告げる緊急通信を受けた事で、輸送艦隊の兵士《へいし》や周りを固めていた護衛艦が迎撃態勢に入る。

「目標捕捉！　艦隊の前方上空、ほぼ正面より接近中」

「全艦、対空戦闘用意！」

カルツィオから飛来した漆黒《しっこく》の翼に向けて一斉に撃ち放たれる光弾。その猛攻をものともせず悠然と艦隊上空を旋回する〝黒き翼を持つ者〟は、紫色の軌跡《きせき》を引きながら夜明け前の仄暗《ほのぐら》い空を舞う。

「全く効いてないぞ！」

「とにかく撃ちまくれっ、艦に近付けさせるな！」


ポルヴァーティア神聖水軍からの眩《まぶ》しい歓迎を浴びながら、朔耶はこの大艦隊をどうやって止めようかと思案していた。爆撃機部隊の時と同じように、意識の糸で船の動力を休ませるという手は使えなくもない。

だが、飛行機械は少しバランスを崩せばたちまち墜落する上に浮遊装置もデリケート。一方、輸送艦の推進装置は大型で丈夫だ。しかも複数搭載されているらしい。一隻止めるのにも少しばかり時間が掛かる。数十隻からなる艦隊が相手では、三分の一ほど止められた頃には残りの船が対岸まで辿り着いてしまうだろう。

さすがに規模が大きすぎて全部いっぺんに止めるという訳にはいかない。それをやれるだけの力はあれども、朔耶の精神が耐えられないのだ。いくら魔力が無尽蔵《むじんぞう》とて、それを扱うのは基本的に普通の人間。精霊の補佐を受けていようと限界はある。

『船体に穴空けて沈めるってのは？』

フネモ　ジョウブニ　デキテオル
動力を止める場合と同じく、一隻沈められるだけの穴を空けている間に艦隊はどんどんカルツィオに近付く。船に積まれている兵器を破壊するにしても、やはり数が多いので結果は同じ。

雷撃などで兵士達を全滅させるという方法ならば艦隊が対岸に辿り着く前に終わらせる事も可能だが、朔耶にそんな大量殺戮方式《ジェノサイドメソッド》を選べようはずもない。

「う〜ん、どうしよう……じゃなくて、どうなるのが理想的かな」

ここでまた兄式思考法を使う朔耶。兵器と兵士を満載している大艦隊。中途半端な止め方では焼け石に水だろう。艦隊がカルツィオに辿り着く前に、積んでいる兵器ごと沈んでしまうのが望ましい。

「脱出艇くらいついてるわよね」

艦隊の周りをぐるりと飛んで、小さな避難用の船が積載されている事を確認した朔耶は、神社の精霊に大きな力の行使について相談する。

丈夫に作られた人工物——すなわち船の推進装置や船に意識の糸を絡め、そこへ精霊の力を加えてどうにかするという方法に比べ、元々精霊という存在が〝個〟として成り立つ以前の状態で宿っている自然物に干渉した方が、高い効果が得られるのではないか。

サッシノ　トオリダ　　ヨクゾ　キヅイタナ

『えへへー』

神社の精霊から頭ナデナデな雰囲気を感じ取り、朔耶は嬉しそうに微笑んだ。少し前なら照れでくすぐったそうにしていたところだが、色々と成長も重ねてきた今の朔耶は、褒められた事を素直に受け入れて喜べる。

「よし、それじゃあ――いってみよーーっ」

くるりと翼を翻《ひるが》して艦隊の進行方向に回り込んだ朔耶は、高度を落としながら海に向かって意識の糸を広げて行く。使う魔力が膨大な上に繊細なコントロールを必要とするため、神社の精霊による補佐をほとんどそちらに回し、飛行と魔法障壁の維持は黒の精霊に任された。

『出番だよ、クロちゃん』

朔耶の呼びかけに応《こた》えるように、黒の精霊が翼を帯電させて青白色に輝かせる。そしてその下にもう一対黒い翼を発現させて〝完全体戦女神《スーパーサクヤ》〟を演出する黒の精霊。

『クロちゃんって派手好きだよねー……』

スッカリ　エンシュツ　タントウニ　ナッテオルナ

艦隊の正面に回り込んだ朔耶が翼を輝かせ始めた事で、神聖水軍の兵士達は固唾《かたず》を呑みながら〝黒き翼を持つ者〟からの攻撃に備えていた。

「壊滅した拠点からの報告によれば、奴は雷の雨を降らせてくるそうだ」

「そんな力を隠し持っていたのか」

迎撃要員以外の兵達は甲板《かんぱん》に出さず、艦内に避難させていた方が良さそうだと判断して退避命令を出す指揮官達。その時、全艦にズシンと何かがぶつかったような衝撃が走り抜ける。

「提督っ、あれを！」

「……波紋？」

艦隊前方、海面近くまで下りて来た〝障壁の使者――黒き翼を持つ者――〟を中心に巨大な波紋が発生し、波動と共に広がっていく。やがて青白色の輝きに照らされていた海面が真っ黒に染まった。

「なんだ、あれは――」

黒い部分は徐々に広がって行き、青白色の反射光を帯びた海水の流れがその正体を露《あらわ》にする。

「――なっ、ばかな！」

「全艦停止！　全速後退！　後退だっ！」

それは穴だった。

海の真ん中に突如現れた巨大な穴が波紋のように広がって、艦隊の行く手を阻《はば》む。慌てて後退する艦や回避を試みる艦もあったが、穴の広がる速度には間に合わず、急流滑りのごとく次々に海底へと引き込まれていった。あわや全滅かと思われたが、真っ逆さまに落ちるのではなく斜めに滑り落ちて行った事で、乗組員の被害は若干の負傷者が出る程度に留《とど》められた。

しかし、海底に突き刺さった先頭の艦に後続艦が衝突を繰り返すなどして、艦隊の被害は甚大に。船体が折れたりひっくり返ったりと、ほとんどの艦が大破及び中破するという有様であった。

「提督！　ご無事ですかっ」

「ど、どうにかな……被害状況は」

「……ご覧の通りです」

副長に促《うなが》された提督は、外の様子を見ようと頭上で揺れている扉の枠《わく》に手を掛ける。本来は床だった部分が壁となり、外に出入りする扉がキィキィと軋《きし》みながら天井からぶら下がっている状態だ。ほぼ横倒しになったブリッジの扉によじ登り、どうにか身を乗り出して周囲を見渡してみる艦長。すると青白色の光に照らされて浮かび上がる味方の惨状。まるで滝の壁に囲まれたような海底の砂地に、山積みとなって折り重なる大型輸送艦の残骸。

波壁が立てるザァーッという豪雨のような音が響く中、それぞれの艦からは乗組員達がわらわらと脱出を始めている。

「提督も早く脱出を」

「うむ……」

見上げれば、黒い翼と青白色に輝く翼を広げた〝障壁の使者〟が、鉄屑《てつくず》の山となった艦隊を見下ろすように浮かんでいた。


すり鉢状に海を割いて艦隊を丸ごと沈めるという手段を取った朔耶は、思いのほか上手く行った事にホッと息を吐《つ》く。だがまだ気は抜けない。兵士達を速やかに脱出させつつ、積荷の兵器は持ち出せないよう船と共に海底に沈めるのだ。

出来うる限り犠牲を抑え、それがたとえ敵であっても助けられるなら助けるという自身の方針に従って、朔耶は再び水に呼びかけ始める。傲慢《ごうまん》といわれようが、〝自分が何とかしたいと思って、何とかできる力があるから、何とかする〟――それが朔耶の信条であった。

徐々に水位を戻して兵士達を脱出艇へと誘導し、怪我人がいれば余剰分の魔力で癒《いや》しの光を放つ。海を割いた状態の維持と制御は、神社の精霊に任せてある。魔法障壁と飛翔は黒の精霊に任せているので、治癒《ちゆ》の光は朔耶が自力で行使していた。

朔耶自身、魔術の腕はまだまだ初心者の域を出ないが、使用できる魔力の量が規格外なので十分な効果が期待できる。

折り重なった輸送艦隊の山から脱出する兵士達。彼らは、時折怪我人の傷を癒す光を降らせながら自分達が脱出艇に避難するのを待っているかのような〝黒き翼を持つ者〟を、戸惑いのままに見上げていた。

やがてポルヴァーティア神聖水軍の大型輸送艦隊は、積まれていた兵器と共に海の底へと沈んだ。大攻勢作戦の地上部隊としてカルツィオに上陸予定だった兵士達は、艦隊の乗組員と共に脱出艇でポルヴァーティアへと引き返す事になったのだった。

二百隻以上の脱出艇船団が、ポルヴァーティアの軍港を目指して夜の海を進む。彼等の行く手を青白色の光で照らして航海の安全を図る朔耶は、ふとカーストパレスの中央に聳《そび》える大聖堂に視線を向けた。

『悠介君達はうまくやってるかな』

マチデモ　ウゴキガ　アッタヨウダ
神社の精霊によれば、カーストパレスからは悠介の振るう邪神《じゃしん》の力、〝カスタマイズ・クリエート〟の行使による魔力の奔流《ほんりゅう》が頻繁に観測されているとの事。眼下を行く脱出艇船団の方でも、カーストパレスと連絡を取ろうとした兵士達の間で、『通信が繋がらない』というやり取りがされている。

サクヤヨ　オオキナチカラガ　ハタラクゾ
『え？』

魔力の奔流に煽《あお》られるような危険はないが、たった今、かなり大規模な範囲で力の行使が確認された、と神社の精霊から告げられた。朔耶は現代風の街明かりに浮かび上がるカーストパレスの街に注目する。

「あ」

大聖堂の周辺に見覚えのある光のエフェクトが立ち昇る。その光は徐々に範囲を広げて巨大な輪を描《えが》きながらカーストパレス全体を包み込み、その中心付近から街に変化が起き始めた。

カーストパレスの形が変わる。中央の大聖堂から放射状に区分けされた、蜘蛛《くも》の巣のような形をしていた街は、複数の囲郭都市《いかくとし》を集めた蜂《はち》の巣のような形状に変わった。

それぞれの囲いの中には、居住用と思われる新たな建物が次々に生えて、そこに新しい街が形成されていく。大聖堂の周りにあった基地や、下級市民区の兵器工場は解体され、居住用施設の材料にされているようだ。巨大な街が、丸ごと書き換えられたのだ。
「悠介君が言ってた〝民族ごとの区分け〟って、そのまんまだったんだねー……」
タイシタ　モノヨノ
あれが、この世界《ワールド》・に変革《カスタマイズ》をもたらす〝災厄の邪神《・クリエーター》〟と呼ばれた闇神隊長、田神悠介の力か——と、朔耶はひとしきり驚くのだった。

ポルヴァーティアに潜入したいと、悠介に依頼された日に聞いた作戦。

相手の街を丸ごと改変し、そこに住む人々を民族ごとに分けて隔離する。そうする事で一時的にではあるが、ポルヴァーティア側のこれまでのような組織だった活動を封じるという策だった。これに乗じて活動を始める反体制勢力も出てくるだろう。

一つの街を複数の街に変えてしまったのだから、都市機能を麻痺させたどころの話ではなかった。


モデル元が、ゲームのシステムだったという〝カスタマイズ・クリエート〟能力。あらゆる物質に干渉し、改変する能力。その能力《ちから》が〝アイテム〟と認識した物なら、何でも自由に形を変える事ができる。建物だろうが街だろうが、ひと繋がりとなった〝一個のアイテム〟として認識すれば、その大きさや規模など、改変できる範囲に制限はないという。

この力は、世界が近代的であればあるほど効果を発揮する。悠介がカルツィオ側に呼ばれたのは天の采配《さいはい》とも言うべきか、あまり近代化されていないこの大陸ではむしろバランスが取れていたとも言えよう。

現代の地球世界でなら、海底ケーブルや送電線など、世界中の都市が何らかの形で繋がっているので、悠介は物理的に世界と繋がる事ができるとも言える。それこそ、その場にいながらにして世界中の情報に触れられるインターネットのごとく、世界中の繋がっている場所に干渉できるのだ。

〝シフトムーブ〟を使えば、その範囲内のどこへでも行ける。精神的に世界と繋がっている朔耶とは対照的だ。

もし、邪神《じゃしん》の能力を持ったまま悠介を現代の地球に連れ帰る事ができたなら――

「ただで海外旅行にいける！」

サクヤヨ……


一夜明けたカーストパレスの街。

中央に建つ大聖堂はそのままだが、周囲の様相はがらりと変わっている。囲郭都市《いかくとし》の密集地へと変貌した街の上空を旋回する朔耶。街の人々は、それぞれ区分けされた囲いの中で活動を始めているようだ。隔壁の内側に足場を作って、その上から隣の囲いにいる民族に声をかけている様子なども見られる。

隣接する囲いとの間には大きな馬車がすれ違えるくらいの隙間があり、時折光のエフェクトが発生しては何かの機械が出現したりしている。まだ街のどこかにいる悠介が、カスタマイズ能力で細かい調整を行《おこな》っているのだろう。

先程、神聖水軍の脱出艇船団がようやく軍港まで辿り着いた。兵士達は埠頭《ふとう》周辺にあった軍施設がほぼ更地と化している事に戸惑いながらも上陸を始めた。だが、港に上がった者は片っ端から光の粒を残して消えてしまうという異常事態に、上陸作業は一時中断。同僚が忽然《こつぜん》と消えてしまう怪現象を恐れ、兵士の大半が脱出艇から降りられなくなっていた。

しかし、どこからか響いてきたアルシアの呼びかけで上陸は再開。上空から一部始終を見ていた朔耶は、港で消えた兵士がカーストパレス中央付近にある囲いの中に移動しているのを確認した。悠介が〝シフトムーブ〟を使って、上陸した兵士達を囲郭都市《いかくとし》の中に運んでいたのだ。

『あそこはポルヴァーティア人の街になるのかな』

ソノヨウニ　ワケテイル　ヨウダ

近すぎず遠すぎずの高度を保ち、ポルヴァーティア人地区となっている囲いの上空を旋回しながら、地上の音を拾う。いかにも偉い人っぽい衣装を纏《まと》った壮齢《そうれい》の男性が、大聖堂の中で見た事がある護衛兵士に護《まも》られながら、信徒達を前に演説している。

「みなさん、大きな試練の時です――」

――私達はこの試練に打ち勝ち、再びポルヴァの光を取り戻すためにも、敬虔《けいけん》なる信徒達の皆が団結しなくてはなりません。此度《こたび》の大地融合で、ポルヴァの民は大きな節目《ふしめ》を迎えた。新たな始まりの地となった大地を信仰の光で満たす事が、今世の我々に与えられた試練であり、使命である――

つまり、『強い闇の力に満たされていた不浄の大地、カルツィオと融合した光の大地ポルヴァーティアは、その光を以《も》って闇を中和し、二つの大地から光でも闇でもない無垢《むく》な大地が生まれた。この日起こった災いに負けず、今日から皆で手を取り合ってこの無垢なる大地を光で満たして行きましょう――』という方向で信徒を纏める事にしたようだ。

「なるほどねー。でも、これからが本番って感じ？」

オオクノ　イシヲ　タガエル　タミガ　アツマッテオルカラナ

ポルヴァーティア人自治区となるこの囲郭都市の中でも、今まで通り大神官と教義の下に纏まろうとする執聖機関に従う者と、従わない者がいる。現在ポルヴァーティア大陸上からは、神聖軍の誇る強力な魔導兵器が基地施設ごとほとんど消失している。このため神聖軍も機能しておらず、民にとっては執聖機関の呼びかけ《命令》に逆らいやすい状況となっていた。

執聖機関や、ポルヴァ神信仰の欺瞞《ぎまん》を知っている者達が、新たな勢力を立ち上げて旧体制からの脱却を図ろうとする動きも、既に見られている。

元他大陸の民族ごとに分けられた高い防壁は、ポルヴァーティア人をはじめ他の民族との接触を封じ、他民族勢力同士の衝突を許さない。悠介の作った囲いが、この地にしばしの平穏をもたらす。だが、あくまでも仮初《かりそ》めの平穏。

今の状態がそのまま長く続くとも思えない。いずれ囲いは取り払われ、志《こころざし》や価値観を違《たが》える民族同士で親睦を深めたり、軋轢《あつれき》を起こしたりもするだろう。

「悠介君の狙い通りか……。二つの大陸も完全にくっついたみたいだし、これで凶星《きょうせい》の影響もなくなるかな」

狭間世界の大地融合とその影響による騒動も、これでようやく治まりそうだ。ふわわと欠伸《あくび》をした朔耶は、一つ安堵の溜め息を吐《つ》いたのだった。

第十一章　凶星騒《きょうせい》ぎの終息に向けて

徹夜して狭間世界を飛び回った朔耶は一度自宅に帰って休息を取ると、再び悠介達のところへ飛んでこれからの事などを話し合う。

「正直、時々来てくれると大助かりっす」

「あたしも大分深く関わっちゃったからね、最後まできっちり見届けようと思って」

各民族ごとに区分けされ、隔離された密集型囲郭都市《いかくとし》、新生カーストパレス。それぞれの囲いの中には、生活に必要な機械類が平等に配置され、概《おおむ》ねそのままでも生きていける環境が整えられている。

侵略の際に幽閉されていた王族や指導者が戻った事により、団結して動いている民族がある一方で、指導者を持たないまま個々がバラバラに生活を始めている民族もいた。

ポルヴァーティア人地区では、これまで通り執聖機関による統治に従う勢力の他に、信仰から離れて新たなポルヴァーティア人勢力が形成されるなどの動きが見られた。

潜在的な技術力や知識、組織力の面からも新生カーストパレスでは最大の力を持つであろうポルヴァーティア人。既存勢力である執聖機関に対抗できる勢力とすべく、新たな勢力の背後には勇者アルシアがつくなど、さり気なく悠介を通じたカルツィオ側の干渉が入ったりしている。

『えーと、次はそこから真っすぐ、右端の区画で喧嘩騒ぎが起きてるんで、一発仲裁よろしく』

「あ、土煙があがってる、オッケーあそこね」

朔耶は、街の調整を進めている悠介を手伝って各区画の様子を見て回る。そして人々に治癒《ちゆ》の光を施《ほどこ》したり、暴動が起きかけているのを抑えたりと飛び回った。

その後三日ほど掛けて新生カーストパレスを整備した悠介は、最後に大聖堂を解体して大きな集会場のような施設に建てかえると、任務完了を宣言してカルツィオへと帰還。後はもうポルヴァーティアの民に任せられる。

「悠介君はカルツィオに帰っちゃったし、これからどうするかはこっちの人次第かぁ。アルシアちゃんの組織はどう動くの？」

「まだ具体的には何も決まっていないそうだ。とにかく執聖機関に対抗できる勢力になる事が当面の目標らしい」

新たなポルヴァーティア人勢力を支える、という役割を担《にな》う事になった勇者アルシア。彼女はそう言って、いつの間に作ってもらったものか邪神《じゃしん》製大型メイスを背に、ポルヴァーティア人地区の一角、新勢力が支配する区画の入り口を護《まも》っていた。

「サクヤは……これからも、こちらへは顔を出すのか？」

「うん。カルツィオとポルヴァーティア、どっちも様子くらいは見に来るよ」

凶星《きょうせい》も、地球世界では薄《うっす》らとした白い影を残してもうほとんど見えなくなってしまった。その事でまたぞろ締めくくりのごとく、テレビ番組による超常現象特集などが流されている。

だが、見えなくなってもこの世界に来る事はできる。

「色々と便利な人もいる事ですしぃ～」

「ああー。まあ、確かに」

〝便利な人〟が誰を指しているのか、考えるまでもない。困ったような表情で頭を掻く人物の姿が脳裏に浮かび、アルシアは思わず苦笑した。


昼下がりのオルドリア大陸。朔耶は狭間世界での問題が一段落した事を知らせに、フレグンス城を訪れていた。いつものようにお茶などいただきながら、テーブルを挟んでレティレスティアと向かい合う。

「そうですか。では魔術式の誤作動問題も、これで落ち着くのですね」

「うん。多分もう二、三日もしたら完全に正常化するかな」

今回の騒動では多大な損害を被《こうむ》った者がいる一方、サクヤ式が爆発的に売れた事で大儲《おおもう》けした朔耶のように、混乱の中で上手く立ち回って一財産築いた者もいた。

様々な魔法の道具が出回る市場には、サクヤ式の製品もかなり浸透していたが、まだまだ従来の魔術式の方が種類も豊富で数も多かった。何しろ研究者の数からして違う。

それら魔術式製品が一斉におしゃかになって、一から作り直しになるのだ。魔術式工房や触媒《しょくばい》型魔術士の需要はうなぎのぼりに高くなる。凶星特需でしばらくは好景気にもなりそうであった。

「後はフラキウルの魔王問題ね」

「これからまた調べに行くのですか？」

「んー、今日は他に用事があるんで明日あたり様子を見に行こうかなって」

そう言ってお茶菓子を齧《かじ》る朔耶。夕方頃まで王都フレグンスで過ごした朔耶は、ここ数日の間に魔力の乱れが穏やかになってきている事などをチェックすると、自分の工房やサクヤ邸にも顔を出してから、地球世界の自宅庭へと帰還したのだった。


その日の夕刻過ぎ。学校帰りの孝文をキープしつつ、重雄が仕事から帰るのを待つ。居間に兄弟が揃ったところで、朔耶はここ数日の間に関わった狭間世界での出来事とその顛末《てんまつ》を報告した。

「だからそういう大事《おおごと》になりそうな時は事前に相談しろって言ってるだろ！」

「うーむ、さすがにちょっと無茶しすぎだなぁ」

「だ、だって緊急だったんだもん～」

やっぱり弟には怒られる朔耶。兄も今回ばかりは事が大きかっただけに庇《かば》ってくれない。しかしこうなる事は織り込み済み。

朔耶は対弟お小言回避の秘策を発動。ポーチから三枚のベストショットを取り出した。

ツーテールで慈愛の笑みを浮かべる里巫女《さとみこ》姿のアユウカス。髪を下ろして部屋で寛《くつろ》いでいる勇者アルシア。屈強そうな男達が働く灰色の兵器工場で、幼さの中にも気高さと高貴なオーラを放ちながら赤色ソファーに腰掛けている紅一点なヴォレット王女。

これらの写真を使って兄を味方につけるのだ。

「よし、俺が相手だ孝文！」

『どんな正論や理屈にも屁理屈《へりくつ》と詭弁《きべん》で返してやろう』と、残念な討論態勢に入る重雄。

「実の兄を買収すんなっ、重兄《しげにい》も妹に買収されんな！」

「重雄ー、朔耶ー、孝文ー、ご飯よー」

台所の母から晩ご飯の召集が掛かる。

綿密な策謀を弄《ろう》して一方的な糾弾の回避に成功した朔耶は、今後のカルツィオとポルヴァーティアへの関わり方についてアドバイスをもらったりしつつ、いつもの日常を賑やかに過ごすのであった。


翌日。朝から例の駅前公園に出向いた朔耶は、待ち合わせ場所にやって来た悠介本体に、狭間世界での顛末《てんまつ》を報告した。

「夢で見てましたよ」

「あ、やっぱり？」

昼寝などの間に狭間世界の事後処理をちょくちょく見守っていたという悠介。聞けば、鮮明に見えていた夢の風景がだんだんボヤけ始めている感じなのだとか。やはり凶星《きょうせい》の影響が薄まってきているのかもしれない。

その後、少し公園を歩きながら雑談に興《きょう》じた朔耶は、地球世界の悠介から狭間世界の邪神《じゃしん》悠介に向けて、『ほどほどにな』というメッセージを預かって帰宅した。

何が〝ほどほどに〟なのかが気になったので、ちらっと悠介の思考を読んでみたところ、〝四人同時プレイ〟というキーワードが頭に浮かんだ。ゲーム好きな悠介の事だから、きっとゲームの事でも考えていたのだろう。


帰宅後、そのまま庭に出てフラキウル大陸へと転移した朔耶は、バラッセの街でアルシア本体のもとを訪ねた。

「サクヤさんーっ、見てましたよー！」

「こっちもか」

予想はしていたが、やっぱり夢で見てたかと感心する朔耶。アルシアは、エルメール達にあの時のすごさが伝えられなくてもどかしいと言ってクネクネしている。〝見習い剣士アルシア〟のこの姿を〝勇者アルシア〟に見せたなら、どんな反応が見られるかと興味は尽きない。〝勇者アルシア〟は新しいカーストパレスで割とのびのびやっているみたいだと、アルシアは笑みを浮かべる。以前のような焦りは感じていないそうだ。

「やりがいのある仕事だと感じてるみたいです」

「そかそか」

勇者アルシアのところへはまた後で顔を出しに行く予定だ。見習い剣士アルシアに〝凶星《きょうせい》の魔王〟について何か進展はあったかと訊《たず》ねてみると、現在グランダール国の魔王討伐隊が魔王に制圧されたエイオア国にあるアルメッセという街に集結中で、明日か明後日には準備を整えて進軍を始めるとの事。

グランダールとの国境に近いアルメッセは、エイオアの首都ドラグーンから街道を南に下った先にある。地理的にも距離が近く、街道も広く一本道なので討伐隊の大集団も進軍させやすいそうだ。コウ少年が所属しているナッハトーム帝国も討伐隊を出しているが、そちらも同じタイミングで別方面からエイオアを目指すらしい。

「ただ、グランダールの討伐隊は雇いの傭兵団や冒険者グループがほとんどですけど、帝国側は自国の兵を送り込むみたいで――」

『帝国は魔王討伐に乗じてそのままエイオアを占領するつもりなのではないか』という不安の声も一部から聞かれるとか。

「ふーむ、討伐隊の様子もまた今度見に行こうかな」

さすがにフラキウル大陸の国家間の問題にまで首を突っ込むつもりはない。が、オルドリア大陸の精霊術士達が〝精霊の知らせ〟を受けた〝凶星の魔王〟に関しては、騒動の終息までしっかり見届けたいと思うのだ。


フラキウル大陸から戻って遅い昼食を済ませた朔耶は、夕方前に狭間世界のポルヴァーティアへと転移。新生カーストパレスで勇者アルシアの様子を見ようと彼女のもとを訪ねた。

アルシアは現在、所属するグループが根城《ねじろ》にしている区画の出入り口を護《まも》っていた。

「やほーアルシアちゃん、調子はどう？」

「ああ、サクヤか。よく来てくれたな」

見ての通りさ、とアルシアは周囲の壁や通路を指して肩を竦《すく》める。よく整備された通路に散らばる無数の小石。其処彼処《そこかしこ》に見られるのは、投石の痕跡だった。

同じ囲いの中で、いくつかの勢力に分かれたポルヴァーティア人地区。時折、他の小規模グループとの小競《こぜ》り合いが起きたりしているらしい。

「なんでまたそんな事が」

「絶対的な力で押さえつけていた存在がなくなった訳だからな」

ポルヴァーティア人の中にもこれまで色々不満を溜め込んでいたり、今回の事で極端な考え方をして過激派に走る者が普通に存在していたという事だろう。アルシアはそう言って大型メイスをとんとんと肩で弾ませた。このメイスを振り回して投石をカッキンカッキン打ち返しているらしく、そんなアルシアの姿が脳裏に浮かんだ朔耶はちょっと笑いそうになる。

「他の囲いの中でも、似たような闘争を始めたところがいくつかあったな」

「そっかー。悠介君の言ってた通り、これからが本番なんだね」

執聖機関の勢力も魔導技術兵器という強力な後ろ盾を失った事で、アルシアの力に頼ろうとする動きが見られるという。彼等を率いる大神官の指示によるものか、はたまた末端構成員の独断か。昨晩遅くにもこっそり使者がやって来ていたそうだ。

「それは勧誘?」

「いや、どちらかといえば共闘関係を結びたいといった感じだった」

元他大陸民族の勢力に対する備えとして、ポルヴァーティア人勢力同士で手を組もうと誘われているらしい。ポルヴァーティア人への報復を狙っている元他大陸の民族にとっても、今はアルシアの存在が抑止力となっている。体制が崩壊しても〝勇者〟への畏敬《いけい》の念は変わらないということが。

「道は険しいだろうが、いつか和解に持って行きたい」

「そかそか」

今度こそ多くの民と平和のためにこの力を振るう事ができる。

そう言って自信に満ちた目で微笑する勇者アルシアの顔にはもう、以前のような翳《かげ》りはない。見習い剣士アルシアの言っていた通り、のびのび頑張っているようだ。

また何かあれば出来うる限り協力する事を約束して、朔耶は自宅庭へと帰還する。

「ふわぁ〜〜、今日もあちこち飛び回ったなぁ」

アスハ　マオウノ　チョウサニ　ユクノカ？

『うん、ちゃんと見届けてレティ達に報告しなきゃ』

夕暮れも過ぎ、薄暗くなり始めた庭先で明日の予定を立てた朔耶は、伸びをしながら家の中へと入っていった。

部屋に戻る途中、孝文がカメラやらノートパソコンなどの入った鞄《かばん》を渡してきたので、一旦預かる。これらはまた後日、狭間世界に持って行く予定だ。

邪神《じゃしん》悠介に、〝カスタマイズ・クリエート〟能力によるささやかな性能アップと、〝状態の記録〟を頼むのだ。故障しても古くなっても、悠介のところへ持っていけば一瞬で〝記録〟を取った時の状態に戻してもらえる。

「できればデスクトップのハードディスクとか電源周りとか、あとヒートシンクなんかも耐久力と性能アップが欲しいとこなんだけど」

「悠介君も今は忙しいみたいだからね。大きいパソコンとかは、もうちょっと落ち着いてから頼みに行くよ」

弟の頼みをさらりといなした朔耶は、手提げ鞄《かばん》に収まる程度の電化製品を纏《まと》めて他の荷物と一緒に保管。ちなみに、父親から預かった小物はお気に入りの電気シェーバーと古い腕時計。母親はこれといったモノが思い浮かばなかったので保留。

「そのハードケースは？」

「これはお兄ちゃんの」

パカッと蓋を開けると、レアモノらしい美少女フィギュアが一体に、複製の材料となる自由樹脂という素材の入った袋がみっちり詰《つ》まっている。朔耶は、小遣い稼ぎで売り捌《さば》いたりしない事を条件に複製してもらう事を承知した。

「ああ、重兄のオタ友に配るのか。つか、朔姉も相変わらずその辺は厳しいのな」

「そりゃあね。やっぱりお金が絡む事には慎重にもなるよ」

「……向こうじゃ結構好き勝手やってなかったか？」

「ちゃんと考えてやってますぅー」

意地悪を言う弟に唇を尖らせながら反論する朔耶。そんな姉の子供っぽい仕草に「ぶふっ」と噴き出した孝文は、ふと思い出したように母からの伝言を伝える。

「母さんが冷蔵庫に『むぃむぃ』のケーキ置いてるから、また向こうの屋敷に持ってってってやれってさ」

「あ、そうなんだ？　それじゃあ今からちょっと行って来ようかな」

フレグンスにあるサクヤ邸でもそろそろ夕食に入る頃だ。使用人達の良いデザートになるだろう。

早速馴染《なじ》みのケーキ屋の箱を持って庭に出た朔耶は、もう一つの自宅であるサクヤ邸へと転移する。ちょくちょく訪れていたおかげか、サクヤ邸の中なら転移先を細かく狙って飛べるようになっていた。

『てっとり早く厨房《ちゅうぼう》にでも』

ココロエタ
夕暮れ過ぎの庭先から薄暗い厨房へと景色が切り替わる。厨房のすぐ隣には使用人達の食堂があるのだが、まさしく食事の最中だったらしく、控えめな雑談が聞こえてくる。まだ誰もこの屋敷の主人が来訪している事に気付いていていない。

『よし、こっそり置いていっちゃおう』

〝みんなで食べてね〟と書いた置き手紙を用意すると、こそこそと厨房の広い作業台の上に目立つようにセットする。

『任務完了！　撤退よ』

差し入れするのに何故わざわざ隠密行動を、と神社の精霊に呆れられながら自宅庭へと帰還した。

たとえノリで始めた事であったとしても、やり遂げる事こそが大事なのだ、などとそれっぽい事を思ってみたりする。

ヒトハ　トキオリ　イミノワカラナイ　コトヲスル

「それが人ってもんでしょ」

……タシカニ　ナ

かろうじて同意を得られた。

幕間　魔王の誕生

時は少し遡《さかのぼ》り――朔耶がポルヴァーティアの中枢施設に潜入し、信徒達のご飯を吟味してアルシアを呆れさせていた頃。凶星《きょうせい》の影響による混乱も、ひとまずの落ち着きを見せ始めたフラキウル大陸。

魔導技術が発展しているグランダール王国の北側に位置するエイオア国は、多くの魔術士を輩出《はいしゅつ》している魔術の発展した国である。結界と深い森に囲まれたそのエイオアの首都ドラグーンの一角で、大きな異変が起きようとしていた。

「こっちだ！　数が多いぞ、もっと応援を呼んで来いっ」

「住民の避難は？」

「既に完了している。攻撃魔術の使用許可は出ているが、隣接する建物に被害を出したら自腹だから気をつけろ」

「そんな事言ってる場合じゃないでしょうに……まったく上の奴等ときたら」

ある屋敷の庭に、無数の魔物が屯《たむろ》しているという通報が付近の住民から寄せられた。出動して来た警備隊が見たものは、四十数体はいると思われる魔物や魔獣《まじゅう》、変異体の群れ。三、四部隊程度の戦力では対応できないとして、応援を待つ警備隊。

ダンジョンでは人間を見ると必ず襲い掛かってくる魔物も、地上に出てきたモノは元から地上にいる魔獣《まじゅう》達より大人しい。この屋敷の庭に集まっている魔物も、警備隊の動きをじっと見つめているモノや、ただごろごろしているモノ、うろうろと徘徊《はいかい》しているモノはいるが、積極的に牙を剥《む》くモノはいなかった。これは、彼等《魔物》を支配している者が攻撃命令を出していないからである。

彼等を支配している者――エイオアの呪術士《じゅじゅつし》トゥラサリーニ。エイオア評議会に籍を置く優秀な研究家でもある彼は、エイオアの本部宮殿に保管されている呪術装置の研究をしていた。

彼は、どんな形であれ、歴史に名を残した魔術士は偉大だと尊敬するタイプであった。たとえそれが悪名であったとしても。

また彼は、〝生命の門〟という、魔物を生み出す装置を作った魔術士の思想に一部共感を持っていた。その魔術士は、他者の魂《たましい》を取り込んで自身を進化させ、究極の存在として世界に君臨しようとしたらしい。

対してトゥラサリーニは、自身を変えるのではなく世界を変えようと考えた。自分なら、こんな方法で世界に君臨する――そんな絵空事を思って楽しんでいただけの、割と人畜無害な男だった。

彼に転機が訪れたのは、凶星《きょうせい》の出現によって自宅の地下に置いていた古代の魔術装置が稼動し、それをしばし観察できた日の事だった。

宮殿で研究していた呪術装置と、自宅で研究していた古代の魔術装置を基《もと》に、コツコツ製作してできたのが、思念帯発現装置〝支配の呪根《じゅこん》〟。

最初は単なる趣味が高じた研究の一環でしかなかった自作の呪術装置は、バラッセの街で公開されていた〝生命の門〟を参考にさらなる改良が加えられ、実用に耐えうる性能を備えてついに完成を見た。

そこでトゥラサリーニは、密かに夢想していた世界征服が、実現可能であるという結論に至ったのだ。

〝支配の呪根〟は、地上に思念帯を発現させ、そこに術者の意識を繋ぎ、ダンジョンのそれと同じ効果のある集合意識を生み出す。魔物達は、地上に発現した集合意識の〝我に従え〟という意思に支配され、または影響され、トゥラサリーニを群れの統率主《ボス》とみなして集まって来たのだ。

張り巡らされた結界の隙間を通ってエイオアの首都ドラグーンに侵入した魔物達は、街の住人や警備隊に気付かれる事なく、邸宅街にあるこの屋敷まで辿りついた。現在は命令待ち状態に入っている。


〝支配の呪根〟が稼動する地下室にて、トゥラサリーニは庭に集まっている魔物達と、周辺を包囲し始めた警備隊をどうしたものかと悩んでいた。

最初、喚《よ》び寄せた魔物達は首都周辺に集まるものだと思っていた。集合意識の乗った魔力に長く触れていれば、魔物のみならず、人間を含め意思のあるモノは皆その影響を受ける。このまま地下でこっそり〝支配の呪根〟の稼動を続けていれば、ドラグーンの全住人をはじめ、魔物を狩りに来た優秀な冒険者達も全て自身の支配化に置けるようになる——と考えていたのだが、まさか自宅の庭まで魔物達がやって来るとは思っていなかったのだ。

「むむむ……これは計算外だぞ？　装置の事が公《おおやけ》になったら困るじゃないか……どうしたら――」

集合意識を通して魔物の視点と繋がっていたトゥラサリーニは、その魔物の意識を読み取る事で、地下にいながら外の様子を窺《うかが》う事ができる。彼は屋敷周辺の様々な場所に潜む魔物や変異体の視点から、警備隊の動きを観察していた。

「うーん、邪魔だなぁ……」

少数部隊で遠巻きに庭の様子を窺っている警備隊の、何とも隙だらけな姿を見るうち、どうにか排除できないだろうかなどと考える。その瞬間、庭に屯《たむろ》していた魔物や、周辺の物陰に潜んでいた変異体が彼方此方《あちこち》から一斉に飛び出し、警備隊に襲い掛かった。

「ああっ、あははは、すごい！　よしっ、そこだ！　いいぞおっ、やっぱり安全な首都にいる警備隊の実力なんて、こんなモノか」

自分の意識から出た呟《つぶや》き一つで思い通りに動く魔物達。トゥラサリーニは以前、バラッセの街のダンジョンに冒険者達の休憩所として使える中継地点を設ける話が出た時の事を思い出す。そういったものを作られる事を厭《いと》った集合意識が、魔物達を動員して作業を妨害したという。

「そうか、集合意識の効果は特質や性向を定めるだけじゃなく、双方向で情報の共有ができるんだから――」

現在進行形で集合意識の支配を受けているモノなら、直接命令を出して操る事もできるのではないかと考え、〝支配の呪根《じゅこん》〟との意識の繋がりを深めてみた。

「あ……あはははっ、すごいすごい！　できるじゃないか！」

魔物達を個別の命令で自在に動かす事ができる。庭にいる魔物の一体に玄関の扉を開けさせて屋敷の中へ招き入れると、廊下を真っすぐ、突き当たりを右に、厨房《ちゅうぼう》の左の棚を開け、甘根《あまね》の容器を取り出させる。そしてそのまま地下にあるこの部屋に持ってこさせた。出入り口を見れば、地上の森などに棲息《せいそく》する、大柄な成人男性ほどもある猿の魔物が甘根の容器を持って立っていた。

その恐ろしげな魔猿《まざる》を前に、狂気の笑みを浮かべたトゥラサリーニは両手を広げながら宣言する。

「私は……魔物達を手足のように操る事ができる魔物達の王——そうだ、私は魔王だ！」

凶兆の双星は、こうしてエイオアに魔王を出現させたのだった。

第十二章　魔王の支配する街

――夜。夕飯とお風呂を済ませ、充実した気持ちでベッドに潜り込んだ朔耶だったが、気が付くと視界いっぱいに広がる夜の景色。地平線まで続く草原が、風に吹かれて波を描《えが》く。いつもの夢内異世界旅行の出発点だ。

『ありゃ……やっぱり心残りがあったのかな』

明日にしようと思っていた〝凶星《きょうせい》の魔王〟問題だが、せっかくこうして夢内異世界旅行に入れたのだ。良い機会なので討伐隊の様子を見に行こうかと、フラキウル大陸へ意識を向ける。

『えーと、討伐隊のところに飛ぶには何を意識したらいいかな？』

確かコウ少年も討伐隊に参加するという話を聞いた。ならばやはりコウ君を思い浮かべるのが無難かな、と視点移動の目標を定める。瞬間、景色は風の草原からどこかの森の上空に切り替わった。

全体的に靄《もや》が掛かったような不気味な森と、そこを切り開いて作られたらしい、なかなか大きな規模の街。正面に見える塔の連なった大きな建物は、どこかティルファの中央研究塔に似ている。

見下ろせば広場のような空間には、屯《たむろ》している魔物と思《おぼ》しき獣の集団。他の建物はことごとく焼け落ちたり崩れたりしており、まるで街全体が廃墟のようだ。

『ここって、もしかしてエイオア国の首都？』

魔王に制圧されたという話は聞いていたが、予想以上に酷《ひど》い有様だった。とはいえ、この近くにコウ少年がいるはずだと、辺りを見渡す。

すると、街を囲む外壁の外側、大きな門の前に兵士の集団を見つけた。周辺にはいくつか魔法の光源が浮かんでおり、彼等の頭上には魔物らしき大きな鳥が飛び交っている。

野営地なのか所々に篝火《かがりび》が焚《た》かれているが、上空を旋回中の鳥が時折急降下しては、足にぶら下げた袋から水を降らせてそれらを消して回っていた。

さらに街の通りを見れば、犬の頭にヤギのような角を生やした熊みたいな獣と、猿にしか見えない獣が集団になって行動している。獣の集団は崩れた建物から廃材を引っ張り出しては、外壁の向こうに陣取る兵士達に投げつけている。

兵士の集団側もゴーレムと思しき巨人がそれらを拾って投げ返すなどの反撃をしているものの、積極的な攻勢に出ようとはしない。

街の外側に広がる森の中にも多くの敵が潜んでいるらしく、兵士の集団は護《まも》りを固めて全方位に攻撃魔術と矢による牽制《けんせい》を行《おこな》っていた。どうやら討伐隊は魔物の軍勢に包囲されているようだ。

オルドリアでは一体の魔物を倒すのにもかなり苦労していた。だがフラキウルでは、魔物の存在自体が珍しいモノではなく、強力な魔法効果を持つ武具も発達しているので、普段は討伐もさほど難しくはないのだろう。

以前バラッセの街で防衛隊のガシェから聞いた通り、やはり魔導製品が使えない事で苦戦を強いられているようだ。そう判断した朔耶は、凶星の影響が消えるまで手助けする事に決めた。

『目覚めよ、あたしっ！』

という掛け声と気合で夢内異世界旅行から目覚めた朔耶は、ベッドから飛び起きると素早く着替えに掛かった。

「靴下靴下っ。あれ？　ベルトどこに置いたっけ？」

ユクノカ？

『うん、なんか危なそうだったし』

ソレモ　ヨカロウ
バタバタと部屋を出て一階の居間まで下りて来ると、コートを羽織りながら庭に出る。そうしていつもの円に立ちながら、先程の夢内異世界旅行で訪れた場所を思い浮かべた。

『あの場所に飛べる？』

ヤッテミヨウ
神社の精霊によれば、あの一帯にはかなり特徴的な魔力が集中していたので、転移の誤差も少なく、ほぼ狙った場所に出られるだろうとの事。転移直後から魔法障壁を展開して臨戦態勢に入る事になる。

景色が切り替わり、街灯と家の明かりが差し込む暖かい庭先から、不気味な魔力に包まれた暗い廃墟のような街の入り口上空へと転移した。冷たい空気が頬を撫《な》でる前に、魔法障壁と漆黒《しっこく》の翼を展開して意識の糸を放射状に放つ。

『ターゲット、ロックオン！』

討伐隊らしき兵士達の頭上を旋回していた、複数の魔物鳥に意識の糸を絡めて狙いを定めると、回避不能な雷撃を発現させた。一瞬の閃光と雷鳴。煙を吐きながら落ちていく魔物鳥。地上の兵士達が何事かと空を見上げる。

周囲に潜んでいる魔物に警戒しつつ、朔耶は一度討伐隊の指揮官に挨拶しておく事にした。怪我人への対処などもすぐに手伝いたいところだが、案の定、皆がこちらを見上げて警戒の視線を向けている。まずは味方である事をアピールしなくてはならない。

『あれ？　周りにいた魔物とか、いなくなってる？』

サキホド　コノイッタイニ　ヒトノイシノ　カイニュウヲ　カクニンシタ

この付近一帯を覆う、広範囲に敷かれた思念帯。集合意識と呼ばれている魔力の流れを通して、魔物達に指令が下ったのだろうと解説する神社の精霊。恐らくは〝魔王〟によるコントロール。何故退かせたのかまでは分からない。何か大きな作戦でもあるのか、あるいは突如現れた朔耶の存在をイレギュラーと判断して、慎重に様子見を始めたのか。

『ま、いいか。一応警戒よろしくね』

ウム

少しでも安全になったならいいやと、とりあえず野営地の真ん中に下り立つ朔耶。遠巻きに様子を窺《うかが》う討伐隊の兵士達。

そこへ、ズシンズシンと足音を響かせて大きな影がやって来る。狭間世界のポルヴァーティア神聖軍が配備していた機動甲冑《きどうかっちゅう》、あるいはロボットにも似た巨人が朔耶の前に立った。そして、光の文字を浮かべて挨拶してくる。何故かひらがなで。

「ヴァウヴァウーヴァヴヴァ」〝こんばんはーさくや〟

「え？　こんばんはー」

思わず挨拶を返す朔耶に、神社の精霊からコウ少年のようだと教えられた。

「――って、コウ君なの？」

「ヴァウヴァヴァウ」〝ぼくだよー〟

「でかっ」

思わず仰《の》け反《ぞ》るようにして見上げた朔耶は、以前バラッセのニーナから聞いた話の中に、『ゴーレムになったコウちゃんに街が護《まも》られた』という話があった事を思い出した。なるほど、この姿がそれかと納得する。

朔耶とコウが打ち解けた様子で話し始めた事で、様子を窺《うかが》っていた討伐隊の面々も皆警戒を解いた。コウという存在が周りからどのくらい信頼されているのかがよく分かる。

見れば討伐隊の半数は装備の統一された兵士達で、彼等はナッハトーム帝国から来た討伐隊らしい。もう半数は装備もまちまちで、グループごとに複数人で固まっている。どうやら傭兵団や冒険者グループが集まって一軍を形成しているようで、こちらがグランダール王国が集めた討伐隊であるらしい。

その中には、朔耶が王都トルトリュスからバラッセまでの道程を訊《たず》ねた集団もいた。その彼等と肩を並べている別集団のリーダーらしき男が、やれやれといった雰囲気で息を吐《つ》く。

「新手の魔物かと思ったぜ」

「空を飛んで雷を降らせる魔物なんてやばすぎるだろ、討伐に一国の正規軍が投入されるクラスの怪物じゃないか」

何やら複雑な装置のついた特徴的な大弓を背負った男が呟《つぶや》くと、朔耶が道を訊《き》いた集団のリーダー、ガウィークが応《こた》える。すると甲冑巨人《かっちゅうきょじん》なゴーレム姿のコウが、光の文字を浮かべながら相槌《あいづち》を打つように何か言った。

「ヴォーウヴァヴァウヴァウヴァウ？」

「コウく～ん？　それどういう意味かな～？」

浮かんだ文字は読めなかったが、何を言ったかは何となく分かる。朔耶の追及に、コウは『ふかいいみはないよー』と誤魔化した。そんな朔耶とコウの、どこかほのぼのしたやり取りは、魔物の軍勢に押されて殺伐《さつばつ》としていた野営陣地の空気を少しだけ和《やわ》らげ、皆の緊張を解《ほぐ》していた。

『よしっ、つかみはオッケーだわ』

デハ　ホンダイニ　ハイルトスルカ
すっかり朔耶の呼吸《リズム》を理解している神社の精霊なのであった。

バリケードの設置や、篝火《かがりび》を焚《た》き直す作業が続く野営陣地。その一角にて、グランダールと帝国の討伐隊から数人の代表者が集まり、今後の行動が話し合われる。

この席で、統制の取れた魔物の厄介さを知る朔耶は、慎重に行く事をお勧めした。ちなみに朔耶の事は、この討伐集団の総指揮を一任されているガウィーク達から、〝出現を予言されていた魔王〟の調査のため東方のオルドリア大陸からやって来た精霊術士である、と説明されている。

「慎重に行くべきという意見には同意するが、我々もあまり余裕はないんだ。ノンビリ構えてもいられない」

「物資の問題もあるからな。集合意識は〝永久浄化地帯〟で凌《しの》げるが、そこに篭城《ろうじょう》し続ける訳にもいかねぇ」

モンスターの湧くダンジョン内など、邪悪な集合意識に満たされた場所では、あらゆる生物や無機物にまで影響が及ぶ。

その集合意識の混じる魔力が浸透する事で、動物は変異体化したり、死体や骸骨《がいこつ》は魔物化して動き出したり、さらには甲冑《かっちゅう》や剣、槍といった無機物も独りでに動いて冒険者達を襲ったりするのだ。そんなものが蔓延《はびこ》る空間は、ただ浄化して魔を祓《はら》っただけでは、時間と共に再び魔力に侵蝕されてしまう。

そこで考え出されたのが、強力な結界と併用する事で、恒久的に〝浄化効果〟を永続させる儀式。それが〝永久浄化〟である。そして祈祷士《きとうし》によってその儀式を行い、邪悪な魔力の影響が及ばないようにした一帯を〝永久浄化地帯〟と呼ぶのだ。

現在のドラグーンは、魔王の集合意識で満たされたダンジョン内と同じような環境下にあるので、この処理を行《おこな》わずに長く活動するのは危険だ。

「魔導船《まどうせん》とか使えるようになったら、その辺り全部解決するんでしょ？」

もう少しだけ待てば凶星《きょうせい》の影響が消えて魔力の乱れが収まり、魔導製品の動作も正常に戻る。強力な魔法効果を持つ武具や魔導兵器が使えるようになってから進撃すれば、安全確実じゃないかと主張する朔耶だったが――

「その場合、下っ端の雇われ兵達はどうやって手柄を上げる？」

「え、手柄？」

魔王の討伐はグランダール王国とナッハトーム帝国による公共事業的なモノと見ていたため、討伐隊の参加者全員に一律の報酬と名誉が与えられると思っていた。

きょとんとする朔耶に、『ああやっぱりか』という表情を見せたガウィーク達が、かい摘《つま》んで説明してくれる。

「帝国から来た連中もそうだろうけど、俺達は功績を残して名を上げる事が目的で集まってる奴がほとんどなんだ」

「嬢ちゃんの言うようにすりゃ確かに確実だけどよ？　それだと武勲ってのが立てられねーのよ」

「あー――そういう事……コウ君も手柄とか立てたいの？」

「ヴァウヴァウヴォウ？」〝なにそれおいしいの？〟

問い掛けの言葉にのった意思から読み取ったのだろう、朔耶の持つ〝手柄〟の認識をそのまま表現してみせるコウにちょっと和む。

「分かった。じゃあ討伐隊が手柄を立てられるようにしながら安全に進む方向で、程々に協力するよ」

「程々に、か……。具体的には？」

「治癒《ちゆ》は任せて。あと効くかどうか分からないけど、〝呪い祓《ばら》い〟を使ってみるわ」

特定思念の排除という概念を加えた精霊の癒《いや》し、〝呪い祓い〟を使えば、一時的にでも魔物達の集合意識の支配を祓えるかもしれない。

魔物は集団化しただけでも十分に脅威だが、そこに〝魔王による支配統率〟が加わったからこそ、一国の首都が制圧されるほどの事態に至ったといえる。魔王からの直接指揮を阻害《そがい》できれば、討伐時の危険を少しでも減らせるだろう。

「その〝呪い祓い〟って術がどれほどのモノかは分からんが、治癒ができるならありがたい」

「ちっとばかし治癒術士の手が足りてなかったからな」

帝国の討伐隊は主に国軍兵士で編制されている事もあってか、魔術関連に弱く、魔術士がいても攻撃系寄りである。そのため治癒を行《おこな》える魔術士の数が少ない。一方で、グランダールの討伐隊に参加している各傭兵団や冒険者グループも、攻撃力に重点を置いたメンバーを選出して来ている。

よって、全体的に治癒系の術士が少なかった。

とりあえずアルメッセの街から応援が来る事になっているので、討伐隊はそれを待って一晩野営し、そのアルメッセ部隊に、捕虜にした魔王軍側の人間や、魔王軍に与《くみ》しようとしていた者達を引き渡す。そうして身軽になってから、再度進軍する方針で進めるようだ。

「オッケー、それじゃあ一発〝精霊の癒し〟をお試しサービスしてから一旦帰るわね」

今回、朔耶は異世界夢内旅行で討伐隊の危機を知り、取る物も取り敢えず駆けつけたのだ。明日の朝にでもまた改めて来る事を告げると、漆黒《しっこく》の翼を出して癒しの光を放った。

〝精霊の癒し〟効果で野営陣地内にいる討伐隊戦士達の傷はもとより、疲労さえも癒されていく。

「こいつは……すごいな」

「これが精霊術士の治癒か」

攻撃特化や支援特化、治癒特化した術士など、フラキウル大陸には様々な専門職が存在する。そのフラキウルで活動する冒険者達も、これほど強力な効果を持つ治癒術は見た事がないと感嘆している。

「じゃあまた明日」

皆に癒しが行き渡ったのを確認した朔耶は、ひらひらっと手を振って元の世界へ転移、自宅の庭へと帰還した。

塀の向こうに見える夜景が縁側の窓に映りこんでいる様子を視界に捉《とら》え、少し暖かい空気に包まれながら街灯の明かりに照らされる。ほっと緊張を解くと同時にどっと眠気が襲ってきた。

「あ～、眠い」

ヨルモ　オソイ　　ユックリ　ヤスムガ　ヨカロウ
『そうする』

のろのろと家の中に入った朔耶は、コートを脱ぎながら部屋に戻ると、ほとんど夢うつつ状態で着替えを済ませてそのままベッドで横になった。あっという間に眠りに落ちる――と思いきや、またも視界に広がる風の草原。

『またかい』

一応眠っている状態ではあるのだが、夢で見るその景色はリアルタイムな現実世界。気分的には起きているのと変わりない。ぼーっとしていればそのうち深い眠りに入ると分かっているものの、ついつい気になる事を思い浮かべては関連する場所へと視点を飛ばしてしまう。

案の定、月明かりに照らされた緑草の波打つ草原から、高い壁に囲まれたどこかの街中《まちなか》へと景色が切り替わった。炎の揺らめく篝火《かがりび》とは違う、地球の照明にも似た明かりの下で、大きなメイスを背負った少女が十数人からなる暴徒らしき集団と対峙している現場。

狭間世界のポルヴァーティア大陸、新生カーストパレスのポルヴァーティア人地区の一角。執聖機関の対抗組織候補である新勢力の一つが根城《ねじろ》にしている区画だ。

『アルシアちゃんのとこ、小競《こぜ》り合いが起きてるって言ってたもんね』

勇者アルシアが護《まも》る入り口に、投石を行《おこな》う暴徒達。アルシアは自分や近くの照明に当たりそうなモノだけメイスで弾き落としている。身長ほどもある大型メイスをハエ叩きのごとく片手でブンブン振り回す様《さま》は、改めて見るとなかなかに凄《すさ》まじい。

「お前達も懲《こ》りないな、こんな事をして何か益になるのか？」

「う、うるさい！　お前に何が分かる！」

「余所者《よそもの》の裏切り者め！」

「蛮族《ばんぞく》と共謀して我等の国を貶《おとし》めた報いを受けろ！」

一斉に投げつけられた石礫《いしつぶて》をカキンカキンと打ち上げたアルシアは、やれやれといった様子で肩を回すと、おもむろにメイスを構える。ギクリと動きを止める暴徒達。

「ふむ、お前達は大神官の発表を受け入れてはいないのだな」

大神官が信徒達を束ねるために纏《まと》めたシナリオでは、『強力な闇の力に満たされていたカルツィオと融合したポルヴァーティアは、その光の力を以《も》って闇を中和し、ここに新たな始まりの大地〝無垢なる大地〟が生まれた』――という事になっている。

先程のアルシアに対する罵声《ばせい》の内容から推測するに、彼等は大神官のその教えに従っていない。そして、以前の体制を崩された事を恨みに思っている。

一般信徒達は大神官の言葉をそのまま受け入れ、新しい体制下で活動を始めている。彼等の認識では、アルシアは今も称《たた》えるべきポルヴァーティアの〝勇者〟のままだ。執聖機関とは別の勢力についたとて、ポルヴァの神に選ばれた勇者の意思なのだからと、なんら疑問を懐《いだ》くところはないはずだ。

つまり、この暴徒達は大神官の教えが嘘である事を知っており、前体制下では特別な恩恵を受ける立場にあった者だ。

「元エリート階級の神聖軍将校か……落ちぶれたものだ」

今の執聖機関は大神官の求心力とそれを支える特聖官や聖務官達といった幹部、そして彼等を支持する敬虔《けいけん》な信徒達の力でどうにか成り立っている。

神聖軍兵士も、末端の者達はその信仰からなる忠誠心故に纏めやすいが、ポルヴァ神信仰の欺瞞《ぎまん》を知っている一部のエリート将校の中には、特権意識が抜けず問題を起こす者もいる。そういう者達は組織を維持するために弾き出されているらしい。

ポルヴァーティア人地区の中には、執聖機関に対抗すべく立ち上げられた新勢力ばかりではなく、こういった執聖機関から爪弾《つまはじ》きにされた者達が寄り集まってできた集団もあるという事だ。

「さしずめ、負け犬組織と言ったところか」

「なんだとっ！」

挑発されて激高する暴徒達に向かって、アルシアは先程打ち上げた石礫《いしつぶて》が落下してきたところをタイミングよくメイスで打ち放った。恐怖の石礫ノックが始まる。

「踊れ、楽しい気分になれるぞう」

「っ！　うわあーー！」

「いててっ、いててっ」

「ひぃーーっ」

ガキンガキンとメイスが振るわれる度に、石礫が投げつけた時以上の威力で打ち返された。肩や尻を強打された暴徒達が痛い痛いと逃げ惑う。メイスで打ち放って当てるというコントロール力も然《さ》る事ながら、大怪我までは至らないよう上手く加減しているところがなかなかだ。

『アルシアちゃんって……結構サドっ気があるのかも』

何にせよ、状況の割にはあまり心配しなくてもよさそうだ。

ポルヴァーティアとアルシアの様子を見たところで、カルツィオの悠介《邪神》は今頃何をしているだろうかと気になって視点を飛ばしてみたが、なんだか某宮廷魔術士長ばりに忙しそうだったので、すぐに視点を戻した。

『三人いっぺんにとか……四人同時プレイってこの事だったか』

――まあ、どちらも元気そうで何よりだと思う朔耶なのであった。当て所もなく狭間世界の景色を漂っているうちにやがて眠りも深くなり、意識は次第に薄れていく。

「……ぐぅ――」

一度ベッドに入った後にも異世界や夢の中で飛び回った朔耶は、ようやく今日の眠りにつく事ができたのだった。


翌朝。

遅くもなく早くもなく普段通りの時間に目覚めた朔耶は、顔を洗いに部屋を出る。洗面所に行くと重雄が髭《ひげ》を剃っていた。

「おはよう、マイシスター。昨日はまたどこか行ってたのか？」

「おはよ。ちょっと向こうのフラキウルまで、魔王の事でね」

「魔王か。そういえば、例の星の影響が消えたら即決着がつくだろうって話だったな」

「うん、そうなんだけど……討伐隊の人達が手柄が欲しいからって」

魔力の乱れが収まるのを待たずに討伐を進めるつもりらしいので、彼等の手柄を奪わない程度にサポートする事にしたと説明する。まるで出来レースみたいだなと感想を述べる重雄。

「今回はあくまでもお手伝いするだけだけどね」

「お前が手伝ってる時点で以下略」

「略された……」

兄妹でそんな掛け合いをしながら顔を洗い、洗面所を後にした。


「さて、着替え終了。向こうに持っていくモノは——」

まずはカメラ。上空から街と周辺の写真を撮り、明日にでも引き伸ばしたモノを持って行ってあげればかなり役に立つだろう。状況によっては昼食をとりに帰って来られない場合もあるので、水筒と携帯食も持っていく。後は暗い建物の中を探索したりするかもしれないので、懐中電灯の類《たぐい》やライターなどの小物。

ちなみに、懐中電灯は電池要《い》らずの手回し発電式のモノに邪神《じゃしん》悠介のカスタマイズを加えた、謎の力で発電機部分が回転し続ける自動発電仕様。本体が壊れでもしない限り延々と光を放つ事ができる。そして本体はこれまたカスタマイズによって補強されているので、ぶん投げたり鈍器《どんき》にするなど少々乱暴に扱っても大丈夫だ。荷物を纏《まと》めたナップサックを背負うと、庭に出て円陣に入る。

「それじゃあ、昨日のみんなのところまでよろしく」

ココロエタ
フラキウル大陸はエイオア国の首都ドラグーン、魔王に支配された街へと転移する朔耶。

空に霞《かす》む島星、カルツィオとポルヴァーティアの影は、もう完全にその姿を消していた。

第十三章　快進撃

討伐隊の陣地に転移した朔耶は、何やら騒がしい様子にキョロキョロと辺りを見渡す。どうやら明け方に魔物の襲撃があったらしく、一戦やり合ったようだ。陣地内の雰囲気は悪くない。むしろ全体的に士気が高まっているような、引き締まった空気を感じた。

「おはよー、ガウィークさん」

「……いきなりだな」

まずは討伐隊の指揮を担《にな》うガウィーク達を見つけて挨拶する朔耶。それから門前で一塊《ひとかたまり》になっているナッハトーム帝国側の討伐隊に目を向け、そこに交じっているゴツイ複合体姿のコウにも声をかけた。

「やほー、コウ君」

「ヴァヴォウヴァウヴァ」〝やほー朔耶〟

「今日はよろしくねー」

「ヴァウアウ」〝よろしくー〟

現在、討伐隊はアルメッセからの応援部隊が到着するのを待っている状態だという。朔耶は今のうちに航空写真を撮っておこうと、翼を出して空に上がった。

さっき聞いた話では、昨日の夜遅くから今朝にかけて魔力の乱れが完全に収まり、それに伴《ともな》って魔導製品全般が使用可能になったらしい。三日もあれば王都から魔導船《まどうせん》が飛んでくるかもしれないとの事だった。

『あんまり高く飛ぶと、靄《もや》で見えなくなるね』

シュウゴウ　イシキ　トヤラノ　エイキョウダ

オルドリア大陸のアーサリム地方、ポルモーン渓谷にあるメリルー導師の隠れ里に張られていた霧の結界のごとく、街全体が不気味な気配をはらんだ靄に包まれている。

パシャリパシャリとシャッターを切りながら街上空を飛び回る事しばらく、討伐隊の陣地に応援部隊が到着した。にわかに騒がしくなる陣地内。いよいよ出発の時かと様子を見ていると、ガウィーク隊の何人かが門前に集まっているのが確認できた。どうやら偵察に出るらしい。

「え？　なにあれっ」

二人一組になったガウィーク隊員が、地面に足からスライディングするような姿勢で街中《まちじゅう》へと散らばっていく。大人がそこそこ本気で走るくらいの速度が出ており、思わず興味を引かれた朔耶は、ガウィークの近くまで降下して行った。

「ねーねー、それなにー？」

「うおっ、サクヤか」

「翼が建物に当たっているようだが……大丈夫なのか？」

「あ、これ魔力だから」

超低空で並飛行する朔耶に驚きながらも、ガウィーク隊長と副長のマンデルは〝魔導輪《まどうりん》〟という装着型乗り物について説明してくれた。一点に絞り込んだ強力な風の膜を以《も》って装着者を浮かし、その状態で空中を滑るように移動できる。加速装置もついているそうな。

『う～ん、魔力の流れ方を制御できれば、反発力ユニットでも同じ事できるかも』

あの魔導輪を作ったのも、以前コウやガシェ達から聞いた、王都トルトリュスに住む天才魔導技師だという。

『アンダギー博士だったかな。コウ君が言ってた、こっちに迷い込んでる人の事もあるし、近いうちに会いに行ってみよっと』

今回の魔王騒ぎが終わって、色々な状況が落ち着いた暁《あかつき》にはぜひそうしようと予定を立てる朔耶なのであった。

ガウィーク達が偵察を行《おこな》った結果、本部宮殿に続く通りのいくつかは瓦礫《がれき》で封鎖されていたらしい。これによって討伐隊の進撃ルートは一つに限定される事になった。魔王軍の工作である事は明白すぎるほどに明白だ。道中には多数の罠や伏兵の存在が予想される。

だが昨日までと違って、討伐隊は本来持つ力を取り戻している。体力の充実はもちろんの事、従来の魔導製品全般が使用可能になった事で、様々な魔法効果を持つ強力な武具も使えるようになっているのだ。慎重になりすぎない程度に警戒しつつ、討伐隊は予定通り進撃を開始した。

「呪い祓《ばら》い、いきまーす」

地上から十数メートル付近に浮かびながら討伐隊の後に続く朔耶は、戦闘が始まれば治癒《ちゆ》の態勢に入ったり、呪い祓《ばら》いを放って魔物の動きを阻害《そがい》したりと、徹底的に援護に回った。

半分崩れた建物の上から投石を行《おこな》っていた猿の魔物は、呪い祓いを受けると戦いを忘れたようにゴロゴロと寛《くつろ》ぎ始める。魔王による支配がなければ、本来はさほど危険な魔物ではないのかもしれない。

狼の変異体を統率していた角熊《つのくま》は、呪い祓いの光を浴びて正気に返った途端、一目散に逃げ出した。群れのボスが逃げてしまったので、変異体狼も慌てて後を追って行く。

しばらくするとまた集合意識に支配されるらしく、群れを引き連れて襲撃に戻って来るが、猿の魔物共々呪い祓いを受けると逃げるか寛《くつろ》ぐかするため、一時的にではあるが無力化する事ができていた。

結果、道中に潜んでいた魔物の襲撃は散発的なモノになり、討伐隊はこれといった被害も出さず順調に進撃を続けた。そもそも戦闘などで怪我人が出た瞬間に、朔耶が強力な精霊の癒《いや》しで回復させてしまうので、被害の出しようがなかった。

『なんか安心して見てられるね』

ミナ　ジュクタツシタ　モノノフデ　アルヨウダ

ドンッという低い衝突音が響き、変異体狼が建物の屋根を越えて飛んでいく。見れば、討伐隊の本隊から一人離れた場所で、魔物の襲撃部隊を逆に襲撃しているゴーレムの姿。複合体コウは特殊な加速装置の内蔵された〝魔導槌《まどうつい》〟という鉄槌を振るって、魔物の集団を蹴散らしている。

「コウ君、容赦ないなぁ」
アレハ　ヒトデアッテ　ヒトニアラズ　ユエニ　ヒトイジョウニ　ヒトラシク　アルコトモデキルガ　ヒトイジョウニ　ワリキルコトモ　デキル
それが本当に必要な事であれば、たとえ自分に好意を寄せる相手であっても躊躇《ちゅうちょ》なく手を掛ける。同じくらいに、必要とあらば自己犠牲を厭《いと》わない。
神社の精霊はコウの事をそう評した。

敵の動きを大きく阻害《そがい》し、味方の援護は過保護なほどに。

〝戦女神《いくさめがみ》サクヤ〟の加護の下、討伐隊はやがて街の中央広場に繋がる開《ひら》けた場所に辿りついた。

「精霊の癒し～」

「おおっ、助かる」

「いやしかし、本当に便利だなあんた」

「よく言われます」

捉《とら》えようによっては失礼にも聞こえる言い回しをさらっと流した朔耶は、呪い祓いを放って近くに潜んでいる魔猿《まざる》から魔王の支配を祓い飛ばし、ウキャウキャと跳ねていた変異体猿達をも逃走させると、この一帯の安全を確保した。

ここまで一気に突き進んで来た討伐隊は、少々乱れた隊列を整えるため、小休止に入る。

「ヴァウヴァアウ」〝朔耶おつかれー〟

「コウ君達もお疲れさま」

ズシンズシンと足音を響かせ、自身の背丈ほどもある魔導槌《まどうつい》を担《かつ》いだ複合体コウが皆と合流する。討伐隊の指揮を担《にな》っているガウィーク隊やヴァロウ隊もやって来たので、朔耶は現状を訊《たず》ねた。

「ここで半分くらい？」

「ああ、この先にある中央広場を抜ければ、本部宮殿前の広場に出られる」

「今日はここまで進撃できりゃあ上出来かと思ったが、この分だと宮殿突入まで行けそうだな」

ガウィークの言葉に、ヴァロウが愛用の機械化連弓に新しい矢箱《やばこ》を装填《そうてん》しながら「嬢ちゃんの援護のおかげでな」と付け加える。

ここまで脱落者なし、怪我を負ってもすぐ完治するので負傷者も実質なし。ついでに戦闘による疲労もなしという万全の態勢で隊列を整えた討伐隊は、中央広場に向けて進撃を再開した。

所々に戦闘の跡が残る中央広場。その開《ひら》けた空間には複数の変異体狼や猿の集団が点々と配置されている。そして、本部宮殿方面に繋がる階段坂の前には、甲冑《かっちゅう》姿の部隊が魔物を従え陣取っていた。彼らは魔物ではなく、中身は人間のようだ。
『なんかあの人達、鎧がキンキラキンだね』
ミタメノカビサニ　オトラヌチカラヲ　ヒメテオル　ヨウダ
その部隊が装備している武具は装飾や色合いがやたら絢爛《けんらん》なデザインで、一見すると実用性のない祭儀用のモノかと思える。しかし神社の精霊によると、かなり強力な魔法効果が付与されているモノなのだそうな。恐らく魔王軍の中でも精鋭とされる部隊なのだろう。

精鋭部隊の率いる魔物が投石の構えを見せ、同時に広場に陣取る変異体の集団も動き始めた。西側の通りから中央広場に入って来た討伐隊は、北側の階段坂前に陣取る魔王軍部隊に左側面を晒《さら》している状態。

このまま戦うのは不利と判断したガウィークの指揮により、討伐隊は魔王軍部隊を正面に捉《とら》えるべく広場の外周に添って南側へと移動を始める。最後尾について変異体の突撃を牽制《けんせい》していた傭兵団が、攻撃魔術や矢雨《やあめ》をかいくぐって来た変異体狼を迎撃しようとしたその時――

「なんだっ！」

「これは――蟲《むし》!?」

変異体狼の身体に装着された箱の中から大量の黒い粒が放出された。それは変異体と化した蜂《はち》であった。たちまち変異体蜂の大群に包まれる討伐隊の傭兵団。

「気をつけろっ、刺されると麻痺毒《まひどく》にやられるぞ！」

「軽装の者は下がれ！」

蟲の入り込む隙間もない重装備で固めた戦士が応援に駆けつけ、麻痺毒に倒れた者を護《まも》りつつ変異体蜂を叩き落としに掛かる。剣では埒《らち》が明かないと、盾を使った面攻撃で対処する者もいた。

変異体蜂の群れが飛び回る中、足元からは依然として変異体狼が襲って来ており、同じく蟲箱《むしばこ》を背負った変異体猿も攻撃に加わって来る。

仲間の救出や蜂への対処と並行しながらの迎撃は困難を極め、撹乱《かくらん》されて大きく隊列を乱した討伐隊は、立て直しのためその場での足止めを余儀なくされた。魔王軍側の作戦勝ちというところであった。――ここまでは。

討伐隊には、戦いの女神が味方していた。

「呪い祓《ばら》いー、アーンド精霊の癒《いや》しー」

朔耶の放つ呪い祓いの効果で集合意識による働きかけが妨害される度に、蟲《むし》達は群れを乱して散らばって行く。その隙に蟲対策にも詳しい冒険者達が風の魔術で蟲除け効果のある薬霧《やくむ》の膜を張ったり、手っ取り早く炎の壁で焼き払ったりと処理を進めていった。

「ヴォッヴォッヴォーッ、ヴォッ」

変異体蜂対策で態勢の立て直しが図られる中、変異体狼や猿の撃退を引き受けたコウが隊の先頭から後方まで、ほとんど一人で走り回りながら魔導槌《まどうつい》を振るって味方を護《まも》る。

『向こうはコウ君が行ってるから、あたし達はこっちの治癒《ちゆ》を』

ウム

朔耶とて炎の竜巻や稲妻《いなずま》で敵を蹴散らしても良いのだが、初めに約束した通り、朔耶は彼らの『武勲』の邪魔をしないよう援護に徹する。どうしても危険という時だけ、ちょこちょこと牽制《けんせい》に参加したりしながら討伐隊の立て直しを手伝った。

朔耶の治癒の光によって麻痺毒《まひどく》から回復した戦士達も戦列に復帰し、混乱から立ち直ろうとしていた討伐隊は、魔王軍の新たな動きを察知して警戒態勢を取った。

「なんだありゃ、魔物が武装してるのか？」

「朝の魔獣犬《まじゅうけん》は大した事なかったが、武装した角熊《つのくま》か……」

「なあに、こっちだって魔法の武具は使えるようになってるんだ」

北側の階段坂前に陣取る魔王軍部隊の一部が出撃を始めた。鎖のついた鉄球や鉤爪《かぎづめ》などで武装した角熊と魔猿《まざる》の混合魔物部隊も同時に迫る。

まず、魔物部隊が真っすぐ討伐隊に突っ込んで来た。するとその後方で精鋭部隊が横長の陣形を取り、複合体コウに長銃のような武器を向けて一斉射撃してくる。数発の直撃を受けた複合体が白煙を上げながら倒れるも、あまりダメージはなさそうだった。

『あれって火炎砲《かえんほう》ってやつ？　確かグランダール王国とナッハトーム帝国にしかないんじゃなかったっけ？』

以前、バラッセの街でコウやガシェ達と話した時に、そう聞いた覚えがある。

ミタメハ　テッポウダガ　シクミハ　マジュット　タイサナイ　ヨウダ
『密輸されるなり、模倣されるなりしたのではないか』と推測する神社の精霊に、朔耶は『ああ、なるほど』と納得した。しかし、今し方撃たれたコウは平気そうにしているが、実際にはかなりの威力を誇るという火炎砲。他の討伐隊員が撃たれればタダでは済むまい。

討伐隊は武装した魔物の攻撃を受け止め、往《い》なし、そして途切れる事のない射掛《いか》けと攻撃魔術で牽制。さらに強力な魔法の武器を持つ者が出ては、周囲の変異体蜂《へんいたいばち》や変異体狼を片付けて行く。

こっちは大丈夫そうだと判断した朔耶は、危険な火炎砲を使う精鋭部隊の方をちょいと叩いておく事にした。討伐隊に精霊の癒しを与え、呪い祓いの光で援護してからそちらの部隊に視線を向ける。

二手に分かれた相手部隊は、一隊が正面で大きな盾を構えている複合体コウに火炎砲《かえんほう》を撃ち放ち、もう一隊は広場の外周沿いから討伐隊の側面に回りこんで来ていた。

コチラヲ　ネラッテオルゾ
『撃たれても大丈夫よね？』

無論、あの程度の武器では精霊の護《まも》りを破る事はできぬと神社の精霊は断言する。その時、コウが構えていた大盾を投げた。フリスビーのように回転しながら飛んで行った大盾が、正面の部隊にいた二人ほどを巻き込みガランガランとけたたましい音を響かせて転がる。

さらに回り込んで来る部隊の方へ向き直ったコウは、異次元倉庫から取り出したのであろう箱型の武器を構えると、弾幕のごとく無数の火の玉を撃ち放つ。あまり威力はないようだが、暴風雨のような火の玉の嵐から逃れようと瓦礫《がれき》の陰に隠れる精鋭部隊。

彼らを意識の糸で捕まえつつ漆黒《しっこく》の翼に稲妻《いなずま》を纏《まと》った朔耶は、コウの大盾投げから逃れた正面の部隊を纏めて電撃で仕留めた。こちらを振り返った複合体コウにひらひらっと手を振ると、コウは大きな腕をブンブンと振り返してくる。

無数の稲妻が、かなり離れた場所にいた相手部隊に襲い掛かるところを見ていた討伐隊は、何人か顔を引き攣《つ》らせていたそうな。

完全に持ち直した討伐隊は武装した魔物部隊を圧倒し、コウはエイオア製らしき魔王軍の火炎砲をせっせと回収している。北側階段坂前に陣取る魔王軍本隊が、何らかの動きを見せようとしたその時、南の空に二つの船影が現れた。グランダールが誇る魔導船《まどうせん》の登場である。

「おおーすごい、本当に船が飛んでる」

以前、王都トルトリュスを訪れた際にも見た魔導船。実際に飛んでいる姿を目の当たりにして、朔耶は感嘆しながら見たままの感想を口にする。あまり物々しい武装もなく、軍用船というイメージではないが、空を飛ぶ事が難しいこの世界で制空権を握る意義は大きい。

二隻の魔導船から魔術や弓による攻撃が放たれる。魔王軍は形勢不利と判断したのか、階段坂を上って後退を始めた。

戦女神《いくさめがみ》に続いて更に強力な援軍を得た討伐隊は、『もたもた戦っていては本格的な援軍が投入されてすぐに終わってしまう』という事で皆が張り切り、大攻勢を掛けて魔王軍を押しまくる。

そうして中央広場を完全に制圧した討伐隊は、その勢いに乗ったまま宮殿前広場まで敵を押し込んで行った。一方、ほとんど退却か潰走《かいそう》するような勢いで押し込まれた魔王軍は、街中《まちじゅう》から集結させた魔物や変異体の部隊で防護陣を敷いた。そうやって討伐隊を足止めし、隊はそのまま宮殿内まで撤退。

角熊《つのくま》や魔猿《まざる》のような魔物も随時宮殿内へと撤退させ、残された変異体の群れは解散させて宮殿前広場を明け渡した。変異体狼や猿達は討伐されるか街中へと散らばって行く。

魔王側は宮殿の門を固く閉じ、篭城《ろうじょう》の構えに入ったようだ。

「うーん、浮いてるけど、どっから見ても船だわ」

フネダナ
船底には浮遊装置らしき魔導機械が覗き見える穴や溝がある。そのまま水に浮かべる事はできないようだが、見た目は木造の船そのもの。朔耶は初めて見る魔導船の周りを飛び回って観察する。

魔導船の乗組員は、事前に連絡を受けていたので朔耶の存在は知っていた。が、魔力の翼を生やして生身で自在に空を飛ぶ人間を目にするのは、彼等にとっても初めての事。こちらもまた朔耶の事を観察していた。そのうち好奇心旺盛な魔術士の一人が声をかけた。

「なあ、あんたオルドリアから来たんだってな？　精霊術士は皆そんな風に飛べるのかい？」

「うーん、普通は無理みたい」

「そうなのか。じゃあ、あんたぁ特別って訳だな」

朔耶が魔導船の魔術士とお喋《しゃべ》りなどしている間、地上では宮殿前広場に集まっている討伐隊が、崩れた陣形や隊列を整えがてら、小休止に入っていた。


太陽は真上に差し掛かろうとしている。魔導船《まどうせん》の乗組員の話では、グランダールから更なる援軍部隊が向かって来ているらしい。そして朔耶は、そろそろお腹が空いてきた。そこでガウィーク達がいる場所を目指し、大きな目印になっているコウの傍へと降下していく。

「やほーコウ君、お疲れさま。さっきは平気だった？」

「ヴァヴヴァヴァヴァウ、ヴァウヴァウ」〝朔耶もおつかれー、なんともなかったよー〟

その巨体を転倒させるほどの攻撃を受けたはずなのに、複合体コウの表面には傷一つ見当たらない。随分と丈夫にできた身体のようで、おまけに自動修復もされるらしい。

「そっか。討伐隊の援軍も来てるって言うし、もう大丈夫そうだね」

朔耶はここで一旦引き上げる事を告げる。ガウィーク達は、討伐隊に大きな怪我人もなく、ここまで万全の態勢で来られたのは朔耶の〝精霊の加護〟のおかげだと言って労《ねぎら》った。

今後は魔導船の介入により、続々と援軍や支援物資が届く。本部宮殿の奪還も、もはや時間の問題だろうとの事。

「ここまで来ればもう、何とでもなる状態だ。すごく助かったよ、あんたもゆっくり休んでくれ」

その言葉に微笑んで応《こた》えた朔耶は、「それじゃあまたね」と手を振って自宅の庭へと帰還したのだった。

「たっだいまーっ！　さあっ、ご飯ご飯！」

予想以上に上手く事が進んで上機嫌な朔耶は、ナップサックを下ろしながら居間へと駆け上がる。

お昼からも予定が詰《つ》まっているので、あまりノンビリもしていられない。

「食うぞー！」

ヨク　カンデ　タベルヨウニナ
お母さんみたいな注意をする神社の精霊なのであった。

第十四章　スピリット・マイグレーション

ドラグーンを撮った航空写真を引き伸ばしてくれるよう、兄の机の上にカメラを置いてメモを挟んでいく。

「魔導船《まどうせん》が来てるから、あんまり意味ないかもしれないけど」

昼食を済ませた朔耶は、昨日のうちに用意しておいた荷物を持って、狭間世界のカルツィオに転移。フォンクランク国の首都、サンクアディエットに聳《そび》えるヴォルアンス宮殿を訪れると、悠介のもとを訪ねる。フィギュアの複製や電化製品の状態記録、耐久力強化などをしてもらうのだ。

「やほー、悠介君」

「ああ、こんちゃー」

悠介の自室には、作りかけの機械などが所狭しと並べられており、宮殿衛士《きゅうでんえいし》の自室というよりは工房のような様相を呈《てい》している。時々ヴォレットがやって来ては玩具漁《ガラクタあさ》りをして行くそうな。

ポルヴァーティアの方の調整もすっかり終わり、最近はカルツィオの街と街とを繋ぐ列車を走らせようと、開発を進めているらしい。今はお昼下がりのお茶で休憩しているところのようだ。

「毎晩お盛んですねー」

ブーッとお茶を噴き出す悠介なのであった。

ポルヴァーティアでのアルシアの様子や、狭間世界の影響を受けていた世界の近況といった土産《みやげ》話《ばなし》をしながら、カスタマイズしてもらう品を作業台の上に並べていく。

「んで、これはお兄ちゃんの依頼。こっちが複製用の材料ね」

「ほほう～」

ハードケースから取り出して台に置かれた、精巧な美少女フィギュア。元々オタ気質だった悠介は興味を示す。約八体の複製はものの十秒で終わったのだが、悠介はそのうちの一体に何やらカスタマイズを施《ほどこ》して「実行」と一言。

「ん？　なにやったの？」

「うん、ちょっとギミック機能を反映させてみたらどうなるかなと」

そう言ってフィギュアの頭部分のスイッチをポンと押す。すると、関節もないのにフィギュアのポーズが変わった。

「お、ちゃんと動いた」

「わおっ」

さらに手を加えて、『まばたきをする』、『髪がなびく』、『スカートやリボンがはためく』、『手を振る』などの動作が一定間隔で再現されるギミックが追加された。さすがに配布はできないので兄専用になるが、実にレアな動くフィギュアである。

「なんか活《い》きのいい生き人形みたいになったな」

「これ、ギミック機能ＯＮのまま放置してたら不気味よね」

夜中、誰もいない部屋の棚で勝手に踊っている人形の図を想像する。

「こわっ」

「きもっ」

なかなか息の合う二人であった。


持ってきた荷物の〝状態記録〟を一通り取ってもらった朔耶は、お茶などご馳走《ちそう》になりながらポルヴァーティアの事やカルツィオの今後について悠介と雑談を交わす。

「そういえばアルシアちゃんもそうだけど、悠介君達ってさ――」

人格複製によって身体を再構築されるという召喚なので、二人の身体は半分精霊化した〝人であって人ではない〟状態。

通常人間は、肉体と精神を魂《たましい》が束ねる形で重なって存在している。一方、半精霊化した悠介達は、肉体と精神の繋がりが深く、重なっているというよりもほぼ一体化している。

卵で喩《たと》えるなら、通常の人間は生卵のように白身と黄身の繋がりが不安定だが、半精霊化した人間は、ゆで卵のように固定し、ほぼ一体化している、という感じだ。

そして、別世界の本体から人格を複製されて一つの存在として独立している悠介やアルシアは、本来なら肉体と精神を束ねる役割を果たす固有の魂を持たない。ちなみに、同じ半精霊化しているアユウカスは複製ではない、オリジナルの存在なので、ちゃんと固有の魂を持っている。

もし普通の人間が世界の壁を越えて転移する場合、肉体と精神と魂が一旦バラバラになり、転移先の世界でその三者が再構築される、という流れをとる。しかし精霊の保護なしでは、肉体から離れた精神や魂が迷子になってしまう危険が伴《ともな》う。朔耶が無事に転移できるのは、転移の際に精霊と重なる事によって、肉体、精神、魂が保護されるからだ。

だが邪神《じゃしん》悠介や勇者アルシアは、人間と変わりない存在でありながら、精霊の宿った〝自意識の在る有機物〟とも言える存在である。

「もしかしたら、アルシアちゃんや悠介君は、そのまま別の世界に運んでも大丈夫っぽい？」

「マジすか」

ちょっとした里帰りが可能かもしれないという事を示唆《しさ》されて、悠介も興味を懐《いだ》く。

カルツィオで生きていく理由を多く背負っている今の悠介は、懐古《かいこ》の念こそあれ、望郷の想いはすっかり薄れている。だが、気軽に帰る事ができるのならば話は別だ。朔耶との交流で、地球世界の文化や現代技術を色々と思い出してしまった事もある。何より、将来ポルヴァーティア側の勢力と国交を開く時に備えて、ぜひとも地球世界から持って来ておきたい物があるのだ。主にパソコンや通信機器など、情報処理に長《た》けた電化製品類である。

「あたしの精霊も『カノウダ』って言ってるから、今度里帰りとかしてみる？」

「そんな喋《しゃべ》り方なんすか……しかしそれはぜひお願いしたい」

さすがに宮殿衛士《きゅうでんえいし》隊の黒マント姿でいきなり地球世界に戻る訳にもいかない。戻るにしても色々と準備が必要になる。またいずれ予定を立ててから「世界移動の案内人をよろしく」と言う悠介に、朔耶はクスリと笑いながら了承した。

その後、自宅庭に帰還した朔耶は、居間で荷物を選《よ》り分けた。父と弟の荷物は居間のテーブルに。動くフィギュアはギミック機能をONにして、兄の部屋の机の上に置いておく。不気味だ。

「さて、ちょっとコウ君達の様子を見に行こうかな」

フラキウル大陸の魔王討伐は、今日中にも決着がつきそうな勢いだった。再び庭に出た朔耶は、円陣に入ってエイオアの首都ドラグーンへと転移する。

「それじゃあ、コウ君達のところへ」

ココロエタ
穏やかな日差しの庭から、不気味な靄《もや》が立ち込める街へと景色が切り替わる。塔を連ねたような構造の宮殿が正面に見える場所。討伐隊は本部宮殿前の広場で小休止に入っているようだ。空には舳先《へさき》を宮殿に向けた魔導船《まどうせん》が浮いている。その数五隻。

「なんか増えてる」

朔耶が昼食と狭間世界に立ち寄っている間に援軍が到着していたらしく、魔導船や討伐隊の人数がさらに増えていた。空と地上に展開する連合軍の様相は、なかなかの迫力であった。

「やほー朔耶、おかえりー」

「やほーコウ君。これって援軍がもう来たの？」

朔耶の来訪にいち早く気付いたコウが出迎えてくれた。今は複合体ではなく少年の姿に戻っている。聞けばあれらの船は、朔耶が帰還して少し経った頃に到着したそうな。船員から援軍がもうすぐ来るとは聞いていたが、こんなに早く来るとは思わなかったと感心する。

「さすがは魔導船、竜籠《りゅうかご》よりも速いかも」

「ねえねえ、呪い祓《ばら》いのやり方教えて？」

討伐隊の士気も十分に上がっているし、不足気味だった治癒術《ちゆじゅつ》の使い手も、支援部隊として後方に陣取っている。討伐隊に同行してきた運搬人やエイオア評議会の監査官、後方担当の治癒術専門のグループなどといった非戦闘員は非武装の魔導船二隻に乗り込んで、安全の確保がされていた。物資などもこのまま五日間は戦えるほどの量が用意されているそうな。

これはもう自分の出る幕はなさそうだなぁと、朔耶は空の魔導船を見上げる。地上ではコウが、朔耶に教わった呪い祓いのやり方をガウィーク隊の仲間にレクチャーするなど、実に余裕溢れる光景が見られる。流れは完全に討伐隊側へ傾いているようだ。


「魔王軍に動きあり！」

夕刻前。宮殿前広場で突入の準備を進めていた討伐隊に、見張り役から警戒が発せられる。宮殿の扉が開き、武装した魔物の集団が現れて門の向こうで整列を始めた。宮殿の塔の上には、付近の森から呼び集められたと思《おぼ》しき二十羽近い魔物鳥の姿。

宮殿内には今も動作可能な古代の転移装置などがあるらしく、討伐隊は魔王軍がそれら貴重な装置を駆使《くし》した戦術で来る事も考慮して、全方位からの攻撃に対応できる陣形を組んだ。

上空の魔導船《まどうせん》も武装した三隻がそれぞれ三方に舳先《へさき》を向けて円陣に加わり、中心には漆黒《しっこく》の翼を広げた朔耶が陣取る。非戦闘員を乗せた非武装の魔導船二隻は後方に下がらせているので、討伐隊は全力で戦える、『どっからでも掛かって来い』と言わんばかりの鉄壁の布陣。

『いよいよ決戦かな？』

ソノヨウダ

やがて宮殿の門が開かれ、武装した魔物の集団が広場に雪崩《なだ》れ込んできた。その一斉突撃を迎え撃つ討伐隊。戦いの大詰《おおづ》めかというシーンながら、あまり緊張感はない。別に気を抜いているという訳ではなく、朔耶には討伐隊側にとても余裕があるように感じられた。

バラッセの街でガシェが言っていたように、本来の力を取り戻したフラキウルの冒険者や傭兵達は、魔物の討伐にも熟練している事もあり実に安定している。

『これなら、あたしが出張《でば》るまでもなかったかもね』

ソレデモ　タスケタイヒトヲ　タスケルノダロウ？

自分の在り方をよく分かってくれている神社の精霊に『まあね』などと返しながら、癒《いや》しの光と呪い祓《ばら》いを駆使《くし》して討伐隊を援護する朔耶。地上では角熊《つのくま》のような厄介な魔物が逃げ出そうとしたら、包囲の一部を解いて逃がす方針が取られている。

朔耶は、魔物達が魔王の支配から外れるやいなやすぐに逃げ出していく様子を観察していた。上空でも、投石攻撃を行《おこな》っていた魔物鳥が呪い祓いの光を受けると、途端に急上昇して集合意識の領域を離脱。そのままドラグーンから遠ざかって行く。

『魔物も魔王に支配されるのって嫌だったのかな？』

ハッキリトハ　ワカラヌガ　オソラク　ホロビヲ　カンジテ　イルヨウダ
沈む船からネズミが逃げ出すがごとく、現状で魔王に付く事の危険性を察知して離れようとしている気配を感じるという。

ダンジョンから出てきた魔物は自己意識をほとんど持たないので、集合意識の言いなりだ。しかし魔物鳥のように元から地上に棲《す》んでいた魔物は、他の野生動物と同じ程度には自己意識を持って活動している。故に生存本能が働いて、沈み行くモノからは離れていくのだろう、と。

『うーん……結局、こっちでも魔物はある意味被害者なのかな……』

マオウニ　アヤツラレテイル　トイウイミデハ　ソウヤモシレヌ
やがて、最後の魔物鳥がドラグーンの空域から離脱した。空の脅威がなくなった事により、魔導船から放たれていた対空攻撃魔術は、地上へと向けられる。包囲した門から出て来る魔物を順番に屠《ほふ》るしかなかった地上の攻防は、門の向こう側に陣取る魔物部隊に上空の魔導船から直接攻撃を加えるという戦術により、一方的な展開を見せ始めた。

そうして、門の内側を埋め尽くしていた魔物も疎《まば》らになった頃、魔導槌《まどうつい》を持った複合体コウが宮殿の扉を破るべくのっしのっしと前進を始めた。少し後方では、ヴァロウの指揮する突入部隊が整列を終えて扉の開放待ちの態勢に入り、ガウィークの指揮する突入支援部隊は生き残りの魔物部隊を牽制《けんせい》しながら突入部隊とコウへの攻撃を逸らす。

魔物の立場にも少し同情心を懐《いだ》いていた朔耶は、気炎万丈《きえんばんじょう》の地上の戦士達とは対照的に割と冷静だった。淡々と呪い祓《ばら》いの光を放って門前の討伐隊を援護したり、怪我人を見つけては治癒《ちゆ》の光を送ったりと、後方の支援に徹する。

「扉が開いた！」

「突入準備ーー！」

宮殿の正面扉を破壊したコウが、その身体よりも大きい扉を一枚もぎ取って壁に立て掛ける。

ついに宮殿への突入路が開かれた。いよいよ突入部隊の出番かというところで、少しばかり予想外の事が起きた。

魔王軍に囚われていた宮殿の職員や街の住民達が、開放された正面出入り口から一斉に飛び出して来たのだ。そして討伐隊に保護を求めて押し寄せてくる。その波に押されて、突入部隊は足止めされてしまった。

『あらら……これって、もしかして狙ってやったのかな？』

イトテキナ　ジカンカセギデ　アロウ

神社の精霊も、宮殿の扉が破られてすぐに人々が飛び出して来るのは不自然だと指摘する。恐らくこのタイミングで彼等が脱出するよう予《あらかじ》め準備されていたのだろうと。

『て事は、この人達の中にスパイとかも交じってる？』

カノウセイハ　アル

討伐隊は突入を一旦中止して脱出組の保護に当たり、魔王側の人間が紛れ込んでいないか調べる事にしたようだ。急遽《きゅうきょ》避難船となった非武装船まで列を作らせ、それをぐるりと囲んで護《まも》る形を取りつつ監視。一人ずつ順番に身元の確認を済ませてから船に乗せていく。

相手の内面を読み取れるコウが真偽判定を行《おこな》っているので、魔王側の人間が避難船に紛れ込む事はない。審査をしている列の先へ降下した朔耶は、ガウィーク達に手伝いを申し出た。

「あたしも手伝おっか？」

「ああ、アンタもコウと同じ事ができるんだったな。ぜひ頼む」

朔耶も敵味方判別の作業に加わる。こうして脱出して来た人々の避難はスムーズに進められていった。


半数近くの身元確認が終わった頃。ふいに宮殿を振り返ったコウが、門の辺りをじぃ～と眺めていた。

「ん？　コウ君、どうしたの？」

「ヴァウヴォヴォアウ」

コウは『ちょっとココ頼むね』と文字を出して宮殿の方へと歩き出した。なんだろう？　と朔耶は避難民の審査を続けながらコウの行動を観察する。

ナニカ　イルヨウダ
『え？　なになに？』

門塀《もんぺい》まで進んだところで、何やらごそごそし始めたコウ。朔耶が意識の糸レーダーで探ってみると、そこに姿の見えない集団の存在を感知した。一瞬、幽霊の類《たぐい》かと構えた朔耶だったが、どうもそうではないらしい。

見えない存在がコウの背後を通り抜けようとしたその時、突如振り返ったコウが複合体のゴツい腕で薙《な》ぎ払う。するとそこに人影が現れ、コウの腕に払い飛ばされて壁に激突。そのまま倒れ伏した。次の瞬間、その人影に続いていた見えない存在が、一斉に散らばって行く。

「ヴァヴァヴァウヴァアウ！」〝朔耶てつだってっ！〟

「ほいきた」

コウからの要請を受けた朔耶は、先ほどの索敵《さくてき》で見つけておいた見えない存在集団に、意識の糸を絡めつつ電撃発現。たちまち十数人からの人影が煙を上げながら次々に姿を現した。

すぐに討伐隊から応援が駆けつけ、倒れた人達を拘束していく。どうやら魔王側の人間が、姿を隠す道具を使って脱出を図ろうとしていたようだ。

『なるほど、このためにさっきの避難民大脱出だったのね』

ソノヨウダ
戻って来たコウに聞くと、捕らえたのは魔王軍のマズロッド将軍が率いる精鋭達だったらしい。

魔物部隊を除けば、実質魔王軍の主力でかつ唯一の人間兵部隊の生き残りである。彼等を拘束した以上、魔王軍には魔王本人と、魔王に操られる魔物達しか残っていない。

その魔物の集団も、門前の攻防でかなり数が減っている。掃討されるのも時間の問題であった。

「そっか、あと少しだね」

「ヴァヴヴォアー」〝もうちょっとだねー〟

「コウ！　サクヤ！　魔物共が集まり始めた、手を貸してくれ！」

討伐隊に拘束されたマズロッド将軍達を救出しようと動き出したらしく、ドラグーンに残っていた魔物が四方八方から広場に集まって来ている。魔王も必死のようだ。

魔導槌《まどうつい》を構えたコウは、一番厄介そうな大型の魔物が集まっている場所へと急行し、朔耶も漆黒《しっこく》の翼を広げて空に上がった。

広場の中心で円陣を組みつつ、全方位からの攻撃に対処する討伐隊。魔物部隊はこれまでのような散発的な攻撃ではなく、複数の部隊に分かれて波状攻撃を行ったり、陽動を仕掛けるような動きを見せたりと、なかなかに多彩な戦術を見せる。しかし――

「呪い祓《ばら》いー」

朔耶の呪い祓いを受ければ、魔王の支配が外れてそこで動きが止まる。したがって、呪い祓いの範囲内に入った瞬間、それらの戦術も意味を失う。必ず動きを止められてしまう相手に接近戦を挑むなど、闇雲《やみくも》に突っ込んで来ているのと変わりない。

そうしてついに最後の魔物が倒され、魔王軍の抵抗は打ち止めとなった。

累々《るいるい》たる魔物の死体が積み上げられた宮殿前広場は夥《おびただ》しい血痕で彩《いろど》られ、当初ドラグーンに見た『魔王に支配される瓦礫《がれき》と化した街』を通り越し、まさに地獄絵図と言った様相を呈《てい》している。

討伐隊はようやく突入にこぎつけられて士気が高まっているようだが、その一方でちょっと地上《した》には下りたくないなぁと躊躇《ちゅうちょ》する朔耶。

『これ、後片付け大変そう……』

そんな朔耶も、この凄惨《せいさん》な現場に似合わずノンビリした感想など浮かべていたのだが、突如神社の精霊から警告が発せられた。

チュウイセヨ　フオンナ　ケハイガ　ミチテオル
『不穏な気配？』

ツヨイ　フノ　カンジョウ　ソレガ　ヒロガッテオル
恐怖や不安の感情が辺り一帯を包み込んでいる。そんな状況に神社の精霊が注意を促《うなが》したその時、周囲に異変が起きた。

街全体に風が吹く。それは急激な魔力の流れが引き起こしたもので、街中《まちじゅう》に広がっていた集合意識の思念帯が、宮殿に寄り集まるように凝縮した事で発生したらしい。黒い霧となった魔力の凝縮体が宮殿を包み込むように渦《うず》巻《ま》いて、人の形を象《かたど》り始める。

「あれって……？」

マオウノ　ココロノ　スガタノ　ヨウダ
神社の精霊によると、集合意識に乗った魔王の感情が形を成した姿であり、つまりは魔王の心を表しているという。宮殿の屋根を越える高さで陽炎《かげろう》のように揺らめく巨大な黒い人影。その頭部に、顔らしき模様が浮かび上がる。まるで絵本に描かれた魔王そのものな姿。

その影を発生源にして、大音声《だいおんじょう》が広場一帯に響き渡った。

『ア……アハハハ……ヤッタ、ヤッタゾ……ジユウダ！　ジユウヲテニイレタゾ！』

その瞬間、魔王の影を中心に魔力が爆《は》ぜた。暴風のごとく吹き荒れる衝撃波が、宮殿周辺の建物を薙《な》ぎ倒し、宮殿前広場に陣取っていた討伐隊をも吹き飛ばす。

咄嗟《とっさ》に急降下して広場に下り立った朔耶は、討伐隊の前に出て魔法障壁の範囲を広げる。朔耶の近くにいた者は衝撃波の直撃を免《まぬが》れたが、魔法障壁の範囲外にいた者は広場の外まで吹き飛ばされてしまった。

最前列で魔導槌《まどうつい》を掲げて踏ん張っているコウは、衝撃波の圧力に押されて石畳の上を滑るように後退していく。上空では衝撃波に煽《あお》られた魔導船《まどうせん》がふらふらと揺れながらも、どうにか体勢を持ち直していた。避難用の魔導船は後方にいたので、衝撃波に巻き込まれずに済んだ。それでも万全を期してさらに後方へと下がって行く。

衝撃波が収まった時、宮殿前広場は積み上げられていた魔物の死体や瓦礫《がれき》なども含め、そこにあったほとんど全てが広場の外周付近まで吹き飛ばされていた。討伐隊の面々もかなりの勢いで瓦礫の山に突っ込んだために相当な数の怪我人を出しており、朔耶は彼等を癒《いや》すべく飛び回る。

「重傷者はサクヤ殿のもとへ運べ！」

「対魔術装備のない者は後方へ！」

すぐに混乱から立ち直った帝国側の討伐隊は、後方の広場外周で治癒活動《ちゆかつどう》を行《おこな》う朔耶のもとに怪我人を運ぶ役目を請け負った。

これほど大規模な魔術を使った後なら、しばらくは大きな攻撃はないと睨《にら》んだ討伐隊は、すぐさま反撃に出る準備を整えていた。突入部隊は既に人員の再編成を済ませて集結している。一気に突入して魔王を仕留め、終わらせる心積もりのようだ。

「目指すは〝支配の呪根《じゅこん》〟が置いてある大会議場、寄り道はなしだ。コウ！　先陣を頼むぞ」

「ヴァウヴァウ」〝はーい〟

ガウィークの指示で突入部隊の前に出たコウが魔導槌《まどうつい》を構える。魔導船《まどうせん》も突入部隊の突撃を待って空からの援護射撃に備える。全ての準備が整い、今度こそ本部宮殿への突入が開始された。

「全隊突撃！」

「いくぜぇーー！」

雄叫《おたけ》びを上げながら突撃を始める突入部隊。複合体コウの巨体がその先陣を駆けて行く。先程のような衝撃波がまた発生しないとも限らないので、朔耶は注意深く成り行きを見守った——その時、神社の精霊から警告が発せられる。

チュウイセヨ　シノケハイガ　ヒロガッテオル
『えっ！　し、死の気配!?』

今まで神社の精霊から発せられた警告には、戦いの気配やその元凶の接近を示すモノこそあったが、死そのものを表すような警告は初めてだ。かなり危険という事らしい。重なっているが故にその警告の意味を正確に理解した朔耶は、意識の糸を伸ばしてコウに皆を止めるよう訴えた。詳細を説明している暇はないが、コウなら意識の糸から伝わる内面情報も読み取ってくれるはずだ。

朔耶からの超危険警報を受けたコウは急停止して振り返ると、両腕を広げて突入部隊の皆に通せん坊をした。何事かと足を止める突入部隊。よもや魔王に乗っ取られたのではと危惧《きぐ》されているところへ、先程も聞こえた魔王の声が響き渡る。

『ハハハハ……！　ワタシハジユウダ！　ワタシハシハイシャダ！　ワタシハマオウダ！』

宮殿から伸びる魔王の影の胸元に、仄暗《ほのぐら》い光を発する柱のようなモノが浮かび上がって行き、それを灰色の膜が包み込んだ。次の瞬間、魔王の影を中心に魔力の波動が広がって行く。そして宮殿の周囲が隆起し始めたかと思うと、地面から無数の棘《とげ》のような鋭い石柱が飛び出した。

石の棘柱《とげばしら》は魔力の波動に乗って範囲を広げていき、宮殿周辺が高さ三メートル近い棘柱で埋め尽くされる。コウに足止めされていた突入部隊はそこから全力で後退したおかげで、足元からの串刺し攻撃をどうにか躱《かわ》す事ができたようだ。

一方、後退する突入部隊の殿《しんがり》を務めていたコウは、棘柱の波に呑み込まれてしまっていた。が、魔導槌で棘柱を砕きながら自力で脱出して来た。やはり丈夫にできている。

「コウ君は大丈夫だったみたいだけど、うわー……これって何が起きてるの？」

ヒトナラザルヒト　ソンナ　ソンザイガ　ウマレタヨウダ
「え、それって……」

神社の精霊は、かなりハッキリと人の姿を象《かたど》り始めた魔王の影に、『生命を脱却した精神と魂《たましい》』の存在を感じ取ったという。

固有の魂と精神の下で自意識を保ちながらも、もはや〝生物〟ではなくなった存在。

今やこの魔王の影こそが魔王の本体であり、先程昇って行った灰色に光る柱は、魔王の影を維持する元凶、心臓部であると。

カゲノ　スベテガ　アノハシラニ　シュウチュウ　シテオル

「じゃあ、もしかしてアレが支配の呪根《じゅこん》？」

マチガイ　ナイダロウ

つまり、アレをどうにかすれば魔王騒ぎは終息する。早速、討伐隊の人達にも知らせてあげなくてはと、朔耶はコウに意識の糸を伸ばした。

――うん、こっちでもさっきリンドーラさんから連絡があったよ――

『あら、そうなんだ？　あ、それとね――』

どうやら彼等の方でも支配の呪根に気付いた者がいたらしく、これから魔導船《まどうせん》による破壊が試みられるようだ。一応、魔王の影が魔王本体である事も伝えた朔耶は、広場外周付近での治癒《ちゆ》も一段落ついたので、最前線にいるコウ達と合流する事にした。

巨大な魔王の影は今やはっきりと一人の男性の姿を象《かたど》っている。それは、本物の魔王となったエイオアの呪術士《じゅじゅつし》、トゥラサリーニの姿であった。

『びっくり巨大人間』

モハヤ　ヒトニアラズ　ダガ

とりあえずその姿をカメラに収めながら、魔王の影と対峙する三隻の魔導船を見上げる。

やがて魔導船からの砲撃が始まった。轟音《ごうおん》と共に撃ち込まれた火炎系魔術弾が、支配の呪根を包む灰色の結界に直撃して派手な爆発を起こし、炎を噴き上げる。

なかなかに迫力のある光景。あまり効いていないように見えるが、『映画みたいですごいなぁ』などとわりかしノンビリ構えていた朔耶に、神社の精霊から更なる警告が上がった。

チュウイセヨ　オオキナ　チカラガ　コウシサレヨウト　シテイル

『大きな力？』

魔導船が砲撃の効果を高めようと距離を詰《つ》め始めたその時、爆炎に包まれる魔王の影が両手を広げるような動きを見せた。そして一帯に響き渡る魔王トゥラサリーニの声。

『――チヨリハイデルハイカヅチノヘビ・ソコニアルモノヲカラメトラン――』

詠唱らしき言葉が紡がれて、広場を埋め尽くす棘柱《とげばしら》が赤黒い雷光を纏《まと》い始める。その禍々《まがまが》しい雷光が何箇所かで集束を見せたかと思うと、無数の赤黒い稲妻《いなずま》の柱が大蛇のごときうねりを帯びながら天へと立ち昇った。鞭《むち》のようにしなる稲妻の大蛇が魔導船に襲い掛かる。

巨大な魔王の影以上に現実離れしたその光景に、朔耶は一瞬『八岐大蛇《ヤマタノオロチ》か！』と突っ込みつつ、八つ頭の蛇の怪物の姿を思い浮かべた。

魔導船が火を噴きながら墜落する。

カンバシクナイ　ジョウタイニ　ナリツツアル

『いやもう十分芳《かんば》しくない状況になってるっしょ、これ』

ソウデハ　ナイ　マオウノ　ジョウタイヲ　サス

乗組員を救助に行こうと飛び立つ朔耶のツッコミに、神社の精霊は『魔王の状態』について警告する。

肉体を棄《す》て、生命を脱却した魔王は、この世の空間に定着させた思念帯に自身の魂《たましい》と精神を移して、精神体を形成した。それがあの魔王の影であり、その状態を支配の呪根によって維持している。

これが完全に安定してしまえば、魔王は思念帯の魔力で構成された身体を地上に得る。

先程目にしたように、魔王は支配の呪根《じゅこん》をあの灰色の膜――己《おのれ》の精神体の一部へと移動させる事ができる。その事から考えれば、いずれはこの状態のまま自由に動き回れるようになるのだという。

『え、それって……やばくない？』

カナリ　ヤバイ　ト　イエルナ

混乱している様子の討伐隊。墜落した魔導船《まどうせん》には既に救援部隊が駆けつけたようだ。その魔導船からの砲撃をあれだけ撃ち込まれたにもかかわらず、魔王の胸元で灰色に輝く膜はびくともしていない。どうやらあれは結界でもあるらしい。

討伐隊の参加者達から手柄を奪わないようにと、朔耶はここまでなるべく敵を制圧するような力の行使は抑えてきた。しかし、さすがに状況が変わって来た。

今回の魔王は、その誕生がここフラキウル大陸から遠く離れたオルドリア大陸のフレグンスでも警告がなされるほどの存在なのだ。放っておけば、いずれフレグンスにも害なすものであろう事は想像できる。

イッパツ　カマシテ　オクカ？

「そうだね、やるべき時にやるべき事をするだけよ」

朔耶が振り上げた腕の先に濃厚な魔力が凝縮され、青白く輝く巨大な雷球が発現する。そして次の瞬間、神社の精霊による繊細な魔力運用でそこから天を貫《つらぬ》くような稲妻柱《いなずまばしら》が生成された。

その稲妻柱ならぬ雷柱剣《らいちゅうけん》を以《も》って、魔王の影に斬りかかる。

「どりゃーーっ」

青白色に輝く翼と、その下に追加された漆黒《しっこく》の翼を広げながら、およそ六十メートル近い稲妻の剣を振り下ろす。

そんな朔耶の姿に、その場にいた討伐隊側の人達は揃って顔を引き攣《つ》らせていた。同時に『味方にもとんでもないのがいた』と、期待の眼差しを向けている者もいる。

雷柱剣が魔王の影を袈裟《けさ》懸《が》けにしながら、灰色に光る結界部分に叩き付けられた。瞬間、凄《すさ》まじい轟音《ごうおん》が鳴り響いて衝撃波が発生し、広場を埋め尽くしていた棘柱《とげばしら》が薙《な》ぎ倒されていく。

そうして綺麗に刈り取られた広場の棘柱だったが、また新たにザクザクと生えてきた。

「こりゃダメだわ」

雷柱剣の一撃は強烈な衝撃波で散らされてしまい、直撃させた灰色の結界にも大してダメージを与えられなかった。これではお手上げだと肩など竦《すく》めて見せる朔耶。

着地した朔耶の周りに集まって来ていたガウィーク達が、今の攻撃でも駄目なのかと愕然《がくぜん》たる表情を浮かべている。

「こりゃ打つ手なしってとこか？」

「魔王がこれほどの怪物だった事が明らかになった以上、討伐は国家規模で総力を挙げて行《おこな》われるべきだろうな」

現状の討伐隊の戦力では太刀打ちできないとして、撤退も止むなしかという声が上がり始めた。

しかし朔耶は、先程神社の精霊が教えてくれた〝魔王の状態が安定した場合の危険性〟について説明する。このまま時間を置けば、大変な災害がもたらされるかもしれない、と。

今は支配の呪根《じゅこん》を中心に、この場に魔王の影が形成された状態に止《とど》まっている。だが、この影が魔力の身体として安定すれば、自由に動き回る事が可能になる。こんな怪物が、フラキウルの大地を徘徊《はいかい》するようになるのだ。

「そいつは……ヤバイな」

「今のうちに倒しておかなきゃイカンって事か」

これはもう武勲だ名声だと言ってられない事態であると判断したガウィーク達は、朔耶に魔王討伐の協力を要請した。討伐隊の手柄のためにと抑えてくれていた力を、存分に振るってもらいたいと頭を下げる。

「手前勝手で済まないが、頼めるか？」

「うん。あたしとしても、こんな危ないの放置して帰る訳にもいかないし」

快く承諾する朔耶は、フレグンス王室特別査察官として公式に協力する事を伝えるべく、交感でレティレスティアを通じて王妃アルサレナに連絡をとった。

『てな訳なんですけどー』

――なるほど、分かりました。フレグンス高官としての参戦を許可します――

魔王の討伐に、本格的な参戦を表明した朔耶。改めて討伐隊の一員に戦女神《いくさめがみ》を加えたガウィーク達は、今後の対策について話し合う。

「差し当たっては、どうやってあの強力な結界に護《まも》られている〝支配の呪根〟を破壊するかだが」

「結界を破る方法なら、なくはないんだけどね」

魔法障壁をぶつけて力ずくで破るという手が使えなくもないが、それをやると恐らく本部宮殿も衝撃で倒壊するだろう。朔耶の話を聞いたエイオア評議会の監査員が、慌てて話に割り込んで来た。

「宮殿を壊されるのは困る！　なんとか別の方法で頼む」

「あんな化け物を相手にするんだぜ？　この際宮殿の一つや二つくれちまえよ」

「そんな訳にいくものかっ、本部宮殿には貴重な鉱石資材やあらゆる魔術式が組み込まれているんだぞ！」

ヴァロウ隊長の言葉に、監査員はとんでもない事だとまくし立てる。

本部宮殿の造りは、通路の壁や床一つとっても特別な仕様になっている。魔力が通りやすい鉱石に、術を安定させる配列。劣化を抑える呪文の組み込みなど、様々な細かい工夫が凝《こ》らされており、言わばエイオアの魔法技術の粋《すい》なのだ。

「宮殿への被害をなるべく抑えながら、〝支配の呪根〟を破壊してもらいたい」

そこは譲れないと念を押すエイオア評議会の監査員に、ガウィーク達は「無茶を言ってくれる」とこぼしながらも対魔王攻略について意見を出し合い、話し合う。

「あの結界さえ何とかできりゃあ、魔導船《まどうせん》の砲撃でも砕けてたろうにな」

「なにか良い方法は？」

「コウの結界破りはどうだ？」

コウは、昔ダンジョンを彷徨《さまよ》っていた頃にある人物から貰《もら》った、結界を素通りできる効果を持つ

〃祈祷師《きとうし》のネックレス〃を持っている。魔力を視認するコウは、このネックレスが発する魔力の波長をそっくり真似た魔力を練り上げる事ができ、さらにそれを腕などに纏《まと》う事で、あらゆる結界に干渉し、破壊する事ができるのだ。

だが、結界を破るにしても〃支配の呪根《じゅこん》〃は現在、本部宮殿よりも高い空中に浮かんでいる状態だ。まずはそこに到達しなければ話にならない。

コウを結界の傍まで運ぶにはどうすれば良いのか。

「少年型でなら、嬢ちゃんが運んで行けねぇかな？」

「……それは危険」

ヴァロウの案にはガウィーク隊の女性攻撃術士、レフが反対した。魔力の塊《かたまり》である少年型召喚獣の身体で、集合意識の塊《かたまり》でもある魔王の影に触れるのは危険だという。魔王側の魔力が召喚獣の身体に侵食すれば、最悪その身体を乗っ取られる可能性もある。そうなると魔王の身体の安定を早めてしまいかねない。

彼女の意見については神社の精霊も支持しており、朔耶はその事を伝えてレフの意見に同意した。それに、支配の呪根を包んでいる結界は通常の設置型の結界と違う。あちらは壊されたら壊れっぱなしだが、この結界は魔法障壁のように常に魔力を放出して張り続けられているので、穴を空けてもすぐまた塞がってしまう。結界を破りつつ、同時に攻撃を繰り出さなくては、支配の呪魂の破壊は難しい。

「ヴァ、ヴァウヴァヴォヴァヴァヴ？」〃あ、それならボク結界は素通りできるよ？〃

召喚獣や複合体の身体から出て精神体となったコウは、かなり強力な結界でも素通りできるため、精神体を潜り込ませて直接支配の呪根を操作して破壊するという方法が使えるかもしれないとの事。するとやはり、いかにしてコウをあの場所まで運ぶのかが問題であった。

宮殿前広場の上空は魔導船も撃墜されるほどの危険地帯。朔耶の魔法障壁で護《まも》りを固めた複合体なら魔王の攻撃にも耐えられそうではあるものの、さすがに複合体は重くて持ち上げられない。

コウを適当な生物に憑依《ひょうい》させて運ぶという手もあるが、魔王もそう易々と結界には触れさせてくれないだろう。結界表面に害のある波動でも流されれば、小さい生き物はひとたまりもない。虫や小動物が宿主では恐らく結界に触れた瞬間に死んでしまう。

結界の中に精神体を潜り込ませるには、どうしても直接結界に触れる必要がある。そこを起点に精神体を伸ばすので、宿主が死んでしまうとその起点がなくなってしまい、結界内の〝支配の呪根〟まで精神体が届かない事が予想される。

「うーん」

「ヴァウウ」〝うーん〟

魔王の攻略について皆であーでもない、こーでもないと話し合う中、ガウィークがポツリと呟《つぶや》いた一言――

「足場がなきゃ、どうにもならんか……」

その言葉に閃《ひらめ》く朔耶。脳裏に浮かんだのは数日前、狭間世界の空から見たあの光景。巨大な街を光で包んで、丸ごと書き換えていった邪神《じゃしん》の力。

『ねえ、悠介君を狭間世界から元の世界へ連れて行くのは可能って言ってたじゃない？　じゃあここに呼ぶ事ってできるかな？』

ケツロンカラ　イエバ　カノウダ

狭間世界は元々色々な世界と繋がった、世界と世界を繋ぐ通り道の世界。『邪神《じゃしん》田神悠介』は本体から複製召喚された半精霊体と化した存在。以前、神社の精霊が説明してくれた卵の喩《たと》えの通り、精霊の加護なしで世界を渡っても、精神と魂《たましい》と肉体が分離する事はない。

——結論が出た。『思い立ったら即行動』という朔耶の本領が発揮される。

「ちょっと待ってて、すぐ戻るから」

そう言って一旦自宅庭へと帰還した朔耶は、そのまま狭間世界へと転移。途中フィギュアのキャラ名を叫ぶ兄の奇声が聞こえた気がしたが、今は気にしていられない。

ヴォルアンス宮殿の上層階、宮殿衛士《きゅうでんえいし》達の個室が並ぶ廊下から闇神隊長の部屋へと飛び込む。

「悠介君っ！」

「あれ？　都築さん、そんなに慌ててどうしたの？」

「ごめんっ、ちょっと無茶なお願い聞いてくれてありがとう！」

「既に決定事項!?」

『ガーン』と驚きつつも弄《いじ》っていた道具を机の上に置いて立ち上がる悠介。こんな急な協力要請にもノリで応じてくれる優しさに、どことなく兄と同類の気配を感じながら、力を借りたい旨を説明する。

「ちょっとあたしの手に負えなくて、悠介君の地形に干渉する力が必要なの」

「ふむふむ」

と——そこへ、ヴォレットが定時の玩具漁《ガラクタあさ》りにやって来た。

「おう、サクヤではないか。随分慌てておるが、どうしたのじゃ？」

「ヴォレットちゃん、ちょっと悠介君借りてくねっ！」

「ちゃんと返すんじゃぞー」

炎の姫君からの許可も下りたので、早速悠介を連れて自宅庭へと帰還。再びフラキウル大陸へと転移する。その間、兄の奇声が続いてたが、やはり今は気にしていられない。

感慨に耽《ふけ》る暇もない一瞬の里帰りを経て、戦女神《いくさめがみ》に喚《よ》ばれた邪神はフラキウル大陸に降臨する。

「ヴォヴァウヴァウ」〝朔耶おかえりー〟

「ただいまコウ君、みんなおまたせーっ」

宮殿前広場に戻ると、朔耶の来訪にいち早く気付いたコウが出迎えてくれた。悠介が巨漢ゴーレムの出迎えに「うおっ」とか驚いている。初めはみんな驚くものだ。

一方討伐隊は安全な広場の隅辺りまで下がっており、魔王の動きを警戒している。

「おお、戻ったか」

「何かいい方法は見つかったかい、嬢ちゃん」

「うん！　魔王に対抗するために邪神を呼んで来ましたっ」

「あ、ども、田神悠介です。カルツィオで邪神やらせてもらってます」

ガウィーク達に「この人ですっ」と紹介すると、悠介はドーモドーモと頭を掻き掻き、腰の低い自己紹介をする。

「じゃ、邪神《じゃしん》……？」

コウが「すっごい光ってる」とか言っている。魔力を視認できるコウの視点からは、カルツィオの精霊の力、『カスタマイズ・クリエート』の宿った身体が、朔耶と同じく光っているように見えるらしい。普通の人の目には、黒尽くめの衣装を纏《まと》った普通の若者にしか見えない。

『戦女神《いくさめがみ》サクヤ』に喚《よ》ばれた『邪神ユースケ』を名乗る、見た目は一般人な悠介に、討伐隊の面々は揃って小首を傾げるのだった。

第十五章　決着

魔王トゥラサリーニの影が見下ろす、棘柱《とげばしら》に埋め尽くされた宮殿前の広場。外周付近で待機する討伐隊は、棘柱の壁の前に並ぶ三人の姿を見守っていた。

対魔王攻略の突破口を開くべく、急遽《きゅうきょ》狭間世界から連れて来た邪神悠介に、朔耶は状況をかい摘《つま》んで説明する。そしてあの柱型装置の場所まで、コウを連れて行けるようにしてほしいと依頼。

「足場作れない？　もしくは丈夫な飛行機械」

「ふむ、ちょっと街の状態を調べてみる」

カルツィオとポルヴァーティアの融合が、別の世界で魔王の誕生まで引き起こしていた事に驚きつつ、悠介はカスタマイズメニューを開いて広場一帯を調べ始めた。

朔耶には相変わらず薄《うっす》らとしか見えない、悠介の『カスタマイズ・クリエート』能力によるメニュー画面。コウにはハッキリ視《み》えているらしく、複合体の姿で興味深そうにメニュー操作の様子を覗き込んでいる。両手を膝に置きながら、巨体を屈めてじぃ〜と眺めている姿が、なんだか可愛くて和む。

「解析終了〜」

「どんな感じ？」

悠介によると、この辺り一帯は石畳が敷き詰《つ》められている事もあり、結構広い範囲にわたってカスタマイズによる地形干渉が可能だとの事。周囲の瓦礫《がれき》も材料にすれば、コウをシフトムーブで本部宮殿の屋根に移動させ、そこから新たに足場の塔を生やす事も可能のようだ。

しかし、魔王の影は灰色の結界も含めて結構ゆらゆら動いてるので、位置取りが難しい。とはいえ材料の量から考えても、足場自体はあまり広範囲には展開できない。装置に届く高さまでしっかりした足場を組むとして、装置の真下辺りからピンポイントで伸ばす必要がある。

悠介も一緒に行けば、位置の微調整は効く。が、何せ危険すぎる魔王直下地帯。故に朔耶も一緒に赴《おもむ》いて魔法障壁でコウと悠介を護《まも》るという戦略が練られた。

朔耶が二人を護り、悠介が装置に届く足場を作り、コウが装置をぶっ壊す。

「それで行こう」

「オッケー」

「ヴァウヴォウ」〝わかったー〟

その時、周囲にざわめきが起きた。神社の精霊から『魔王が何かを狙っている』という軽い警告が入り、何事かと朔耶が見上げると、魔王の影の顔がじっとこちらを見ている。

「うわっ、こっち見てる！」

「見てるな」

「ヴァウヴァウ」〝見てるねー〟

魔王の影の口元がパクパクと蠢《うごめ》く。すると、広場を埋め尽くしている棘柱がゴリゴリと軋《きし》みを上げて波打つ。そして何本かが捩《ねじ》れるように巻き合ったかと思うと、鋭い切っ先を向けて大蛇のように伸びて来た。身構える朔耶と周りの討伐隊。

「よっと」

だが、悠介が腕を一振りすると、それらの現象はピタリと収まった。突き刺すように伸びて来ていた捩り棘柱《とげばしら》の大蛇は、光の粒を残して消失。波打っていた棘柱も動きを止めた。

『……？　……──ツチヘビハヤノゴトク・カノモノヲツラヌカン──……？　──ツチヘビハヤリノゴトク・カノモノヲウチツケン──』

戸惑うように呪術を行使しようとする魔王の詠唱が響き渡る。しかし、何も起きない。

「何したの？」

「広場を資材化して、カスタマイズ画面に捉《とら》えたんだ。で、状態をキープしてる」

今この宮殿前広場は、悠介のカスタマイズ・クリエート能力が支配しており、魔王の呪術による干渉を撥《は》ね除けているという。

この一帯に何か変化が起きると、すかさず悠介が元の状態にカスタマイズを反映、瞬時に上書きする。つまり、魔王の呪術にカスタマイズを被せて、地形の変動をキャンセルしているのだ。

朔耶達の会話を聞いていた討伐隊には、『あの邪神《じゃしん》の力が魔王の力を上回り、呪術を封じているらしい』と伝わり、さっきまでとはまた違ったざわめきが上がった。

『──ツチヘビハケンノゴトク・カノモノヲナギハラワン──……ッ！　ナゼダッ！』

その後も何度か呪術の詠唱を試みていた魔王が、明らかな動揺を見せながら叫んだ。魔王は術を発現させるために詠唱を行《おこな》わなければならないが、悠介は『実行』一発なのでどうあがいても上書き合戦には勝てない。魔王の影に人間らしい感情が垣間見られた事で、この現実離れしていた光景は急速に現実感を帯び始める。

とはいえ、今の魔王トゥラサリーニが通常の戦力では太刀打ちできない怪物である事には変わりない。討伐隊は朔耶達三人を見守りつつ、広場の外周で待機。静観する構えのようだ。

宮殿前広場の支配権を握った悠介は、そのまま魔王の呪術を封じながらカスタマイズ操作を続ける。

まず広場を埋め尽くしていた棘柱を片付けた。広場の一部と化している周辺建物の瓦礫《がれき》部分は足場の材料にするため、一旦すべて一箇所に纏《まと》める。

砕けたりひび割れたり、あるいは陥没したり、激しい戦闘の爪痕《つめあと》が残る宮殿前広場。だが地面から光のエフェクトが立ち昇ると、それらの痕跡がかき消える。そしてその光が舞い消えると、何事もなかったかのように、整然と並ぶ綺麗な石畳が広がった。

「な、なんだありゃあ」

「広場の惨状が一瞬で……」

「邪神《じゃしん》って……まさか創造神の一柱《ひとはしら》でもあるのか？」

討伐隊の感嘆や戸惑い混じりのどよめきを聞き流しつつ、作業に没頭する悠介。

カスタマイズ画面に宮殿一帯を捉《とら》えている限り、魔王の呪術による地形操作攻撃はない。しかし、この状態を維持しながらではシフトムーブが使えないという問題があった。やってやれなくはないが、かなりシビアな操作を要求される。タイミング次第では、地形操作封じが間に合わなくなる危険性もある。相手の懐《ふところ》に飛び込むのだから、シフトムーブ後の一瞬にできる隙を突かれてはまずい。

そこで安全策を取り、広場の状態を整えた上で、魔王の影の下までは普通に歩いて行く事になった。

衝撃波や魔王の影からの直接攻撃があるかもしれないので、朔耶が魔法障壁で護《まも》りながら三人で固まって進む事になる。

「ヴォヴォヴァヴォヴァ」〝ボクがあそこまで運ぶよ〟

素早く宮殿まで近付くためにと、コウが魔導輪《まどうりん》を出して装着した。

「あ、それってガウィークさん達が使ってたやつね」

「へぇ～、浮遊装置の装着型みたいなもんか」

面白そうだなと、悠介も朔耶と同じく、自分の住む世界にあるモノで似たようなモノが作れないかと検討しているようだ。とりあえず魔導輪のデータなど取っては保存している悠介なのであった。

「よし、いこう」

滑走する複合体コウの両肩に悠介と朔耶が乗り、悠介はカスタマイズ画面で地形の維持、朔耶は魔王の影からの攻撃に備える。

予想していた通り、宮殿に迫る三人に対し魔王の影から呪術による攻撃が仕掛けられた。無数の火炎球が雨のごとく降り注ぎ、広げるように翳《かざ》された魔王の影の両手から赤黒い稲妻《いなずま》が放たれる。

さらに灰色の結界付近からは行く手を阻《はば》まんと衝撃波が発せられた。

その凄《すさ》まじい攻撃による余波は広場の外周にまで届き、討伐隊はさらに後方へと待機場所を移すべく移動を始めた。

魔法障壁や周囲の石畳を叩く火炎球の雨は、着弾した瞬間爆発するように燃え盛るので、朔耶達はまるで炎の中を突っ切っているような状態であった。とはいえ神社の精霊が魔法障壁を担当し、黒の精霊が障壁内の温度調整をしてくれているので、炎の海の中でも灼熱《しゃくねつ》の熱気に当てられる事なく快適に進撃している。

自身と重なる精霊を信頼している朔耶や、元が精神体故に苦痛を感じる事のないコウはともかく、悠介にも随分と余裕が見られたので訊《たず》ねてみると——

「いやー、あの大艦隊沈めるところとか見てたし」

巨大な魔王の影や、この凄まじい魔法攻撃には驚きこそすれど、戦女神《サクヤ》の加護の中にいる限り恐れるモノなど何もないと、悠介は朔耶への信頼を示す。悠介の言葉に、コウがまたぞろ朔耶についで何かコメントしかけたが、今回は自重したようだ。

やがて宮殿の門を潜《くぐ》り、三人は正面入り口手前にまで到達。頭上では魔王トゥラサリーニの影が狼狽《ろうばい》するように、自分の足元まで来た朔耶達に手を伸ばして追い払おうとしている。距離が近すぎて呪術は使えないらしい。

ほぼ真下から見上げる魔王の姿はなかなかに迫力があった。

「あそこか。屋根に上ってからだと危ないんで、ここから一気に足場を伸ばすけど、準備はいいかな？　コウ君」

「ヴァオヴァオウ」〝まかせて〟

魔導輪《まどうりん》を片付けて朔耶と悠介の間に立ったコウは、いつでも大丈夫と構えて見せる。『シフトムーブ』という、地形干渉による移動手段がどのようなモノなのかは、既に悠介の思考や朔耶の言葉にのったイメージから読み取って把握しているようだ。

「それじゃあ――実行」

足元に発生したエフェクトから光の粒が舞い上がり、目の前の景色が扉の壊れた宮殿入り口から、塔の連なる宮殿の屋根へと切り替わる。灰色の結界はもう少し上に浮いていたので、素早く位置の微調整を行《おこな》う悠介。

「よし、この位置でバッチリだっ」

「コウ君！」

「ヴァウ！」〝うん！〟

邪神《じゃしん》の力によって組まれた四角い塔のような足場が、煙突のごとく宮殿の屋根に生えた状態。その真正面に浮かぶ灰色の結界。中で不気味に光を放つ支配の呪根《じゅこん》。複合体が結界にパンチの一撃を浴びせると、その腕の先から精神体のコウが抜け出し、結界をすり抜けて支配の呪根に触れた。

『ワアアアアソオオオレエエエニィィィィサアアアアワアアアアアアアルウウウナアアア』

魔王トゥラサリーニの憤怒とも恐怖ともつかない叫び声が響き渡る。〝支配の呪根〟を護《まも》るべく、複合体を結界から引き剥がさんとする魔王が、自らの影の中に手を突っ込んで来た。咄嗟《とっさ》に魔法障壁の出力を上げた朔耶がそれを阻《はば》む。

自身の身体の状態をまだ正確に把握し切れていない魔王は、人間だった時の感覚を以《も》って影の身体を動かしていた。本来であれば、魔力の塊《かたまり》と化しているトゥラサリーニは、意識するだけで体内にある結界を移動させられるはずだ。だがそこに気付かれれば、朔耶達は異物として影の中から弾き出されてしまいかねない。

「コウ君っ、急いで！」

「ヴァッヴァアヴァヴ」〝もうちょっと〝

〝支配の呪根《じゅこん》〝の内部から直接魔王に干渉する精神体のコウは、〝魔王トゥラサリーニそのもの〝とも言える装置内の魔力に割り込み、支配権の奪取を試みる。これはある種、憑依《ひょうい》した相手との身体の支配権を巡る争いにも似ていた。

コウが〝支配の呪根〝内に割り込んだ事で、魔王の影にもその影響が現れる。トゥラサリーニの姿を象《かたど》っていた巨大な影の形が崩れ、グニャグニャと歪《ゆが》んだ姿が新たに構成されていく。

「お、おい！　あれって」

「少年型のコウ……だよな？」

宮殿から生えたような姿の魔王トゥラサリーニの影から、さらにコウの影が生えている。その二者が体内に浮かぶ〝支配の呪根〝を奪い合っているのだ。既に十分怪物だった魔王の影は最早《もはや》完全に異形と化しており、広場外周から見渡せる宮殿付近は実に近付き難《がた》い〝魔界〝そのものであった。

コウは〝支配の呪根〝を暴走させるなどの方法で破壊を試みているようだが、思いのほか動作が安定していたこの呪術装置は、なかなか簡単には壊れてくれないようだ。灰色の結界にがっちり組み付いている複合体から光の文字が浮かび上がり、コウのメッセージが伝えられる。

〝なんかむりっぽい〟

「え？　ダメなの？」

〝右にまわしても左にまわしても、ちゃんと動くし、中で攻撃魔術つかおうとしても外に出るし〟

要するに魔力の流れを滅茶苦茶にして装置を混乱させようとしても、その出鱈目《でたらめ》な流れをきちんと読み取って整然としたものに組み替えてしまうらしい。暴走させて破壊するのは無理だとの事。直接壊そうにも灰色の結界は未だ健在で、外からでは装置に触れる事さえできないのだ。

「あらら、どうしましょ」

「……この複合体って、カスタマイズできるんだよなぁ」

ふと、複合体に触れた悠介が呟《つぶや》く。複合体コウがわずかな間だけでも〝支配の呪根〟に直接触れる事ができれば、その瞬間に複合体を通してカスタマイズ能力を〝支配の呪根〟にまで及ぼす事ができる。後は装置の直接改変で対処できるかもしれない。

「多分、マップアイテムのオブジェクトとして取り込めると思う」

一個のアイテムとして認識すれば、規模や範囲に制限なく改変を加えられるカスタマイズ能力。その〝一個のアイテム〟とは、手の平サイズの小物から、巨大な街丸ごとにまで及ぶ。

そして街ほどの規模になると、マップアイテムとして認識され、そのマップ上に乗っている個別のアイテムも、マップアイテムを構成するパーツの一つとして認識されるのだ。つまり、カスタマイズ能力で捉えたアイテムに、別の個別のアイテムがぴったり隣接していれば、後者のアイテムにも作用を及ぼす事ができる。

カルツィオの砂浜で、ポルヴァーティア軍の偵察機を砂塔にぶつけて取り込んだのと同じ要領だ。

この場合、複合体が砂塔に当たる。

「じゃあその方法で。コウ君、いい？」

「ヴァヴァウ」〝わかったー〟

複合体の中に戻ったコウが結界破りの魔力を腕に纏《まと》わせ始める。その時、悠介が少しでも足しになるようにと、コウの同意を得た上で複合体に対魔法効果のカスタマイズを施《ほどこ》した。

魔術の『特定の現象を生み出すべく構成された魔力』を分解する効果。それを高める事で、複合体にはあらゆる魔術が効きにくくなる。

魔力で構成されている結界に、『魔力を分解させる効果』を持つ複合体で触れる事により、結界に継続的なダメージを与えるのだ。その際複合体の腕に纏った結界破りのための魔力は、即座に分解される事のないよう常時コウが管理、維持している。

じりじりと、複合体の腕が灰色の結界の中に押し込まれて行く。

『ハアアアナアアアレエエエロオオオオ』

いきなり近くで声が響き、振り返ると魔王トゥラサリーニの逆さまになった巨大な顔がそこにあった。その口元から蛇舌のごとく赤黒い稲妻《いなずま》がほとばしる。

「うおっ！　びっくりしたっ」

「大丈夫、手は出させないから」

魔王の影は、先程のコウとの〝支配の呪根《じゅこん》〟の支配合戦で、形が崩れたままになっていた。顔の

部分が足場のところに来ており、腕はそれぞれ宮殿の右端と中央付近に生えている。宮殿前広場から見れば、かなり気持ちの悪い姿になっていそうだ。

宮殿の屋根から伸びた狭い足場の上で、灰色の結界にベタッと張り付き、腕を突き立てている複合体コウ。そのコウの背に手を当て待機している悠介。そんな二人を、魔法障壁で魔王の顔面攻撃から護《まも》っている朔耶という構図。

やがて、複合体コウの手が〝支配の呪根〟に届いた。

複合体の背に浮かぶ『とどいたよっ』の文字に応《こた》えて、カスタマイズ画面を開く悠介。そこに捉《とら》えた〝支配の呪根〟を見た悠介は、思わず叫んだ。

「おわぁっ、なんじゃこりゃー！」

「どうしたのっ？」

「なんか表示がバグッてる」

悠介の説明によると、カスタマイズメニューのレイアウトが崩れて意味不明な文字が並び、各種パラメーターのスライダーなどは、画面の枠《わく》をはみ出して右端に消えているそうな。まるでこの装置自体が、世界のバグのような存在に感じると言う。

恐らく、トゥラサリーニと一体化した事でその魂《たましい》による干渉を受け、装置の在り方に変異をきたしているのかもしれないと神社の精霊が推測した。固有の魂存在そのものには、精霊の力による管理支配も及ばない。〝支配の呪根〟にはそれが混ざっているのだ。

コウが暴走させようと魔力の流れを弄《いじ》っても、整然とした流れに変換されてしまっていたのは、装置自体の機能ではなく、装置に混ざったトゥラサリーニの意思が、装置を保護するために働いていたのかもしれない。

「どこを弄ったら何がどうなるのかサッパリ分からん……」

下手に改変してパワーアップでもさせてはまずいと、悠介は手を出しあぐねているようだ。

「えー……じゃあどうやって壊す？」

「うーむ」

バグって表示されているらしい〝支配の呪根〟のステータスウィンドウを睨《にら》みながら唸《うな》る悠介。

一応カスタマイズ画面には捉《とら》えてあるので、装置本体を直接弄《いじ》るのはともかく、何かを継ぎ足す事くらいはできそうだという。

「……爆弾でもあれば」

「爆弾って……」

「ヴァヴァウヴォヴァウ？」〝火炎砲《かえんほう》の弾ならあるよ？〟

コウの異次元倉庫に何故か入っていた、携帯火炎砲の弾丸用触媒《しょくばい》を起爆させるのはどうかという提案がなされる。筒内で爆発を起こして先端を飛ばすという仕組みの火炎砲用弾丸触媒なら、複数同時に爆発させる事で結構な威力を叩き出せそうだ。問題は、どうやって装置の中で爆発させるか。

この弾丸用触媒の起爆には、魔術の仕掛けが使われている。なので、ただ送り込んだダケでは、逆に取り込まれて相手に有効利用されかねない。

「あ、それなら取り込まれる前に意識の糸で頼めばいけるかも」

その時、三人の立っている足場が大きく揺れた。宙に浮かぶ〝支配の呪根《じゅこん》〟に朔耶達が干渉するためには、そこに手の届くような足場が必要なのだと気付いたトゥラサリーニが、攻撃目標を足場に切り替えたのだ。

朔耶の魔法障壁が届かない足場の根元、宮殿の屋根付近を狙われては、いくらカスタマイズ能力で修繕できると言っても限界がある。一瞬でも足場が崩壊して〝支配の呪根〟から引き剥がされてしまえば、もう一度取り付くのは難しいだろう。今度こそ灰色の結界ごと足場も届かないような位置に移される事は予想できる。

「迷ってる暇はないな」

「コウ君、その弾丸触媒《だんがんしょくばい》出して？」

「ヴァィヴォウ」〝はいこれ〟

円筒形をした火炎砲《かえんほう》用の弾丸触媒が、複合体の背中から束で現れる。それに触れて一纏《ひとまと》めにカスタマイズした悠介は、カスタマイズ画面に捉えた〝支配の呪根〟内部へと送り込むべく操作を始めた。朔耶は〝支配の呪根〟に無数の意識の糸を伸ばして通す。

実は朔耶の〝意識の糸を絡めてのお願い攻撃〟も、装置そのものにトゥラサリーニが混ざり込んでいる以上効果が得られない事は、先程の攻防の最中に試して把握済みである。

トゥラサリーニの意思を優先する装置には、意識の糸を通す事はできるものの、そこから何か現象を起こそうとしても、そのための魔力が分解されるなどして発現が封じられてしまう。

以前、オルドリア大陸のアーサリム地方での戦いで、魔族ヨールテスが朔耶の意識の糸から魔力を吸い取って逆利用していたような、術を駆使《くし》しての対抗策とは違う。単純に装置内での魔王の支配力が朔耶の精霊のそれを上回っているのだ。

従って今回の作戦では、悠介のカスタマイズ能力で装置の中に異物を送り込み、それが装置から弾き出されるか装置と一体化するかの前に、意識の糸を絡めて〝お願い〟で干渉する。

「装置の真ん中辺りに送り込む」

「オッケー、いつでもいいよ」

悠介の「実行！」の合図と共に、〝支配の呪根〟を覆う魔力の光が揺れた。次の瞬間、朔耶は予《あらかじ》め通しておいた意識の糸にその弾丸触媒の塊《かたまり》を捉《とら》えると、素早く絡めて〝お願い〟する。

『爆発して？』

トスンッ、という重いとも軽いとも言えない乾いた音が響いて、火炎砲の弾丸触媒が炸裂《さくれつ》した。

すると〝支配の呪根〟の中央部分、弾丸触媒を炸裂させた付近が大きくへこんだ。

『アアァアアアアウゥアアアアア』

魔王の叫び声が響き渡り、形の崩れていた魔王の影が、まるで吸い寄せられるように〝支配の呪根〟に向かって流れ始める。

やがて〝支配の呪根〟の中央部分が空間ごと捩《ねじ》れて歪《ゆが》み、柱型だった装置が砂時計のような形になる。そして歪みの中心に穴が空いた。魔王の影はその穴へと吸い込まれていく。

「なに、あれ……っ」

アマリ　ミルナ　　アソコハ　シシャノ　オモムク　シンエン　ナリ

黄泉《よみ》の国へと旅立つ魂《たましい》から離れた、精神や知識が溜まり続ける場所。人々が〝思考〟を始めた時から存在する悠久の場所だという。擬似的にトゥラサリーニの魂を宿していた事で、魂の通り道となるこの別次元に繋がっていた〝支配の呪根《じゅこん》〟。

その〝装置《身体》〟が破壊された事で、トゥラサリーニの魂は黄泉へと旅立つべく装置から引き剥がされ、彼の精神や記憶は死者のそれらが集まる〝場所〟へと流れて行く。――かすかに、生からの解放を讃《たた》える魔王の歓喜の声が聞こえた気がした。

本来なら、生者の目に映るはずのない光景。限りなく幻影に近い実体として、ハッキリ視認できる状態であった〝魔王の影〟と、精霊の力でもあるカスタマイズ・クリエート能力による干渉が重なっていた事で、朔耶の目にもその現象を捉える事ができたのだ。

「っ！　コウ君、あんまり見ちゃダメよ！」

「ヴァヴァウ。ヴォヴ、ヴァヴァヴァヴァウ」〝だいじょうぶ。ボク、あそこから落ちてきたんだ〟

あの世に通じる場所へと繋がる穴にコウが見入っているような気配を感じて朔耶が声をかけると、コウは光の文字でそう答えたのだった。

夕闇に包まれるエイオアの首都ドラグーン。魔王の影だった黒い魔力の霧が、宮殿の屋根付近で大きく渦《うず》を巻きながら消えていく。

やがて、街に静寂が訪れた。

「終わった、のか……？」

「ああ……魔王の影も消えたし、灰色の結界もなくなってる」

「彼等がやってくれたんだ！」

其処彼処《そこかしこ》に瓦礫《がれき》の山を晒《さら》しているにもかかわらず、魔王の霧が晴れた事で廃墟のような不気味さはどこかへ行ってしまった。戦いの成り行きを見守っていた討伐隊員達が口々に戦いの終わりと魔王の消滅、そして勝利をもたらした三人の英雄を称《たた》える。

自然と調和した、塔の連なるデザインが特徴的な本部宮殿前の広場。宮殿の屋根から継ぎ足していた足場を片付け、広場まで下りて来た朔耶達は、討伐隊の皆に歓声で迎えられた。

「ふう、終わったね。コウ君も悠介君もお疲れ様」

「おつかれー」

「おつかれー」

朔耶によく似た雰囲気の労《ねぎら》いで応《こた》える少年型コウと邪神《じゃしん》悠介。朔耶はこれからすぐ、悠介を狭間世界のカルツィオに送り届けなければならないので、後の事はコウに任せて帰還する事にした。

「朔耶、だいじょうぶ？　なんか具合わるそうだけど」

「あら、分かっちゃった？」

「え？　都築さんどっか調子悪いの？」

コウはその特殊な視点故に、朔耶が頻繁な世界移動をした時に生じる魂と身体のわずかなズレに気付いたようだ。実は悠介をここまで連れてきた時点で少し違和感を覚えていた。

今日はもう、あと一度の往復が限界だろう。

「大分慣れてきて、一日に移動できる回数も増えてるんだけどね」

「ふーむ、結構危ないリスクだなぁ」

『それじゃあ後はよろしくね』とコウの頭を一撫《ひとな》でし、悠介を連れて自宅庭へと帰還した朔耶は、一呼吸置いてから狭間世界へと転移する。さすがに落ち着いただろうと思っていた兄の奇声は、何かのアニソンに変わっていた。近所迷惑なので後で殴りに行くとの予定を心のメモ帳に追加した。

「もしかして、例のフィギュアのせい？」

「それもあるけど、大体いつもあんなだから……」

朔耶はそう言って達観めいた様子で溜め息を吐《つ》く。魔王との派手な戦いを経て自宅庭に戻った朔耶は、既に日常モードへと気持ちを切り替えていた。それはある種、色々な経験を積んできた者ならではの貫禄であった。

『んじゃ、カルツィオへ』

ココロエタ
神社の精霊から、『あまり無理はしてくれるな』と案じられながら、朔耶は悠介をヴォルアンス宮殿まで送り届けるのだった。

終章　平穏と日常

暖かい日差しを頬に感じながら、快適な温度に保たれた自室のベッドで目を覚ます。枕脇に転がる時計の針は正午あたりを指していた。やはり相当に疲れていたようだ。

昨日の夜、悠介をヴォルアンス宮殿まで送り届けた朔耶は、悠介の自室で帰還を待っていたヴォレット姫に出迎えられた。

「おお、戻ったか」とお菓子を頬張りながら待っていたヴォレットは、ガゼッタから『里巫女《さとみこ》アユウカス』の名で風技《ふうぎ》の伝達による問い合わせがあった事を教えてくれた。

カルツィオから悠介の気配が消えた事を敏感に感じ取ったアユウカスが、何か異変は起きていないかと気にかけていたらしい。アユウカスのメッセージによれば、実は過去にも、喚《よ》ばれた邪神《じゃしん》が本当に忽然《こつぜん》と消えてしまった、という出来事もあったのだという。

その邪神達は元の世界に還《かえ》ったのか、あるいはまた別の世界へと転移したのかは分からない。が、いずれにせよ〝朔耶〟の存在を知った時から、〝邪神の世界渡り〟という可能性は密かに考えていたのだそうだ。『〝消える〟の謎が解けた』と、悠介が何だか納得していた。

「ふわわ……」

まだ気だるい感覚に、ベッドの中の朔耶は二度寝態勢へと移行する。この日は家でゆっくり休む事にしていた。昨夜殴った兄は、今朝寝不足っぽい様子ながらも元気に仕事へと出かけて行ったそうな。一晩中踊るフィギュアに声援を送っていたらしい。

「あれは……懲《こ》りない…………ぐぅ……」

翌日、十分に回復した朔耶は魔王騒動の終息について報告をしに、フレグンス城へとやって来た。今後、フラキウル大陸で繁栄する大国と国交を開く可能性も考慮して、報告の席には国王と王妃、宰相、第一王女、各方面の大臣、近衛騎士団長《このえきしだんちょう》、宮廷魔術士長他、精霊神殿からも代表の神官や聖騎士団長らが同席している。

公式な場で大勢のエライさん達に囲まれるという状況にちょっと緊張しながら、朔耶は魔王討伐の概要を報告した。

「――そんな訳で、邪神《じゃしん》悠介君と現地の冒険者ゴーレム、コウ君の助けもあって何とか討伐に成功しました」

報告を聞いた面々は、皆朔耶の力を知っているだけに、『凶星《きょうせい》の魔王』とはそれほどまでに強大な相手だったのかと驚いていた。そうして文字通り世界を飛び回って討伐を成し遂げた朔耶を労《ねぎら》う。

オルドリア大陸よりも魔導技術などの文明が進んでいると思われるフラキウル大陸の大国群に恩を売れた事も含め大儀であったとして、朔耶にはまた後日、特別な褒賞が与えられる。

「本当に、ご苦労様でした。とても大変な戦いだったのですね」

「んー、確かに大変は大変だったけど――」

レティレスティアの心からの労《ねぎら》いに、「実はそれほどでもなかった」と言って皆を唸《うな》らせる朔耶。

「さすがは戦女神《いくさめがみ》か」と感心されてしまう。

しかし朔耶の言葉の真意は、戦女神としての貫禄や余裕から来るものとは少し違っていた。

狭間の世界で、カルツィオとポルヴァーティアの戦いに関わった経験から感じた事。

〝国家という怪物〟を相手取るのに比べれば、ちょっとばかり怪物化した魔王個人の方が、はるかに対峙しやすい。そんな意味が込められた言葉だった。

「サクヤは、今後もその国を訪ねる予定との事ですが」

「うん、ちょっとあたしの世界の人絡みでね」

フレグンスの代表として赴《おもむ》く機会も出てくるであろうが、しばらくは個人的な用事でちょくちょく訪ねる事になると、朔耶は説明する。大国グランダールの魔導技術を支えていると思われる、天才魔導技師アンダギー博士と交流を図る予定だ。

凶星騒ぎから今回の事件を通じて、狭間世界という新たな活動領域が増えた。かなり特異な力を持つ〝邪神〟なる存在とも親睦を深めているという朔耶には、これからの活躍にますます期待が掛けられるのだった。


城での報告を終えた朔耶は、工房へ向かう前に城下にあるサクヤ邸に顔を出した。元々凶星の影響も少なかったサクヤ邸は普段と変わらず落ち着いている。

「お帰りなさいませ、サクヤ様」

「ただいまー、みんな特に変わりないね」

「はい。サクヤ様、先日はありがとうございました」

使用人達からケーキのお礼を言われ、そういえばそんな事もあったなぁと、差し入れのため隠密作戦《スニークミッション》をやった時の事を思い出す。「美味しかったです」と嬉しそうに話す使用人さん達に、朔耶はまた持って来てあげようなどと考えるのだった。

毎回帰宅して様子を確認したらすぐまた出かける朔耶は、今日もサクヤ邸を後にして工房にやって来た。

住み込みで働いている従業員と挨拶を交わし、サクヤ式の売り上げや市場の動向など最新の情報に耳を傾ける。『著作権』のような概念があまり浸透していない世界ではあるが、そもそもサクヤ式は簡単には模倣できない。工房運営を取り仕切るアクレイア家をはじめ、サクヤ式の流通に関わっている人達が、きっちり管理している事もあり、紛《まが》い物による被害もほとんど出ていなかった。

凶星《きょうせい》の影響で一時期猛烈な売り上げを見せていた魔力石コンロやランプの出荷数も、ようやく落ち着きを取り戻したようだ。

特殊な道具の製造に必要な精霊石の納入状況をチェックし、近くまたアーサリム地方に飛んで、かの地を治める大族長ブレブラバントに挨拶でもしておこうと予定を立てる。

「あ、そうだ。後でブラハミルトさんのところにも顔出しとこう」

グランダールの魔導技術がオルドリア大陸に入って来る上で、一番頼りにできそうな知の都ティルファの最高指導者、中央研究棟所長にも話を通しておこうと今後の予定を詰《つ》めていく。

そうしてティルファで思い出すのは、凶星の影響で中止されていた機械車競技場の大会も再開に向けて動き出しているという話。早くレースがしたい走り屋皇帝バルティアが、全力で大会企画を推し進めて行くと思われる。

『うーん、問題が片付いても結構忙しいような』

ヨキ　セワシサヨ
平穏だがちっとも退屈ではない毎日が戻って来た。そんな風に実感する朔耶は、工房の庭に出ると漆黒《しっこく》の翼を広げる。

ゆったりと流れるちぎれ雲の隙間から、暖かい陽射しが降り注ぐ。それを眩《まぶ》しそうに見上げて魔法障壁に身を包むと、空中へと浮き上がった。

「さて、じゃあ今日も元気に行ってみよー」

ウム
王都フレグンスを飛び立った朔耶が、光の軌跡《きせき》を残しながらオルドリア大陸の空を舞う。

フラキウル大陸と狭間世界という新たな活動の場を得た戦女神《いくさめがみ》は、今日も元気に飛び回る。

その翼は、どこまでも自由であった――

異界の魔術士
IKAI NO MAJUTSUSHI
1~6
Special＋プラス
コラボ最新刊！
影の支配者
夢の共同戦線!?
◎四六判 ◎各定価：本体1200円＋税
◎イラスト：miogrobin
Spirit Migration
スピリット・マイグレーション
1~4
魔物に取り憑き異世界で大冒険！
鋼の巨人が異世界迷宮
美女将軍に導かれ
自覚めの時!?
コラボ最新刊！
夢の共同戦線!?
◎四六判 ◎各定価：本体1200円＋税
◎イラスト：イシバシヨウスケ
特別インタビューを掲載！
http://www.alphapolis.co.jp/hero-tennki/
今すぐアクセス！
アルファポリス
検索

ヘロー天気（へろーてんき）

天秤座O型。悲劇の物語ばかり好んで観る子供だったが、大人になるとハッピーエンドしか受け付けなくなり、安心を軸にした物語にこだわってWebで小説を公開。アルファポリス刊「ワールド・カスタマイズ・クリエーター」で出版デビュー。

イラスト：miogrobin

http://miogrobin.mgb.hacca.jp/

本書は、「小説家になろう」（http://syosetu.com/）に掲載されていたものを、改稿のうえ書籍化したものです。

異界《いかい》の魔術士《まじゅつし》 Special ＋《スペシャルプラス》

ヘロー天気（へろーてんき）

2015年 3月 5日初版発行

編集－蝦名寛子・宮田可南子

編集長－塙綾子

発行者－梶本雄介

発行所－株式会社アルファポリス

〒150-6005 東京都渋谷区恵比寿4-20-3 恵比寿ｶﾞｰﾃﾞﾝﾌﾟﾚｲｽﾀﾜｰ5F

TEL 03-6277-1601（営業） 03-6277-1602（編集）

URL http://www.alphapolis.co.jp/

発売元－株式会社星雲社

〒112-0012東京都文京区大塚3-21-10

TEL 03-3947-1021

装丁・本文イラスト－miogrobin

装丁デザイン－ansyyqdesign

印刷－中央精版印刷株式会社

価格はカバーに表示されてあります。

落丁乱丁の場合はアルファポリスまでご連絡ください。

送料は小社負担でお取り替えします。

ISBN978-4-434-20329-9 C0093